Amelie C.
LAHOSZ

Amelie C. Vlahosz

Blutzauber

Die erste Auserwählte

Amelie C. Vlahosz

Blutzauber

Die erste Auserwählte

Roman

Bibliografische Information der Deutschen
Nationalbibliothek: Die Deutsche Nationalbibliothek
verzeichnet diese Publikation in der Deutschen
Nationalbibliografie; detaillierte bibliografische Daten
sind im Internet über dnb.dnb.de abrufbar.

Herstellung und Verlag: BoD – Books on Demand,
Norderstedt

ISBN: 9-783749-454389

*Für meine Mutter, die mich neun Monate in ihrem Bauch
getragen hat und mich jetzt immer noch erträgt.
Ohne sie würde es mich nicht geben, weswegen es ohne sie,
auch nicht dieses Buch geben würde.*

Prolog

„Ich bin eine Blutzauberin", sagte das kleine Mädchen mit den großen Augen und feurigen leuchtenden Haaren. Ihr Blick war ernst und finster, bei der Reaktion der Älteren. Sie sahen sie an und lachten nur.

Sie und eine Blutzauberin? Unmöglich! Die Blutzauberer wurden gejagt, geschändet und schließlich getötet, weil die Leute sie für zu mächtig erachteten. Ihre Macht sorgte dafür, dass die Menschen zu große Angst vor ihnen hatten. Es gab nur noch eine bekannte Blutzauberin und diese war eine alte Frau, vor der sich alle fürchteten. Sie lebte alleine im Wald und die Menschen erzählten sich Geschichten über sie. Man glaubte außerdem auch, dass die letzte Blutzauberin sicher schon längst tot sei. Sie müsste ja sonst einhundertachtundzwanzig Jahre alt sein (nach bekannten Erzählungen, ob es stimmte, wusste niemand). Und so alt wird keiner! Und mit ihrem Tod, war die letzte Blutzauberin gestorben.

Sie waren das letzte Dorf, in dem die Blutzauberer nicht einfach nur eine Legende waren. Aber bald sollten auch sie die Blutzauberer nur noch für einen Aberglaube halten.

Die Kleine konnte diese Gabe - oder in den Augen der anderen eher ein Fluch - also nicht besitzen. Nicht mal, wenn sie wie eine Blutzauberin aussah. Nicht mal, wenn sie die Einzige im ganzen Dorf war, die wie eine aussah.

Die Kleine konnte ja nicht ahnen, was mit ihr geschehen wäre, hätten die Leute ihr geglaubt. Sie hatte einfach ein großes Glück gehabt, dass ihr niemand glauben wollte, auch, wenn es sie wütend machte. So wütend, wie kleine Kinder eben werden konnten, wenn ihr niemand etwas glauben wollte.

Ihr Gesicht wurde so rot wie ihr feuriger Lockenkopf. Sie hielt das Gelächter nicht länger aus und rannte davon -entweder das oder die Leute hätten eins auf die Mütze bekommen. Das hätte aber nur wieder Ärger gegeben, den sie nicht haben wollte.

Sie lief tief in den Wald, und hätte man geglaubt, dass das alte Weib noch am Leben wäre, hätte man sie da sicher schnell rausholen wollen. So lief die Kleine immer tiefer hinein, bis niemand mehr ihren kleinen, roten Wuschelkopf sehen konnte.

Was niemand ahnte, war, dass sie es nicht mehr daraus schaffen würde. Zumindest nicht bis zu ihrem Achtzehnten Geburtstag …

1

Das Mädchen mit den feurigen Haaren atmete tief durch. Sie musste sich wieder sehr anstrengen. Die alte Frau, die im Wald wohnte und sie ihre Kräuter sammeln und Tinkturen herstellen ließ, gab ihr keine Ruhe.

Es war sehr warm, mitten im Hochsommer und sie hielt die Hitze kaum noch aus. Ihre Haare band sie sich zu einem hohen Zopf, damit sie ihr nicht ganze Zeit im Gesicht klebten.

Sie kniete auf dem dreckigen Boden und stützte ihre schon wunden und verdreckten Hände auf ihren Beinen ab. Mit ihrem Arm strich sie sich den Schweiß aus der Stirn.

Das Mädchen sah sich ihr Werk an und war zufrieden mit dem Ergebnis. Ein Lächeln lag auf ihrem Gesicht. Erneut strich das Mädchen den Schweiß mit ihrem Handrücken aus ihrem Gesicht. In einem großen Korb waren viele verschiedene Kräuter - von denen sie alle Namen und Wirkungen kannte - in Bündeln aufeinandergelegt.

Sie stand auf und streckte ihren Rücken durch, ehe sie den Korb nahm und zurück zu der kleinen Hütte in der Mitte des Waldes lief. Andere hätten sich sofort verlaufen, aber sie kannte den Wald sehr gut -in und auswendig mochte man sagen; sie war in dem Wald groß geworden. Aber man musste auch sagen, dass sie sich am Anfang, als sie in den Wald kam, auch ständig verlaufen hatte und nur durch ihr lautes Weinen, die Alte sie immer wieder gefunden hatte.

Es kam ein kleiner Wind auf und sie war froh, dass sie kurz eine Abkühlung bekam. Im Wald hatte sie zwar Schatten und es war nicht so warm wie in der Sonne, genauso war es dort feuchter und kühler, dennoch war es sogar im Wald sehr warm. So wie es jeden Sommer der Fall war.

Sie kam nach einer kurzen Weile an dem kleinen Häuschen aus Steinen, Schlamm, Lehm und Stöcken an. Die Alte wartete bereits auf sie und schlich langsam auf sie zu. Wenn sie nicht so alt wäre, wäre sie auf sie zu gerannt und hätte ihr den Korb aus der Hand gerissen, um sofort zu gucken, was und wie viel sie mitgebracht hatte. Aber sie war eine gebrechliche Alte, die schon viel durchgemacht hatte und nur noch erschöpft vom Leben war.

Das Mädchen lief an der Alten vorbei und stellte den Korb auf einem Baumstumpf ab. Die Alte kam sofort und lehnte sich etwas mehr auf ihren Krückstock ab, um besser in den Korb schauen zu können. Sie lehnte sich nach vorne und wollte ein paar der Kräuter rausholen. Das Mädchen wollte ihr etwas Halt geben, doch die Alte machte nur eine verscheuchende Handbewegung und sagte etwas säuerlich: „Ich schaff das schon alleine. Ich bin immerhin erst hundertsiebenundachtzig. Ich bin noch fit."

Das Mädchen wich zurück und betrachtete die Alte voller Sorge. „Großmeisterin, du solltest dich wirklich nicht so anstrengen. Deine Knochen brechen immer leichter, deine Haare sind schon fast alle ausgefallen. Ich weiß das, auch wenn du sie - die Letzten die du noch hast - unter diesem alten Lumpen versteckst. Deine Haut fällt immer mehr in sich zusammen und du schaffst es kaum noch aus deinem Bett. Lass mich das machen, du hast es mir oft genug gezeigt. Ich weiß, wie das geht."

Die Alte sah sie empört an, als das Mädchen das sagte. „Na hör Mal, Mäd'l! Ich habe mehr Haare und weniger Falten als die meisten, die sechzig Jahre jünger als ich sind. Genauso bin ich gelenkiger und gesünder im Dasein. Du mit deinen siebzehn Jahren hast da noch kein Mitspracherecht. Also lass mich Mal gucken, wie du deine Arbeit gemacht hast."

Sie nickte, als sie alles betrachtet hatte und sah zu dem Mädchen rauf, das etwa einen Kopf größer als die Alte war - dabei war sie selber gerade Mal eins sechzig.

„Großmeisterin, du musst nicht immer nachgucken, ich mache meine Arbeit doch immer richtig und gründlich."

Die Alte sah das Mädchen boshaft an. „Mäd'l, wenn du so denkst, dann bist du aber falsch getroffen. Wenn du nur einen Fehler machst, dann kann das Probleme geben. Also gucke ich immer nach, dann wird es auch keine geben.

Du bist ein einfältiges Mädchen. Ein unerfahrenes, junges Ding. Du weißt nicht viel über die Welt. Du darfst keine Fehler machen."

Das Mädchen verdrehte ihre Augen. „Das sagst du immer. Aber ich mache ja gar keine Fehler. Was bist du da denn immer so? Du siehst doch ganz genau, dass ich das kann."

Bevor die Alte noch etwas erwidern konnte, ging das Mädchen ins Haus. Sie zündete sich eine Kerze an, da man durch das kleine verdreckte Fenster nicht viel Lichteinfall hatte.

Ihre Hände taten ihr weh und sie hatte überall Blasen.

Wehleidig strich sie sich langsam über ihre Hände, und da, wo die Blasen lagen, machte sie kreiselnde Bewegungen. Die Blasen schrumpften, bis sie eine weiche, reine Haut zurück-ließen.

Die Alte kam in dem Moment rein und als sie das sah, wurde sie furchtbar wütend. „Wie oft habe ich dir gesagt, dass du das nicht machen darfst? Niemand darf sehen, wie du das machst!", schrie sie das Mädchen an, welches sich erschrocken umdrehte.

„Aber Großmeisterin, niemand ist hier. Wer sollte das schon

sehen können?"

Das machte die Alte nur noch wütender. „Wenn du das immer machst, dann wird es zur Gewohnheit, Gewohnheiten macht man immer, auch wenn jemand da ist, und dann bekommst du Schwierigkeiten! Das heißt, dass du einen Fehler gemacht hast und Fehler darfst du nun mal nicht machen!" Die Alte war aufgebracht. „Und jetzt raus mit dir!"

Das Mädchen ging - jetzt ebenfalls wütend, weil sie sich ungerecht behandelt fühlte - stampfend raus. Sie war doch mit der Alten alleine im Wald. Wer sollte sie schon sehen? Und jemals verlassen würde sie ihn sicher auch nicht. Das war ihr alles andere als recht, dass sie deswegen immer so angemotzt wurde.

Was sie nicht wusste, war der wahre Grund, weshalb sie raus sollte. Die Alte fasste sich an ihr Herz und machte große Augen. Sie setzte sich schnell auf den Holzstuhl, welcher direkt neben ihr stand und auf dem Tierfelle lagen. Ihren Arm stützte sie auf dem Tisch davor ab, der am Fenster stand.

Draußen musste wohl Wind wehen, denn ein paar der Äste, die draußen am Haus wuchsen, schlugen gegen das Fenster.

Ein Zeichen.

Die Alte wusste, sie hatte nicht mehr viel Zeit, sie musste dem Mädchen den Rest beibringen. Bevor es noch zu spät dazu war.

Einzelne Tränen stiegen in ihre Augen auf. Sie wusste, wenn sie erstmal tot war, würde sie das Mädchen nicht mehr beschützen können.

Der Wind drang durch die offene Tür. Er ließ die getrockneten Kräuter, die an einem Strick hingen - welcher selber an einem Strick hing - wehen und rascheln und die Alte, trotz der Hitze, frösteln. Ihr war klar, dass ihr der Wind damit mitteilen wollte, dass er bald ihre Seele mit davontragen würde.

Sie musste mit dem Mädchen reden, das war in diesem Moment das aller wichtigste.

2

Das Mädchen verstand die Alte einfach nicht. Warum war sie nur immer auf das alles so versessen? Wovor hatte sie solche Angst? Sie waren doch sicher. Die Alte hatte gar keinen Grund, sich so zu verhalten!

Genervt lief sie durch den Wald und trat ein paar Steine und Stöcker weg. Das Mädchen schwang sich über Baumstämme und lief über Äste.

Sie bemerkte, dass es kälter wurde, und wunderte sich, warum. Die Sonne schien immerhin noch weit oben und es wehte kein Wind. Sie sah nach oben in den Himmel und drehte sich im Kreis, Ausschau haltend danach, ob es irgendeinen bestimmten Grund dafür gab. Hinter einem Baum sah sie etwas Schwarzes. Sie versuchte es genauer zu erkennen und kniff ihre Augen dafür leicht zusammen. Es sah aus, wie schwarzer Nebel. Etwas griff um den Baum, hinter dem es sich versteckte. Scheinbar waren es Krallen, zumindest sah es danach aus. Es wurde immer sichtbarer und zwei rote Augen mit einem großen Lächeln kamen zum Vorschein.

Das Mädchen schrie erschrocken und verängstigt auf. Schnell lief es zurück.

Die Alte hatte den Schrei gehört. Die Sorge um das Mädchen wuchs.

Sie waren da.

Sie warteten auf ihren Tod und dann würden sie sich das Mädchen holen.

Die Alte spürte, wie die Kraft sie verließ und musste sich hinlegen. Aber ehe sie das tat, packte sie in einen Stoffbeutel einige Sachen ein. Hoffend, dass das Mädchen es noch rechtzeitig zu ihr schaffen würde, bevor sie starb und sie ohne die Alte dastand.

●●●

Draußen war es schon dunkel und das Mädchen kam durch die Tür gerannt. Sie atmete schnell und war erschöpft.

„Großmeisterin. Großmeisterin, ich hatte ganz schreckliche Angst. Draußen, da war etwas. Ich weiß nicht was es war, aber es sah nicht gut aus."

Das Mädchen stand immer noch in der Tür. Sie sah in die Steinhöhle. Es war keine wirkliche Höhle, Es war ein aus Lehm, Schlamm und Stein gebautes Bett, welches in der Ecke der Hütte gebaut wurde und nur zur Seite eine Öffnung hatte. Es war mit Fellen und Kissen mit Strohfüllung ausgestattet. Da drin lag die Alte.

Das Mädchen zögerte kurz, trat dann aber langsam näher. „Großmeisterin? Großmeisterin, geht es dir gut?" Sie sah die alte Frau, die ihren Kopf langsam zu dem Mädchen drehte, Fassungslos an. Ihre Augen sahen leer aus. Das Mädchen fing an zu weinen. „Großmeisterin ..." Es kam nur noch ein kläglicher Laut aus ihrem Hals.

Sie setzte sich auf ihr Holzgestell, welches sie zum Schlafen benutzte und ebenfalls überall Felle hatte. An der Wand von dem Fußende, welches zur Tür gerichtet war, gab es eine Kiste und an der Wand hing ein Brett mit Fläschchen, Bücher und dergleichen drauf. Neben dem Gestell stand der Tisch, für mehr gab es keinen Platz.

„Großmeisterin. Es tut mir leid. Alles. Ich hätte nicht so ungezogen sein dürfen. Das war ein Fehler, das weiß ich jetzt. Ich tu sowas auch nie, nie wieder, versprochen." Sie nahm die Hand der Alter und weinte bitterlich über den Verlust, den sie erleiden würde.

Die Alte versuchte nach dem Gesicht des Mädchens zu greifen. Sie strich ihr leicht über die Wange und sagte dann mit brüchiger Stimme: „Mein liebes Mädchen, du bist schon lange bereit gewesen. Jetzt sehe ich es endlich ein. Du warst so klein, als du zu mir kamst. Ich habe dir alles beigebracht, was du auf deinem Weg brauchst. Aber jetzt musst du fliehen. Sie werden kommen und dich holen. Nimm den Beutel auf dem Tisch mit, da ist das Nötigste drinnen. Und jetzt lauf!" Mit den letzten Worten, kam die Alte ihr nochmal schnell entgegen und packte ihre Hände, was das Mädchen erschreckte, da die Alte eigentlich gar nicht in der Lage dazu sein sollte.

Sie fiel zurück auf ihr Nachtlager und ihre Hand glitt aus denen des Mädchens.

Die Tür, welche das Mädchen eigentlich aus Angst geschlossen hatte, sprang auf und knallte gegen die Wand. Der tosende Wind von draußen kam herein und wirbelte alles auf. Das Mädchen drehte sich erschrocken zu dem Geschehen und als sie sich zurückdrehte, sah sie, dass die Alte tot da lag.

Sie weinte wieder, küsste die Stirn der Alten und dankte ihr, für alles, was sie je für sie getan hatte. Dann stand sie auf, nahm sich den Beutel und rannte raus.

Der Wind war stark, doch das konnte sie von nichts abhalten. Sie rannte schneller und spürte die Kälte.

Warum musste das alles nur so plötzlich kommen? Dabei sollte sie doch morgen achtzehn werden. Die Alte hatte ihr dann immer einen Honigkuchen gemacht. Diesen würde sie ab da wohl nie wieder essen können.

Sie strich sich die neu aufkommenden Tränen aus ihrem

Gesicht und lief schnell weiter.

Sie fiel über einen Stamm, den sie durch die Dunkelheit nicht sehen konnte, stand aber sofort wieder auf.

Nur ein paar Lichtstrahlen schienen durch die Baumkronen, kamen aber nicht bis nach unten auf den Waldboden an. Der Mond war dem Mädchen wohl gleichgesonnen, denn er versteckte sich hinter Wolken. Alles erschien in dunklen Schatten, die sie verschlingen zu wollen schienen.

Angestrengt atmete sie. All der Schmerz innen und außen. Alles war egal. Das Mädchen durfte nicht stoppen. Sie hatte immer den Gedanken im Kopf, welcher sie nicht stoppen ließ, egal wie anstrengen es auch sein mochte: *Was meinte die Großmeisterin mit, sie werden mich holen kommen? Wer sind sie? Und was wollten sie von mir?*

3

Das kleine Mädchen ist im Wald verschwunden. Keiner hatte sie seit jenem Tag gesehen, aber in dieser Nacht, sollte etwas passiere, womit niemand gerechnet hätte.

Sie lief außer Atem weiter, wissend, dass wenn sie jetzt stoppen würde, ihrem Untergang geweiht war. Schnell lief sie aus dem Wald raus und sah nach hinten. Die Kreatur folgte ihr in einer unmenschlichen Geschwindigkeit, aber als es aus dem Wald gehen wollte, liefe das Mädchen schnell weiter.

Die Sonne stieg auf und sie hörte einen entsetzlichen Schrei. Ruckartig sah sie nach hinten und sah, wie die Kreatur zurück in den Wald; zurück in die Dunkelheit flüchtete. Das Mädchen bemerkte, wie verängstigt das Wesen war. Also hatte es wohl, logischer Weise, Angst vor Licht. Warum sie auch sofort in den kleinen Lichtschein flüchtete, rein in die Sicherheit.

Sie war die ganze Nacht, ohne Pause, gerannt. Sie hatte keine Kraft mehr übrig. Erschöpft fiel sie zu Boden und das Letzte, was sie sah, bevor sie vor Erschöpfung einschlief, war die Kreatur, die sie schreiend ansah.

Ihre Haare sahen aus wie Feuer im Morgenlicht. Das musste auch der Grund gewesen sein, warum ein Bauernjunge sofort hinrannte und es austreten wollte. Doch dann bemerkte er, dass das, was er für ein Feuer hielt, nur die Haare eines schönen Mädchens waren, das da so Seelen ruhig schlief.

Er sah sie verwundert an, sich fragend, warum dort ein Mädchen lag. Er ging die unterschiedlichsten Ideen durch. Vielleicht eine Ausländerin, eine Waise, die nun alt genug war und deswegen aus dem Heim geworfen wurde, eine Ausreißer-in, weil sie misshandelt oder ähnliches wurde, oder eine Zigeunerin, Diebin oder Flüchtige. Oder vielleicht schlimmeres. Trotz dessen, dass er Angst hatte, dass sie ihn töten könnte, nahm er sie mit, denn schließlich fügte er zu seinen Gedanken hinzu: *Sie ist nur ein Mädchen, als ob sie was gegen mich ausrichten könnte.*

●●●

Sie wurde durch die bereits hochstehende Mittagssonne geweckt. Ihre Augen brannten, weswegen sie sie sofort wieder schloss. Dann hörte sie eine Stimme und sie drehte sich erschrocken zu der Richtung, aus der die Stimme kam.

„Oh, du bist endlich wach. Ich habe dich gefunden, am Waldrand, und habe dich einfach Mal mitgenommen. Du sahst so verlassen aus. War irgendwas Bestimmtes passiert, dass du da so schlafend lagst?", fing der Junge an sie mit Aussagen und Fragen zu überschütten.

Sie hörte ihm gar nicht richtig zu, stattdessen sah sie sich nur in dem kleinen Zimmer um.

Neben ihr war ein Fenster und dem Bett gegenüber war eine Feuerstelle mit einem kleinen Stuhl und Kessel mit Löffel. An der Wand hing ein Regal mit Schüsseln, Löffeln, Messern, Kräutern, Fläschchen - in verschiedenen Größen und Formen - und ein paar vereinzelte Bücher, Blätter und ein Tintenfläschchen mit einer Feder.

Sie merkte, wie der Junge sie Erwartungsvoll ansah. Er saß auf einem kleinen, hölzernen Hocker. Seine hellen Augen funkelten neugierig.

„Ehm ... Ich weiß nicht so genau ... Ich kann nicht richtig erklären, was passiert ist. Ich weiß nicht mal mehr richtig, was überhaupt passiert ist. Ich weiß nur noch, dass es schrecklich war. Ich ... Ach, keine Ahnung."

Das Mädchen senkte ihren Kopf und drückte die dünne Decke auf ihren Beinen zusammen. Sie wusste eigentlich alles noch, sie verstand es nur noch nicht. Sie war verwirrt, wusste nicht wohin. Zurück konnte sie nicht. Nie mehr. Ihre Großmeisterin war tot. Sie hätte gewusst was zu tun wäre. Aber nicht sie, nicht dieses unerfahrene Mädchen, das keine Ahnung von der Welt hatte.

„Na gut. Dann ... Wie heißt du?" Ihn störte ihre Antwort nicht, auch wenn er es trotzdem gerne gewusst hätte. Dann fragte er einfach nach dem nächsten, was in seinem Kopf rum schwirrte.

Sie sah bei seiner Frage verwirrt zu ihm. „Mein Name?"

„Ja. Wie du heißt. Wie man dich nennt. Dein Name halt. Wie heißt du?" Er sah sie immer noch Erwartungsvoll an.

Sie schüttelte leicht mit ihrem Kopf, ließ den Jungen dabei aber nicht aus den Augen. „Ich habe keinen Namen."

Er lachte bei ihrer Antwort kurz auf. „Natürlich hast du einen Namen. Jeder hat einen."

Sie schüttelte wieder ihren Kopf. „Ich nicht. Die Groß-meisterin nannte mich immer nur Mäd'l und ich sie immer nur Großmeisterin. Wir haben uns nie beim Namen genannt. Und an den Namen, wie man mich genannt hatte, als ich noch bei meiner Mutter war, erinnere ich mich nicht. Sie nannte mich immer nur Feuerlöckchen."

Seine Begeisterung verschwand für einen Moment. Er fand sie aber sofort wieder. „Na gut, dann nenne ich dich einfach Runa."

Sie zog eine ihrer roten Brauen hoch. „Runa?"

Er nickte. „Ja, Runa. Das heißt so viel wie Geheimnis und du bist für mich ein Geheimnis. Ein ganzschön Großes." Er lachte wieder.

Sie überlegte kurz, nickte jedoch dann. „Okay, dann bin ich ab jetzt Runa." Sie lächelte leicht.

Er hörte auf zu lachen und sah sie fasziniert an. Sie sah ihn wieder verwirrt an. Nervös schaute sie um sich.

„Was? Was ist?", fragte sie ihn.

Er schüttelte leicht seinen Kopf, seine Augen immer noch auf ihr Gesicht gerichtet. „Es ist nichts, aber du bist wirklich schön, wenn du lächelst." Er stammelte kurz darauf noch: „So natürlich auch, aber mit einem Lächeln bist du umso hübscher." Er kratzte sich verlegen an seinem Hinterkopf und sah nach oben, an die Decke, an die er fast mit seinem Kopf stieß durch seinen großen Körper.

Sie lächelte peinlich berührt und ihre Wangen wurden fast so rot, wie ihre leuchtenden Haare.

Er sah zu ihr, als wäre ihm etwas eingefallen. Schnell stand er auf und kam dann mit etwas zurück. Runa erkannte es sofort. Es war ihr Beutel. Er reichte ihn ihr und sie nahm ihn sofort entgegen.

„Das hattest du bei dir. Ich habe nicht reingeguckt, keine Sorge."

Sie machte sofort den Verschluss auf und sah rein. Ein zusammengelegtes Tuch lag drinnen. Es war eins der gesponnenen der Großmeisterin. Sie holte es raus und faltete es auf ihrem Schoss auseinander. Da drinnen waren viele kleine Küchlein.

Runa fing an zu weinen.

„Was? Was ist denn? Tut dir etwas weh?", wollte der Junge wissen. Er verstand nicht, was Runa plötzlich zum Weinen hätte bringen können.

Sie schüttelte mit ihrem Kopf und sagte dann leise: „Sie hat dran gedacht."

Er sah sie weiterhin verwirrt an, wenn nicht sogar noch

verwirrter, denn er verstand nicht, was ihre Antwort zu bedeuten hatte. „Was meinst du?"

Runa sah zu ihm. Sie lächelte und weinte. „Die Großmeisterin hat dran gedacht." Sie war glücklich. Aber warum weinte sie dann?

„Woran?"

Kann sie nicht normal reden? Sie tut ja schon beinahe so, als würde ich wissen, wovon sie spricht.

„An meinen Geburtstag. Sie hat zu meinem Geburtstag immer Honigkuchen gemacht. Sie hat dran gedacht. Das sind ihre Honigkuchen."

Sie nahm sich eins und biss hinein. Sie aß es voller Freude und legte die anderen dann wieder zusammen und faltete das Tuch wieder zu. Die Restlichen wollte sie sich aufbewahren.

Runa zog den Beutel an sich und sah erneut rein. Endlich hatte sie die Zeit dazu, bei ihrer Flucht hatte sie die nicht gehabt.

Das Erste was ihr auffiel, war ein in Ledergebundenes Buch. Sie hatten nur welche mit Holzeinband, weil Leder für sie selten war und deswegen nur für Kleidung und Schuhe benutzt wurde. Tiere hatten sie keine und gejagt hatten sie nicht. In ihrem Stamm war es verboten, ein Tier zu töten. Nur wenn sie ein bereits verstorbenes fanden, nahmen sie sich die nützlichen Stücke und verarbeiteten sie.

Sofort holte sie es raus. Dieses Buch hatte Runa noch nie gesehen.

„Das ist Leder", sagte sie, während sie über den Einband strich.

Er sah auf das Buch.

„Ja und?"

Sie band das Band auf, das ebenfalls aus Leder war. Bei ihr war es sonst immer aus Haaren und gesammelten Federn.

„Leder ist zu selten, um es für Bücher zu benutzen."

Sie bemerkte etwas. Alle seine Bücher hatten auch einen Ledereinband.

„Wovon redest du? Leder ist doch nicht selten. Ja, etwas teuer, aber auch nicht immer. Es wird immer für solche Hefte benutzt."

Sie schüttelte wieder mit ihrem Kopf. „Nicht bei uns." Sie öffnete es und las sofort eine Notiz.

„Was steht da? Ich kann das nicht lesen? Was sind das für seltsame Zeichen? Die kenne ich gar nicht." Der Junge hatte sich neben Runa über das Buch gebeugt. Verwundert betrachtete er die Zeichen.

„Nicht? Lernt ihr das nicht?"

Beide sahen sich gegenseitig an. Er wusste erst gar nicht, was er sagen sollte.

„Na, also eigentlich lernen wir überhaupt nichts was mit Lesen und Schreiben zu tun hat. Aber ich kann ein bisschen lesen und schreiben. Ich habe es mir selber beigebracht, nachdem man meinen ältesten Bruder auspeitschen lassen hat, bis er tot war. Er konnte - wie jeder Bauer - nicht lesen und nicht schreiben. Er ist in den Wald zum Holzsammeln gegangen. Ein Schild war da, aber er hatte es nicht weiter beachtet, er konnte ja nicht lesen. Er hätte da nicht reingedurft. Der König hat ein Verbot erlassen, dass man nicht in den Wald durfte oder zumindest ein Goldstück zahlen musste. Man hat ihn erwischt. Er konnte das Geld nicht auftreiben und als Strafe, ließ der König ihn auspeitschen. Das hat er mit Absicht so gemacht. Er weiß genau, dass Bauern nicht lesen können. Da wurde mir erst so richtig bewusst, wie wichtig es doch ist, weil die reichen Leute sich sonst noch mehr als sonst an dir vergreifen. Ich wollte es meiner Schwester dann beibringen, aber sie ist am Fieber gestorben, wie viele andere Kinder auch."

Sie sah ihn erstaunt an. Derselbe Wald, wie der, aus dem sie vor dem Wesen geflohen war? Immerhin waren überall Wälder.

Aber es musste dieser sein.

„Ich komme aus dem Wald."

Seine Augen wurden größer.

„Hat dich irgendwer gesehen?"

Sie zuckte mit ihren Schultern. „Ich kann mich an nichts erinnern. Nur wie ich zusammengebrochen bin weiß ich noch." Er sah aus dem Fenster und lehnte sich dabei über sie. Sie wich dabei etwas zurück. Was, wenn jemand sie gesehen hatte?

„Du musst schnell hier weg. Wenn sie dich finden, dann bringen sie dich um. Oder sie werden dich zu ihrer Sklavin machen. Vielleicht sogar noch weitaus Schlimmeres." Er stand schnell auf und sammelte einige Sachen zusammen. „Hier, zieh dir das über." Er warf ihr eine Art Tuch zu.

Runa war ein wenig verwundert und hatte ihn die ganze Zeit nicht aus ihren Augen gelassen. Sie fang den Stoff mit beiden Händen auf. Weich lag er zwischen ihren Fingern.

„Was soll ich damit?", fragte sie.

„Das ist für deinen Kopf. Rote Haare sind sehr selten. Wegen den Blutjagden. Um genau zu sein, gibt es bereits seit sehr langer Zeit keine Rothaarigen mehr. Die letzte Sichtung bei uns, ist sicher schon fünfzig oder mehr Jahre her. Mein Großvater hatte einst von ihnen gesprochen, von den letzten Rothaarigen."

Sie stand auf. Schnell zog sie sich ihren Umhang um, der am Bett hing und warf den Beutel über ihre Schulter. Das Buch hielt sie immer noch in ihrer Hand.

„Blutjagd?"

Er zog sich seinen Beutel ebenfalls über und trug ihn auf seinem Rücken.

„Noch nie was davon gehört?"

Sie schüttelte ihren Kopf, zog sich daraufhin zögerlich den Stoff auf den Kopf.

„Mal was von Blutzauberern gehört?"

Sie nickte. Natürlich. Sie war ja eine von ihnen.

„Früher gab es so eine Legende, vor etwa hundert Jahren. Menschen mit roten Haaren konnten wohl Blut kontrollieren. Deswegen hat man sie getötet. Sie wurden gejagt. Nur mit Feuer konnte man sie wohl bezwingen. Sie wurden als Hexen angesehen. Aus Angst davor hatte man alle, die rote Haare hatten, verbrannt. Deswegen sind rote Haare auch so selten. Jetzt steht es in Geschichtsbüchern und Kindergeschichten und wird als Legende verbreitet. Die von früher waren ja schon ziemlich dumm an so einen Unsinn zu glauben, wenn du mich fragst." Er erzählte ihr alles, auf dem Weg nach draußen. Sein Letzter Satz machte sie wütend.

Er hielt das alles also für Unsinn? Hielt er sie dann nicht auch für Unsinn?

„Das ist kein Unsinn!", schrie sie förmlich. Sie wurde von ihm beleidigt und fühlte sich auch danach.

Er lachte nur und schloss gerade die Tür zum kleinen Haus, das zwei Räume besaß.

„Warum bist du da denn so beleidigt? Hier, sieh nur. In der Region hat kein Bauer einen Schlüssel - und so hat glaube ich auch kein Bauer einen Schlüssel - und alle - außer die Reichen - haben eigentlich auch nur ein Zimmer, mein Vater hat aber sehr viel gekonnt. Er war recht gebildet im Gegensatz zu allen anderen. Deswegen hat man ihn ermordet."

Warum erzählte er ihr das alles?

„Hört sich an, als wäre er eine tolle Person gewesen."

Er lächelte. „Ja, das war er."

Sie sah böse zu ihm. „Aber das mit den Blutzauberern ist kein Unsinn!"

Der Junge war erstaunt. Warum beharrte sie so sehr darauf? Wozu interessierte sie das so? Es war doch nun mal so. Oder etwa nicht?

„Jaja, aber warum stört dich das so sehr?"

„Vielleicht verstehst du das nicht, aber-"

Er hielt seine Hand vor sie und unterbrach damit ihre Erklärung, ehe sie überhaupt richtig beginnen konnte.

„Shh. Hörst du das?" Er sah sich beunruhigt um.

„Nein. Sollte ich?" Sie war zu aufgebracht gewesen, über seine Reaktion, um auf das zu achten, was um sie rum geschah. Dabei war ihr Gehör eigentlich um einiges besser, als das eines Nichtzauberers.

Er nahm schnell ihre Hand.

„Da! Lauf!"

Runa folgte seinem Blick. Sie sah Männer auf Pferden zu ihnen reiten.

„Sie sind wegen dir hier. Wir müssen schnell weg."

Er rannte los und zog sie dabei mit sich. Automatisch rannte sie mit. Ihr Kopf drehte sich noch einmal nach hinten. Die Kerle kamen immer näher.

Sie konnte ihre Rufe hören.

Sie bekam Angst.

Sie war unsicher.

Ihre Angst wurde immer größer. Was würde passieren, wenn sie gefangen werden würde? Würden sie sie töten?

„Was sollen wir tun ...?" Er lachte kurz, bei ihrer Frage. Sie kannte ja immer noch nicht seinen Namen. „...Linhart." Er hörte sofort auf zu lächeln und wurde wieder ernst. „Wir müssen irgendwie vor ihnen in den Wald kommen. Da können sie uns nicht so leicht fangen. Besonders durch ihre Pferde. Die kommen da nicht so einfach durch, wenn wir im Zickzack laufen."

Sie konnten hören, wie die Pferde näherkamen. Die Reiter waren nicht mehr weit entfernt. Runa hörte einen Schrei. Sie sah in den Himmel, wo der Schrei herkam.

Im Himmel waren ein Falke und ein Rotkehlchen zu sehen.

Das Rotkehlchen versuchte in den Wald zu fliehen und war nur noch ein paar Meter von diesem entfernt, genau wie sie. Der größere Vogel packte den Kleineren, welcher einen entsetzlichen Schrei von sich ließ.

Sie erschrak, denn plötzlich packte sie was am Kragen. Runa wurde nach oben gezogen, in einer Geschwindigkeit, wo sie nicht mal reagieren konnte. Ihre Hand wurde aus Linharts gerissen und sie schrie nun genauso entsetzlich, wie es das Rotkehlchen vor nur ein paar Sekunden getan hatte. Runa schrie nach Linhart und versuchte sich loszueisen, aber da wurde sie auch schon Bäuchlings auf das Pferd vor den großen Mann geworfen.

Linhart rief nach ihr, genauso schockiert, wie sie es war. Aber nun konnte sie auch nichts mehr gegen den Mann tun, der sie immer wieder nach unten drückte, wenn sie versuchte hoch zu kommen. Linhart rief verzweifelt nach ihr, wurde aber fast selber gefangen.

Er rief ihr zu: „Ich werde kommen und dich befreien! Versprochen! Warte so lange bitte auf mich!" Schnell rannte er in den Wald und verschwand.

Sie starrte ihm nur hinterher, hoffend, dass er sie nicht im Stich lassen und sein Versprechen halten würde.

„Sollen wir ihn suchen?", fragte einer der drei Reiter.

„Nein. Er wird von selbst kommen, das hat er doch selber gesagt. Wir sind außerdem nicht hinter ihm her, sondern hinter ihr", sagte der Reiter, vor dem Runa saß.

Er zog ihr das Stoffstück vom Kopf und entblößte ihre feurigen Haare. Direkt sah er erstarrt zu ihr, wie die anderen.

Rote, feurig rote Haare. Wie ein Feuer. Keiner von ihnen hatte je rote Haare gesehen. Außer in Bilderbüchern, die sie allerdings alle nur für Märchen gehalten hatten. Die roten Haare hatten sie bis dahin auch nur für eine Legende gehalten.

Der Reiter fing an zu grinsen. Er stank nach Schweiß und

Zwiebeln. Runa hätte am liebsten gekotzt. Sie kannte eigentlich keine Männer, aber sie wusste sofort, dass er einer war, mit dem sie lieber nichts zu tun haben würde.

Er fand die Haare wundervoll und dachte sich, dass er damit sicher gutes Geld machen könnte. Seine eigenen Haare waren nur dunkle, braune die fast schwarz aussahen.

Er würde das Mädchen dem König überreichen müssen, als einer seiner treusten Ergebenen. Jetzt durfte nur niemand anderes das Mädchen sehen.

Er schnitt eine Strähne ihrer Haare ab und Steckte sie in ein kleines Beutelchen, das an seinem Gürtel befestigt war.

Sie mussten nur noch zum König und er würden für das Mädchen eine gute Belohnung bekommen. Hätte dieses alte Weib nicht dem König davon berichtet, dass jemand aus dem Wald am Morgen kam, dann wäre es nie dazu gekommen. Nur ihr Gerede über diese Blutzauberer hatte ihn gestört. Er kannte die Legenden und Sagen dazu, aber das war alles nicht echt.

„Reiten wir zum König, das Mädchen wird uns sicher eine Menge Geld bringen", sagte er lachend.

Ihr Herz setzte kurz aus. Dann ritten sie los.

4

Es war tief im Wald. Die Nacht war klar und die Sterne leuchteten hell.

Eine alte Frau, mit zu Zöpfen geflochtenen Haaren, die bis über den Boden reichten, saß, wie jeden Tag und jede Nacht, auf ihrem Stuhl, der aus Zweigen und Stöcken geflochten wurde. Sie war nun fast zweihundert Jahre alt. Ihre einst so feurigen Haare waren nur noch weiß mit vereinzelten noch etwas farbigen Haaren. Ihre Augen waren geschlossen. Sie konnte ohnehin schon seit zwanzig Jahren nichts mehr sehen. Sprechen fiel ihr schwer und sie war schon sehr gebrechlich.

Eine Sternschnuppe flog über sie hinweg.

Zwei Jungen und ein Mädchen kamen zu ihr gerannt. Alle drei hatten feurige Haare, so wie sie einst. „Weise Frau! Weise Frau! Habt ihr das gesehen? Die Sternschnuppe war ganz rot, als wäre sie aus purem Feuer!", kamen die drei an.

Die Frau hob zitternd und langsam ihre Hand, der Zeigefinger nach oben ausgerichtet. „Eine Zauberin ist gefallen."

Alle sahen nach oben.

„Sie hat uns etwas hinterlassen", sagte die Alte mit zittriger Stimme.

„Was denn?", wollte das Mädchen wissen. Mit ihren siebzehn Jahren war sie noch sehr unerfahren.

„Ein Mädchen."

Die drei sahen sie nichts ahnend an.

„Was bedeutet das?", wollte der Älteste der drei wissen. „Sucht sie. Sie ist wichtig. Ein sehr mächtiges Mädchen ist sie. Sie hat das feurigste Haar. Ihre Augen eine Mischung aus den Farben. Ihr müsst sie finden, bevor sie es tun." Die drei wollten wissen, wen sie meinte, aber sie sagte nichts weiter. Sie sollten darauf von ihr auch keine Antwort mehr erwarten.

Sie packten also ihre Sachen zusammen und machten sich auf den Weg, um das Mädchen zu finden.

5

„Ich habe sie im Stich gelassen. Das ist alles meine Schuld. Was habe ich nur getan?" Linhart machte sich die ganze Zeit Gedanken und Vorwürfe. Wie sollte er sie da nur rausbekommen? Sie hatte von all dem hier ja gar keine Ahnung! Ein Mädchen aus dem Wald. Sie ist einfach aus dem Nichts aufgetaucht.

Er lief hin und her. Ein wütender und verzweifelter Schrei kam aus seiner Kehle.

Er trat gegen einen Baum, verletzte sich dabei aber nur selber, hüpfte rum und hielt sich dabei seinen Fuß vor Schmerz. „Ahhhch. So eine Scheiße!"

Linhart hat das Mädchen wirklich liebgewonnen. Er kannte sie zwar noch nicht sehr lange, fand sie aber trotzdem wirklich toll. Es lag nicht nur an ihren Haaren, sie war auch so anders als die Mädchen aus dem Dorf. Sie hatte so etwas beruhigendes und Anziehendes an sich.

„Verdammter Mist! Wie soll ich sie da bloß rausholen?" Er setzte sich auf einen umgefallenen Baum und legte seinen Kopf in seine Hände. „Wie nur ...?"

Linhart sah sofort erschrocken auf, weil er ein Geräusch gehört hatte. Nicht nur eins, es waren mehrere. Und bevor er auch nur einen Finger rühren konnte, wurde ihm auch schon ein Messer unter seinen Hals gehalten.

Erschrocken sah er zu den zwei Gestalten vor sich und

versuchte die dritte hinter sich zu erkennen. Er wagte es nicht seinen Kopf nach hinten zu drehen, aus Angst, die Person hinter ihm würde ihm den Hals aufschneiden, sobald er das täte.

„Wer seid ihr?" Ihm fielen die roten Haare auf, die jeder von ihnen hatte, er vermutete, dass die Person hinter ihm auch so rote Haare hatte. So viele Rothaarige hatte er noch nie auf einmal gesehen. Vor Runa hatte er eigentlich noch nie jemanden mit roten Haaren gesehen.

„Wie Runa ...", flüsterte er, aber sie verstanden ihn trotzdem.

Blutzauberer hatten intensivere Sinne. Sie konnten aus 100 Meter Entfernung eine Maus sehen oder eine Fliege hören, so wie eine Frucht riechen. Sie spürten alles feiner. Ihre Instinkte waren auch geschärfter. Deswegen hatten sie ihn schon von weitem gesehen.

„Wovon sprichst du? Wer soll das sein?", fragte einer der Jungen. Er hatte helle, strahlend blaue Augen.

Linhart zögerte. Er mochte diesen Jungen nicht. Aber vielleicht gehörte Runa zu ihnen -auch, wenn sie nur von einer alten Frau etwas gesagt hatte.

„Runa ist ein Mädchen, das ich heute kennengelernt habe. Ich hatte sie am Waldrand gefunden. Sie hat auch so rote Haare, wie ihr, aber ihre sind viel feuriger. Wir wollten in den Wald fliehen, wegen den Geschichten über Blutzauberer - was natürlich nur Geschichten sind - aber hier hat trotzdem niemand rote Haare. Rote Haare sind also sehr selten und deswegen auch kostbar, wertvoll. Ich wollte sie nur da wegbringen, aus meinem Haus, damit sie niemand schnappt, aber dann kamen diese Kerle ... Es waren Reiter vom König. Sie waren hinter uns her und haben sie gefangen. Ich bin in den Wald geflohen, damit ich sie später irgendwie befreien kann, aber mir fiel nichts ein. Diese Kerle haben sie und ich kann nichts dagegen tun ..." Er fiel in sich zusammen. Seinen Kopf warf er wieder auf seine Hände und schüttelte ihn dabei. „Ich bin so ein Weichei."

Die drei sahen sich an. Die Person hinter ihm nahm das Messer weg.

„Das muss sie sein", sagte der Junge mit den blauen Augen zu den anderen gewandt.

Also kennt er Runa doch. Oder zumindest scheint es so. Aber etwas anderes kann ich mir einfach nicht erklären.

Der Kerl drehte sich zu Linhart. „In welche Richtung sind sie gegangen?", fragte er ihn.

„Ich kann es euch zeigen, aber sie wurde zum Schloss gebracht. Das heißt, dass dort überall Wachen sein werden. Ihr habt keine Chance gegen sie. Sie haben alle Jahrelange Kampferfahrung und ihr seid nur ein paar Butterbrote, oder wohl eher Milchbrötchen mit Rosinen." Er sah auf ihre Milch weiße Haut, die bei Rothaarigen üblich ist und ihre vielen Sommersprossen.

Die drei fingen an zu lachen.

„Dich haben wir doch auch überlistet. Außerdem haben wir etwas, was die nicht haben", sagte das Mädchen. Ihre Haare waren zu einem Pferdeschanz an den Seiten geflochten. Der Pferdeschwanz lies ihre offenen Haare, bis auf drei vereinzelte geflochtene Strähnen in dem Zopf, runter hängen. Ihre Sachen waren aus Tierfellen gemacht. Ein paar Messer waren an ihrem Gürtel befestigt. Unter den Fellen war ein kurz geschnittenes Kleid mit einer dunklen Leinenhose.

„Und was wäre das?", fragte Linhart sie.

Der Junge mit den blauen Augen antwortete ihm: „Etwas sehr Mächtiges, was viele nur für einen Aberglauben halten. Etwas, was eigentlich nur zum Guten genutzt wird, schnell aber jemanden umbringen kann." Er hatte ein Hemd aus Fellen an, trug dieselbe Leinenhose und Schuhe aus Fell, sowie einen Köcher mit Messern und Pfeilen um seine Hüfte. Ein Bogen war um seinen Oberkörper gelegt. Seine Schulterlangen Haare waren zu einem kleinen Zopf gebunden mit zwei geflochtenen Strähnen.

„Und was soll das genau sein?", fragte er nun erneut. Ihre Geheimnistuerei nervte ihn. War das irgend so ein Ding von Rothaarigen, nicht normal reden zu können?

„Das erfährst du noch", antwortete nun der andere Junge. Er war etwas kürzer angezogen. Im Gegensatz zu den anderen war er etwas dicker. Er war trotzdem noch recht dünn, aber man konnte bei ihm nicht die Beine als Stöcke betrachten. Er war muskulös und etwas größer, als Linhart.

„Warum redet ihr so? Sagt es mir doch einfach."

Das Mädchen stellte sich nun genau vor Linhart. „Na gut, wenn du es so genau wissen willst, dann zeige ich es dir." Ehe er auch nur reagieren konnte, hatte sie ihre rechte Hand schon zu einer Kralle geformt und an seine Brust geschlagen. Er spürte einen entsetzlichen Druck und Schmerz in seinem Herz, bekam kaum noch Luft und musste auf seine Knie gehen, so schwach fühlte er sich.

Linhart versuchte schnappend Luft zu bekommen. Dann ließ sie ihn ruckartig los. Er musste sich am Boden abfangen. Langsam bekam er wieder Luft. Schweiß tropfte von seiner Stirn.

Er sah nach oben zu den anderen. Was war das? Was hat sie gerade mit ihm gemacht? Der Druck und Schmerz verschwanden langsam.

Alle sahen zu ihm herab. Der Junge mit den blauen Augen sah etwas belustigt aus. Das Mädchen hatte sich zu ihm runter gebeugt.

Direkt vor Linhart hockte sie sich hin und sagte: „Na dann. Jetzt weißt du es, und wenn nicht, dann wirst du es sicher noch begreifen -so blöd, es nicht zu verstehen, siehst du nämlich nicht aus. Und jetzt zeig uns, wo wir hinmüssen."

Er stand vorsichtig auf. Mit ihm ging auch das Mädchen nach oben.

Er drehte sich zur Seite. Sein Körper hatte - was auch immer sie gemacht hatte - nicht richtig ausgehalten. Er übergab sich. Seine Haut wurde ganz blass.

„Du bist eine Hexe."

Das Mädchen lachte. „So würdet ihr es wohl nennen, aber nein, bin ich nicht."

Was war das? Wollte sie mich umbringen? Aber wie? Sollte ich denen vertrauen? Aber wenn sie zu Runa gehören, dazu noch diese Macht ... Runa zu liebe, sollte ich ihnen zumindest auf das aller mindeste trauen. Ohne sie würde ich es nämlich ganz bestimmt nicht schaffen, Runa sicher aus dem Schloss zu befreien.

Er lief los und machte eine folgende Handbewegung. Sein Kopf tat ihm weh. „Kommt mit. Hier geht es lang."

6

Sie wurde vor die Füße des Reiters geworfen. Nach dem langen Ritt zum Schloss, tat ihr der ganze Körper weh. Heilen konnte sie sich in diesem Zustand nicht. Auch nicht, weil diese Männer dann sofort gesehen hätten, dass sie eine Blutzauberin war. Der Reiter warf sie sich nun auf die Schulter. Alle Menschen, die um sie standen, starrten sie an. Alle waren von den roten Haaren fasziniert. Niemand kannte diese Haarfarbe, außer aus Erzählungen. Für sie war das ein besonderes Erlebnis. Keiner konnte seinen Blick von ihr abwenden. Erst nach dem der Reiter eine grimmige Bemerkung machte, wandten sich alle wieder schnell ihrer Arbeit zu.

Sie hatte sich in diesem Moment wie entblößt gefühlt. Alle hatten sie angestarrt. In ihrem Dorf, als sie noch ein kleines Mädchen war, hat man sie wegen ihrer Haare immer beneidet. Niemand hatte solche Haare. Nur sie. Ihre Mutter kannten alle nicht wirklich. Sie kannten sie nur mit blonden Haaren. Ihren Vater hatte nicht einmal sie selbst kennen gelernt. Er hatte wohl denselben Dickkopf, wie sie, aber auch so ein reines Herz.

Sie wurde einen Weg lang vom Schlosshof zu einem Tor gebracht. Sobald ein Soldat am oberen Ende den Reiter sah, wurde ihm das Tor sofort geöffnet. Er lief durch und ging dann einen langen Weg im Schloss lang. Auf dem Weg liefen ihm Knappen, Diener, Ritter, Mägde und andere Bedienstete des Königs entgegen. Sie machten ihm alle sofort Platz. Aber das Mädchen fiel jedem sofort auf.

Eine blonde, kleine, dünne, zierliche Magd kam den beiden entgegen. Sie hatte warme grüne Augen und ein hübsches Gesicht. Ihr fiel das Mädchen auf den Schultern des Reiters auch sofort auf.

„Emma, warte kurz", sagte der Reiter. Sie blieb sofort stehen und sah zu ihm rauf. Er war fast zwei Köpfe größer als sie. Aus dem Beutelchen holte er die Strähne und reichte sie ihr. „Hier meine Schöne. Ein Verlobungsgeschenk. Ich wollte es erst verkaufen, aber der König wird mich schon angemessen genug bezahlen und du hast so etwas Besonderes sicher noch nie besessen."

Ihre Augen wurden groß. So etwas hatte sie wirklich noch nie gehabt. Sie betrachtete es voller Erstaunen und bedankte sich voller Freude. Sofort steckte sie die Strähne ein.

Er gab ihr einen Kuss und lief dann weiter. Runa sah dem Mädchen namens Emma nach. Sie musste fünfzehn sein. Dieser Kerl dagegen war fast zehn oder fünfzehn Jahre älter als sie. Sie war schon lange nicht mehr unter Menschen gewesen und dass diese Menschen hier aus Liebe heirateten war ihr unbekannt. Diese beiden schienen sich aber wirklich zu lieben.

Emma lächelte Runa zu. Runa gab ein gezwungenes Lächeln zurück. Das Mädchen schien wirklich nett zu sein. Dieser Kerl dagegen eher nicht. Wie sie ihn wohl so lieben konnte?

Der Ritter begann über Emma zu reden. Er sagte Runa, wie wundervoll sie war, wie sie sich über den König kennenlernten und er ihre Verlobung zu Stande gebracht hatte. Dass Emma ihr Vater das Mädchen endlich unter die Haube bringen wollte und sie bald heiraten würden. Da verstand sie es. Er liebte sie und war dementsprechend lieb zu ihr. Anderen gegenüber war er aber knallhart.

Sie standen vor zwei großen Türen, die nur etwas kleiner waren, als die Tore von draußen. Die Wachen, die auch hier vor der Tür standen, ließen ihn ebenfalls rein und starrten Runa ebenfalls erstaunt an.

Er lief bis zum Podest des Königs vor, der auf seinem Thron saß.

„Was hast du mir da gebracht, Engelhardt?", fragte der alte König. Er war schon komplett erweist, hatte viele Falten und würde sicher bald sterben.

Sein ältester Sohn saß neben ihm. Dieser sah aber nur gelangweilt durch den Raum. Er war gerade zum Ritter geschlagen worden mit seinen zweiundzwanzig Jahren.

„Eure Majestät, ich habe etwas wirklich Interessantes für Euch. Es ist ein Mädchen ... Ein wirklich besonderes Mädchen ..."

Der König verlor sofort sein Interesse. „Es gibt viele Mädchen. Von allen behauptet man, dass sie besonders seien. Was soll an dieser jetzt so besonders sein?"

Er trat einen weiteren Schritt vor und setzte Runa vor ihnen ab. „Sie hat rote Haare."

Der König sah sie schockiert an. Nun bekam sogar sein Sohn ein gewaltiges Interesse. Er sah ihr Haar an. Der König war völlig erstarrt von ihr. Der Sohn war schon kurz davor aufzustehen und sich ihr Haar zu greifen. Seine Augen empfand sie als giftig, wie von einer Schlange. Sie waren grün und braun gemischt. Sein Vater löste sich langsam aus seiner Starre und begann zu sprechen: „Mein treuester Ritter, wo habt Ihr diesen Fund gemacht?"

Engelhardt begann freudig zu strahlen, über diese Ehre, als treuester Ritter betitelt worden zu sein. „Mein König, das Mädchen war bei einem Bauernlümmel, der in den Wald geflohen ist. Macht Euch deswegen keine Sorgen, den werden wir bald in der Mangel haben. Es ist der Leserling. Der war mir eh schon immer ein Dorn im Auge."

Der König nickte. Als nächstes wandte er sich an Runa. Mit

seiner Hand und einem sanft wirkenden Blick, deutete er ihr, dass sie näherkommen sollte -als wäre sie ein kleines Kind. „Komm her, mein schönes Kind, lass dich ansehen."

Runa stand zögernd auf und lief langsam zum König.

„Komm etwas schneller, Mädchen", sagte Engelhardt und gab ihr einen gewaltigen Schubs, dass sie vor die Füße des Königs fiel.

„Welch ein schönes Haar. So weiße, weiche Haut. Ein schönes Gesicht. Und bunte Augen", meinte der König. Er nahm ihr Kinn in seine Hand und hob es dabei, während er seine Worte aussprach.

Sein Sohn starrte sie nur weiter an, bis er sich dann doch dazu entschloss, sich eine Strähne zu nehmen. „Es sieht aus wie eine lodernde Flamme", sagte der Junge.

„Mein Sohn, was meinst du? Du brauchst noch eine Frau. Sie besitzt sicher nix, aber ein so besonderes Mädchen, das kann man nicht einfach gehen lassen. Und wie würden die anderen Könige und Prinzen doch vor Neid platzen, wenn sie von deiner schönen und besonderen Frau hören würden?"

„Ja, mein Vater. Bitte lasst mich sie zur Frau nehmen."

„Dann ist es so entschieden. Sie wird deine zukünftige Gemahlin."

Runa konnte beide nur entgeistert ansehen, während der König sich an seinen Ritter wandte.

„Engelhardt, was wollt ihr für sie?"

Der Ritter überlegte kurz, meinte dann aber nur: „Kommt ganz darauf an, was sie Euch wert ist, Eure Majestät." Ein Grinsen erschien auf seinem Gesicht.

Der König rief nach seinem Kassenwart. „Gib ihm 100 Goldstücke. Sie ist eine Menge wert."

Der Ritter verbeugte sich. „Danke, Eure Majestät. Ihr seid zu gütig."

„Nein, ich habe zu danken, für ein solch hübsches Weib, für

meinen Sohn."

Runa sprang sofort auf. Ihre Schmerzen gaben ihr einen kurzen, schockierten Moment, aber sie fing sich schnell wieder. „Was soll das heißen?", fragte sie entsetzt.

Der König fing an zu lachen. Sein fauliger Atem kam ihr entgegen. Die meisten Zähne waren ihm schon ausgefallen oder verfault. „Das heißt, dass du meinen Sohn zu deinem Gemahl bekommen wirst."

Sie erstarrte. Das wollte ihr nicht in den Kopf gehen.

Runa sah zu seinem Sohn. Seine braun-blonden Haare gingen ihm bis zu seinen Schultern. Das zeigte, dass er ein Adliger war. Er war, so wie sie es ausmachen konnte, einen Kopf größer und hatte eigentlich ein recht hübsches Gesicht.

Sie kannte ihn nicht. Sie wollte ihn auch nicht kennenlernen. Seine Augen hatten etwas Besitzergreifendes in sich.

Runa fing an zu schreien. „Nein! Nein, das will ich nicht!"

Dem König gefiel diese Aussage ganz und gar nicht. Er ging mit seinen klapprigen Knochen aus seinem Thron, um größer und mächtiger zu wirken.

„Das hast du aber nicht zu entscheiden, denn ich-„

Sie fiel ihm ins Wort und fing weiter an zu schreien: „Nein! Ihr habt das nicht zu entscheiden! Das ist mein Leben! Meine Entscheidung! Ich entscheide, wen ich heiraten will und wann, ob ich überhaupt heiraten will!"

„Du kleines Biest! Hast du eine Ahnung, wen du hier vor dir hast? Ich bin der König! Ich habe das Recht über jeden und alles! Ich entscheide über jeden und alles! Und so auch über dich und dein bemitleidenswertes Leben! Sei froh einen Mann von so hohem Stand heiraten zu können! Dem höchsten Stand!", schrie nun auch der König.

Ihr fiel etwas von seinem Speichel ins Gesicht. Sie wischte ihn sich angewidert ab. Dann sagte sie mit fester Stimme: „Ist mir egal, was oder wer Ihr seid. Ich entscheide immer noch selbst über mein Leben und niemand anderes!"

Der König klatschte seine Hand gegen ihre Wange und sie fiel schockiert ein paar Schritte nach hinten. Laut hallte der Schlag durch den Saal und alles wurde still. Nur dieser Schlag war zu hören und schockierte Gesichter zu erblicken.

Runa hielt sich die schmerzende Stelle und sah wütend zum König hoch.

Wie konnte er es wagen!

„Schafft sie in den Kerker, da werden wir ihr Manieren beibringen und zeigen, welchen Rang eine Frau hat. Kein Weib stellt sich gegen einen Mann und schon gar nicht gegen den König oder seinen Sohn!"

Sie wurde von zwei Wachen mitgenommen. Aber einfach mit sich alles machen lassen wollte sie nicht. Niemals würde sie sich ohne Gegenwehr etwas gefallen lassen, was sie nicht wollte. Runa versuchte um sich zu trete und zu schlagen, aber nichts half ihr.

Sie wurde in eine kalte Zelle im Kerker geworfen. Im Kerker gab es nur wenig Licht, da er nur von ein paar vereinzelten Fackeln beleuchtet wurde, da er im Keller des Schlosses lag. Ein bisschen Stroh lag auf dem Boden, war aber feucht und zum Teil schon faulig und vermodert, wodurch ein übler Geruch entstand.

Runa heilte sich soweit, dass niemand bemerken würde, dass sie keine Schmerzen mehr hatte.

Sie ging in die hinterste Ecke der Zelle. „Linhart, bitte komm schnell, bevor sie mich mit diesem Mann verheiraten."

7

„Wow, Schlösser sind ja wirklich ziemlich groß", sagte das Mädchen erstaunt.

Alle drei Rotschöpfe trugen einen Umhang. Sie hatten sich darunter verborgen, damit niemand ihre Haare sah. Und wenn das jemand täte, hätten sie sofort die Aufmerksamkeit aller. Wenn das so wäre, wäre die Chance, Runa zu retten, gleich Null. Denn dann würde der König bestimmt auch sie zu sich bringen lassen.

„Du hast sie doch schon ein paar Mal aus der Entfernung gesehen", sagte der Junge mit den blauen Augen.

„Ja, aber nie so nah. Wir stehen genau davor. Das ist wirklich unglaublich. Sogar größer als die Bäume. Findet ihr das denn gar nicht erstaunlich?"

Die Jungen sahen sich an und nickten. „Schon, aber wir haben eine Aufgabe, da können wir uns nicht so lange damit aufhalten, Schlösser zu bewundern."

Linhart hatte das Schloss schon oft gesehen. Von seiner Hütte aus dauerte es gerade mal einen halben Fußweg bis dorthin.

„Ja, da ist ja noch das Mädchen", sagte sie mit großen Augen. Sie war eine Frohnatur. Es gab eigentlich nichts und niemanden, der sie wütend oder traurig machen konnte.

„Dann gehen wir mal los." Ein breites Lächeln lag auf ihrem Gesicht. Sie wollte direkt loslaufen, da wurde sie auch schon am Kragen festgehalten (dabei machte sie einen würgenden

Laut, da ruckartig der Kragen ihres Umhangs auf ihren Hals drückte).

„Halt, stopp. Wir können da nicht einfach so reinlaufen", sagte wieder der Junge mit den blauen Augen.

„Ach Brüderchen, warum denn?"

Er war im Gegensatz zu ihr immer sehr ernst. „Wir müssen taktisch da ran."

Linhart war von ihnen verwundert. Er selber hatte gesagt, dass sie da nicht so einfach rein konnten, und wurde dafür ausgelacht, und jetzt sollten sie doch seinem Rat folgen?

„Der Bauernjunge hatte da wohl doch recht, auch, wenn ich das nicht unbedingt gerne zu gebe."

Linhart fasste das sofort als Beleidigung auf -als was es natürlich auch gemeint war.

„Hey!", wollte er gerade gegen ihn einwenden und protestieren, aber er wurde von allen ignoriert. Letztendlich gab er seine Versuche auf und hörte stattdessen zu, was sie zu sagen hatten.

„Wir sollten am besten in der Nacht angreifen, da erwecken wir nicht so viel Aufsehen. Die meisten werden zu diesem Zeitpunkt auch schlafen. Dann kümmern wir uns um die Leute vor der Tür und Tor. Sorgt dafür, dass sie euch erst nicht sehen, bevor ihr sie tötet. Dann können wir uns reinschleichen und nach ihr suchen. Auch wenn es mich nervt. Wir kennen sie gar nicht. Sie kann gar nicht so wichtig sein. Sie ist nur ein dummes und Ahnungsloses Mädchen. Wir brauchen sie doch eigentlich gar nicht."

Linhart war ein wenig erstaunt. Und noch etwas … Aber was?

Das heißt, sie kennen sie gar nicht? Woher wussten sie dann von ihr? Und warum wollen sie sie dann da rausholen? Irgendwas stimmt hier doch nicht? Aber meine Meinung ändern kann ich jetzt auch nicht mehr, zumindest nicht so lange, bis Runa befreit wurde. Ich sollte abwarten, bis sich alles geklärt hat. Vielleicht sagen sie ja noch etwas, was es mich besser verstehen lässt.

Das Mädchen und der große Junge sahen sich bedrückt an.

„Ja, aber wenn die Weise Frau das sagt, dann wird sie sogar sehr wichtig sein. Das weißt du doch", sagte das Mädchen.

„Aber *du* weißt doch, ich habe Jahre lang trainiert. Und das umsonst? Nur um dieses Mädchen aus einem Schloss zu holen? Wenn sie wirklich so mächtig ist, wie die Weise Frau behauptet hat, wie konnte sie dann erst in diese Situation geraten?" Darauf hatte seine Schwester keine Antwort.

Linhart mischte sich nun ein. Er fand es schrecklich mit anzuhören, wie dieser Junge sich über Runa lustig machte - oder sie wohl eher beleidigte (dieser Kerl schien ja immerhin nicht den nötigen Humor zu besitzen, um sich über irgendwas oder irgendjemanden lustig zu machen). Abgesehen davon, verwirrte es ihn immer mehr, je mehr er hörte, warum sie gekommen waren.

„Hör mal zu du Trampel! Runa ist etwas Besonderes, sie ist außerdem wunderschön und hat etwas an sich ... Ich weiß nur noch nicht was genau das ist ... Und wovon redet ihr da überhaupt?"

Sie gaben ihm nun doch endlich Beachtung. Hatten sie ihn etwa völlig vergessen und nicht nur ignoriert? Oder vielleicht einfach beides?

„Das geht dich Außenstehenden nichts an. Warum bist du überhaupt noch ihr?", fragte der Blauäugige. Er wandte sich zu den anderen. „Mal wirklich, warum ist er noch hier?"

Seine Gefährten zuckten mit ihren Schultern.

„Ich will Runa da rausholen. Ich habe es ihr versprochen und dieses Versprechen werde ich auch halten."

Das Mädchen lächelte. „Oh, bist du etwa in sie verliebt?"

Er wurde rot und sah sie erschrocken an, sah dann jedoch peinlich berührt zur Seite. „Das ... Nein ... Gar nicht ... Das stimmt nicht ...", stammelte er. „Sie ist einfach nur ein nettes Mädchen, das ist alles."

Der Blauäugige verdrehte genervt seine Augen. „Na dann kann er für seine Angetraute mit, aber ich kümmere mich nicht um ihn, wenn was schief geht."

Linhart sah ihn wutentbrannt an. „Sie ist nicht meine Angetraute!"

Das Mädchen lachte wieder. „Schon gut, schon gut. Er ärgert gerne andere. Ich bin übrigens, ich bin Nia, die Fröhliche. Der Große neben mir ist Evan, der junge Krieger. Und mein Bruder ist Kilian, der Krieger."

Es wunderte ihn etwas, dass sie auch die Bedeutungen der Namen nannte, aber wie es aussah, entsprachen sie ihren Persönlichkeiten.

„Dann können wir ja jetzt erstmal etwas essen. Ich sterbe vor Hunger", meinte Nia. Sie sah nach oben zum Himmel. „Bis es dunkel wird dauert es eh noch vier Stunden." Sie lief zurück und sah sich die einzelnen Stände auf dem Markt an, die anderen folgten ihr.

Linhart sah alle entgeistert an. „Habt ihr überhaupt Geld? Wisst ihr, wie es Zivil aussieht? Ihr seid keine Christen, nur Wilde. Verratet hier lieber niemandem eure Namen. Keltische Namen hört man hier nicht gerne. Sie würden euch sofort Köpfen."

Nia hörte ihm schon gar nicht mehr zu. Sie sah sich einfach nur um, fand etwas, nahm sich einen Apfel von einem Stand und rieb mit einer Hand an ihm. Er war frisch geerntet und knackig hart.

„Ihr bezahlt hier doch mit Silber? Das haben wir. Und wir haben sowieso nicht vor mit euch Christengesindel zu reden. Ihr seid alles nur Heuchler und Mörder", sagte Kilian und spuckte zur Seite.

Linhart gefiel das gar nicht, wie er über Christen und seinen

Glauben sprach. „Wie kannst du so etwas nur sagen? Wir sind keine Mörder und auch keine Heuchler!"

Evan hatte sich bereits zu Nia gesellt und sah sich auch ein paar der saftigen Früchte an.

„Dann beweis mir das Gegenteil. Das wirst du allerdings nicht schaffen, weil ich recht habe. Und ich weiß, dass ich recht habe", entgegnete Kilian wütend.

„Wie kommst du denn auf sowas? Du kennst doch überhaupt keine Christen. Du bist nur ein dahergelaufener Wilder. Du hast doch gar keine Ahnung von uns."

Kilian sah ihn direkt an, seine Augenbrauen finster nach unten gerichtet. „Und du willst uns kennen? Uns, die du noch nie zuvor gesehen hast? Und wo ich doch bereits jetzt genug von dir und allen anderen gesehen habe? Aber keine Sorge, ich werde dir schon beweisen, dass wir euch kennen, im Gegensatz zu dir in unserem Fall."

Kilian musste sich nur kurz umsehen, um sofort etwas zu finden.

„Da, siehst du das? Das kleine Mädchen mit den Locken? Sie hält ein totes Kind im Arm und muss gerade dabei zusehen, wie Ritter ihre Mutter vergewaltigen.

Ritter.

Christliche Ritter.

Sie haben geschworen die Unschuldigen zu beschützen, vergreifen sich aber selber an ihnen. Später wird man sie anklagen und die Frau wird hingerichtet. Sie ist ja immerhin nur eine Frau und außerdem von niedrigem Stand. Das sind Männer und Ritter. Gegen sie hat die Frau keine Chance. Das ist euer Christentum."

Linhart starrte in die Richtung in die Kilian in drehte und hinzeigte. Ein Arm hatte er über Linharts Schulter gelegt.

„Das ist doch normal und Frauen sind Männern nun mal untergestellt." Er sah Kilian an, während er das sagte.

47

„Ich sagte ja, eure Religion ist scheiße. Alles nur geheuchelt. Denn sowas ist alles andere, als normal.“

Linhart wurde wütend. „Bei euch ist das doch gar nicht anders!“

Kilian warf ihm einen vernichtenden Blick zu. „Bei uns gibt es so etwas erst gar nicht. Frauen sind Männern gegenüber gleichberechtigt. Solche Ungerechtigkeiten gibt es bei uns gar nicht. Niemand muss hungern. Jeder hilft jedem. Es gibt das hier nicht. Niemand sieht weg, wenn jemand anderes leidet. Und wir vergreifen uns auch an niemandem. Mal etwas von einem eigenen Willen gehört? Der wird bei uns von allen akzeptiert.“

Nia bezahlte mit ein paar Silbermünzen. Sie hatte das Gespräch mit angehört. Auf direktem Weg lief Nia zu dem Mädchen. Linhart sah gespannt zu. Nia kniete sich zu dem Mädchen runter. Sie redete mit ihr. Das Mädchen zeigte weinend auf die Ritter. Nias Augen wurden größer. Sie zog schnell das Mädchen an sich.

Einer der Ritter hatte sein Schwert gezogen und auf die Frau geschlagen.

Kilian kam dazu gerannt, so wie Linhart und Evan.

„Warum tut ihr das?“, schrie Linhart den beiden Männern entgegen.

„Das geht dich einen Scheißdreck an, Kleiner. Und jetzt verpiss dich. Sonst passiert dasselbe auch mit dir“, sagte einer der Ritter ausspuckend. Sie liefen an ihnen vorbei.

Linhart ballte seine Hände zu Fäusten und presste seine Zähne aufeinander.

Die Männer lachten beim Weggehen.

Diese Kerle machten ihn krank. Am liebsten hätte er sie zusammengeschlagen, aber das hätte nichts gebracht, höchstens einen fehlenden Kopf -aber nicht für diese Männer, sondern für ihn selber.

Er ging zu Nia und dem nun schreienden Mädchen.

„Sie war eine Bettlerin", sagte Nia mit zitternder Stimme.

„Lasst sie uns schnell woanders hinbringen", meinte Evan und zog die Frau schon auf seine Schulter.

Sie rannten los. Nia mit den Kindern auf ihren Arm und Kilian und Evan mit der Frau im Schlepptau. Linhart ging schnell hinterher.

Sie kamen hinter einer Mauer, an einer großen Wiese an. Niemand war in der Nähe.

„Hat sie noch einen Puls?", fragte Nia.

Evan fühlte.

„Keine Sorge, Kleine. Wir machen deine Mama schon wieder gesund."

Das Mädchen nickte mit nicht stoppenden Tränen in ihren Augen.

Evan sah zu Nia rauf.

„Nein. Nein. Sie war doch gerade noch da. Sie kann doch noch gar nicht ...", fing sie an, stoppte dann aber.

„Sie war schon zu schwach. Sie war ja nicht mehr als Haut und Knochen."

Nia nahm das Mädchen in ihre Arme. „Keine Sorge, alles wird wieder gut. Gibst du mir den Kleinen?"

Das Mädchen gab ihr ihren Bruder.

„Er hat noch einen Schwachen Puls. Wenigstens ihn können wir retten." Sie zerkleinerte etwas Brot und gab dem Mädchen den restlichen Leib. „Du hast sicherlich Hunger." Die Kleine nickte und biss sofort in das weiche Brot -sie schlang es regelrecht in sich hinein, als würde sie Angst haben, dass ihr jeden Augenblick jemand es wieder wegnehmen könnte.

Nia gab dem Jungen etwas Ziegenmilch, die sie ebenfalls am Stand kaufte. Er trank gierig.

„Das ist deine Religion. Niemand hat geholfen, von deinen ach so tollen Christen (trotz dem ganzen Nächstenliebe

Gerede). Denk mal darüber nach, an was du glaubst", sagte Kilian zu Linhart, ehe er den Leichnam der Frau nahm und in den Wald brachte.

8

Sie hörte eine Tür, die geöffnet und geschlossen wurde. Dieser Person fiel es scheinbar schwer, die dicken Eichentüren zu öffnen.

Runa saß immer noch zusammengekauert in der Ecke. Sie hob ihren Kopf von ihren Knien, ihre Arme ließ sie jedoch auf diesen liegen.

Eine kleine Gestalt trat aus dem Schatten. Zum Vorschein kam ein kleines Mädchen mit langen braunen Haaren und einem Seidenkleid. „Hast du wirklich rote Haare?", fragte die Kleine. „Ich bin Antonia und du?"

Runa stand langsam auf und lief zu Antonia. Sie war zwei Köpfe kleiner als Runa, weswegen sie sich vor die Kleine ans Gitter der Zelle hockte.

„Wow. Die sind ja wirklich rot. Ich habe noch nie rote Haare gesehen. Und so viele Punkte im Gesicht. Ist das eine Krankheit?"

„Nein, nur Sommersprossen."

„Darf ich deine Haare anfassen?"

Runa nickte.

Die kleine Hand griff durch das Gitter und nahm so viele Locken in ihre Hand, wie reinpassten. „Wie weich die sind." Sie lächelte. „Willst du mit? Ich würde dir gerne etwas zeigen. In meinem Geschichtenbuch gibt es Rothaarige."

„Ich würde gerne mitkommen, aber ich bin hier eingesperrt.

Ich komme hier also nicht weg."

„Keine Sorge." Antonia zog etwas unter ihrem Kleid vor. Zum Vorschein kam ein Schlüsselbund. Sie probierte ein paar der Schlüssel aus, bis sie den passenden gefunden hatte. Sie machte die Tür auf und zog Runa mit sich. „Wie soll ich dich denn nun nennen?"

„Runa."

„Was ein seltsamer Name. Den kenne ich gar nicht, aber er hört sich trotzdem ganz hübsch an."

Sie liefen die Treppen hoch. Dabei achteten sie darauf, niemandem über den Weg zu laufen. Sie taten dasselbe auf dem Weg zu Antonias Zimmer. Die Tür öffneten und schlossen sie leise und schnell.

In dem Zimmer stand ein großes Himmelbett, ein großer Eichenschrank, Teppiche lagen auf dem Boden, eine Feuerstelle war an der Seite der Wand, die Flagge mit dem Wappen des Königreichs, ein Tisch und Stuhl, Truhen in unterschiedlichen Größen.

Antonia lief zu einer großen Kiste, die am Ende des Bettes stand. Sie öffnete sie und ließ dadurch ein knarrendes und krachendes Geräusch ertönen.

Runa stellte sich hinter das sich vor die Truhe kniende Mädchen.

In der Truhe sah sie mehrere Spielsachen, wie Holzpferde und Spielbälle. Antonia wühlte zwischen den Sachen und holten dann ein dickes Buch zum Vorschein raus. „Da ist es ja", sagte sie noch dazu. Dann stand sie mit dem alten Buch auf und drehte sich zu Runa um. „Das ist es. Das ist das Geschichtenbuch. Da sind auch Menschen mit roten Haaren."

Sie setzten sich auf die Fensteranhöhe, wo viele Kissen, Decken und Felle lagen. Antonia kuschelte sich an Runa. Sie schlugen das Buch auf und blätterten darin, bis sie den Anfang der Geschichte gefunden hatten.

„Kannst du mir vorlesen? Ich liebe es, wenn man mir Geschichten vorliest. Das hat die Königin immer gemacht. Die Königin war meine Mutter, aber ich erinnere mich kaum noch an sie."

Runa sah zu Antonia. Ihr Kopf lag an ihrer Schulter, weswegen sie Antonias Gesicht nicht richtig sehen konnte, aber sie konnte spüren, dass sie irgendwie traurig war.

„Warum tut sie es denn nicht mehr? Ist irgendetwas passiert?", fragte sie das kleine Mädchen, welches acht oder neun Jahre alt war. Antonia sah zu ihr auf. Jetzt konnte sie in ihre blau-grünen Augen sehen. Sie sah traurig aus, als würde sie jeden Augenblick anfangen zu weinen.

„Sie ist gestorben, bei der Geburt meines kleinen Bruders - zumindest wurde es mir so gesagt. Er ist auch gestorben. Vater will mich deswegen jetzt mit einem Fürsten verheiraten. Und aus dem Schloss darf ich auch nicht raus."

Runa sah sie entsetzt an. Sie war ja nicht mal 10 und da wollte er sie schon verheiraten? Was ist er nur für ein grausamer Mensch?

Runa fing an zu lesen. Sie konnte es allerdings nicht sehr gut, da sie von ihrer Meisterin eigentlich nur Runen und andere Schriften gelernt hatte. Die Buchstaben, die man hier benutzte, hatte sie nur bedingt gelernt. Nach einer Weile fiel es ihr aber recht einfach und sie las, als würde sie seit Jahren nichts anderes tun.

„Die Blutzauberer, wie sie sich selber nannten, sind ein Volk gewesen, das rote Haare hatten. Sie waren schreckliche Menschen, die nur Tod und Unglück über uns gebracht haben. Hexen, die einen Pakt mit dem Teufel geschlossen haben. Sie hatten übernatürliche Kräfte. Sie konnten einen Menschen ausbluten lassen oder sein Herz zum Anhalten bringen, ohne eine Waffe oder Gift gebrauchen zu müssen. Ihre Sinne und Instinkte waren wie die eines Tieres. Dieses Phänomen gab es aber nur bei Rothaarigen. An dieser Farbe konnte man die Hexen erkennen. Deswegen wurden alle Rothaarigen verfolgt, gejagt und getötet.

Heute weiß jeder von dieser Legende. Jeder weiß, dass es rotes Haar nicht gibt und dass das nur eine Legende ist. Ein Ammenmärchen, das gerne Kindern erzählt wird, damit sie immer artig sind, sonst droht man ihnen, dass eine dieser Hexen kommt und sie verflucht."

Bilder waren gezeichnet über ganze Seiten, wie Blutzauberer gejagt und verbrannt wurden. Alle hatten rote Haare und alle wurden mit bösen Auren und Gesichtern gezeichnet.

Runa schluckte kräftig. Ihr drangen Bilder in den Kopf. Bilder von ihrer Mutter. Bilder von ihrem Vater. Aber sie kannte ihren Vater doch gar nicht. Wie konnte sie sich dann an ihn erinnern? Wie war das nur möglich?

Ein lauter Knall der Tür ließ sie erschrocken aus ihren Gedanken fahren. Antonia war genauso erschrocken und fuhr ebenfalls nach oben.

Der König trat ein. In der Tür stand eine zitternde Frau.

„Sie ist wieder da. Sie hat sich wirklich einfach wieder weggeschlichen. Sie bekommt man einfach nicht unter Kontrolle", sagte die Frau und hielt sich an der Wand zur Tür fest.

Der König lief zu seiner Tochter. Runa beachtete er erst gar nicht. Er stand nun genau vor Antonia. Sie sah zu ihrem Vater auf, sah ängstlich aus.

Dann schlug er sie und Tränen stiegen ihr in die Augen. Schmerzvoll hielt sie sich ihre Wange.

„Du sollst doch nicht in die Kerker gehen. Da sind Verbrecher, Mörder, Diebe und Vergewaltiger. Was wenn dir da etwas passiert?", fragte er wütend.

Dann kniete er sich auf ein Bein vor sie und breitete seine Arme aus. Trauer lag in seinem Gesicht. „Komm her."

Sie weinte und schlang ihre kurzen Arme um seinen Hals. Er schloss sie ebenfalls in eine Umarmung. Dann löste er sich von ihr. Er stand auf uns sah zu Runa, die immer noch wie angewurzelt dasaß.

Antonia sah von ihrem Vater zu Runa. Besorgnis lag in ihrem Blick.

„Dir werden wir jetzt erstmal Hörigkeit beibringen."

„Vater, tu ihr bitte nichts. Sie hat mir vorgelesen."

„Keine Sorge, wenn sie erstmal deinen Bruder geheiratet hat, dann wird sie dir, und deinen bis dahin geborenen Neven, noch genug vorlesen können."

Der König wollte Runa an der Hand packen und hinter sich herziehen, aber sie entriss ihm ihre Hand. Er drehte sich böse um, sah aber dann doch abwartend zu, was sie tat.

Runa hockte sich in Augenhöhe vor Antonia. Dann küsste Runa ihre eigene Hand und legte diese an Antonias schmerzende Wange.

Antonia fing an zu lächeln, da der Schmerz verschwunden war.

Als nächstes stand Runa auf und folgte dem König.

„Na wenigstens einen ersten Schritt zum Gehorsam hast du gelernt. Dem König zu folgen, wenn er es verlangt."

9

Die Nacht war eingebrochen und Kilian stand mit Linhart und Evan an der Mauer des Schlosses.

Nia war bei dem Mädchen und ihrem Bruder geblieben, nachdem sie die Mutter der beiden begraben hatten. Sie wollte auf die beiden aufpassen, damit ihnen nichts passierte.

Die Jungen kletterten die Schlossmauern hoch. Oben angekommen, schlichen sie sich zu den großen Türen. Sie suchten in der Nähe einen Eingang, der nicht so auffällig war. Nur die Sterne und der Mond spendeten ihnen etwas Licht zum Sehen. Nicht viel, aber genug.

Sie fanden eine kleine Tür, bei den Ställen der Königlichen Pferde. Sie gingen durch den dunklen Gang und suchten die Gänge ab. Dann flüsterte Kilian: "Habt ihr das gehört?"

Evan nickte, da er ein genauso gutes Gehör hatte, aber sein nicken konnte man in der Dunkelheit nicht erkennen.

„Wovon sprichst du? Ich höre Garnichts", meinte Linhart. Er hatte ein normales Gehör. Er war kein Blutzauberer. Seine Sinne waren nicht so stark geprägt.

„Na die Schreie. Die, die von unten kommen."

Linhart versuchte genauer hin zu hören, aber er konnte trotzdem keine Schreie wahrnehmen.

„Du bist wirklich zu nichts zu gebrauchen", sagte Kilian zischend zu Linhart.

„Und du bist ein absoluter Esel", gab dieser zurück.

Bevor es noch eskalierte unterbrach Evan die beiden Streithähne. „Folge uns einfach", sagte Evan zu Linhart.

Die drei machten sich auf den Weg und gingen schnell zu den Treppen, die zum Kerker führten.

Nun konnte auch Linhart die Schreie wahrnehmen. Er erkannte Runa sofort. „Runa. Das ist sie. Das ist sie, die da schreit." Er rannte nach unten, dicht gefolgt von den anderen beiden, die sich davor noch überrascht ansahen.

Fackeln hingen an den Wänden, die den Weg nach unten beleuchteten.

Linhart wurde sofort von einer Wache ergriffen, als er unten ankam. Er versuchte sich zu wehren, schaffte es aber nicht richtig.

Kilian kam von der Seite und stach dem Mann ein Messer in den ungeschützten Bauch. Er ließ Linhart sofort los und fiel zu Boden. Der Mann versuchte noch seine Blutung zu stoppen, spuckte aber bereits Blut, das Zeichen dafür, dass er ohnehin sterben würde. Dasselbe taten sie auch mit den restlichen Wachen. Es waren nicht viele, gerademal vier.

Sie erreichten die Zelle von Runa. Die Schreie waren auf den Weg dorthin immer lauter geworden. Vor den drei bildete sich ein grausames Bild ab.

Durch die spärliche Beleuchtung konnte man ihre Konturen erkennen. Ihren dünnen, zerbrechlichen Körper. Die Tränen auf ihrem Gesicht, aber nicht die beiden Männer hinter ihr. Ihr eh schon dünnes Kleid hatten sie hinten aufgerissen. Ihr Gesicht war voller blauer Flecken und Schnittwunden. Sie peitschten sie gerade aus. Zumindest tat dies einer von beiden. Der andere schnitt immer mal kleine Wunden in ihre Haut. Ihre Knochen kamen bei jedem Schlag durch ihre Verkrampfung zum Vorschein. Ihre Handgelenke hatte man an Ketten festgebunden. Sie hielt sich an diesen fest, um den Schmerz irgendwie zu ertragen.

Runa wollte sich hinknien, kam aber nicht ganz bis zum Boden, durch die Ketten.

Linhart riss die Zellentür auf, welche einen Spalt geöffnet war. Runa bemerkte es erst gar nicht, dass die Tür geöffnet wurde, da sie in diesen Augenblick schon den nächsten Schlag abbekam.

Die Männer, die sie folterten, bekamen es zuerst mit. Ihre Köpfe schnellten von Runas Rücken zu Evan, der schnell durch die offene Zellentür trat. Evan ging schnell zu den Männern und griff so Blitzschnell an ihre Herzen, dass sie nicht einmal reagieren konnten. Er tat dasselbe, wie Nia es bei Linhart tat, nur dass er nicht stoppte, bis nicht beide vom stehenden Zustand umfielen.

In der Zeit löste Linhart Runa von ihren Ketten. Sie war so schwach, dass sie in sich zusammenfiel, und fasst wäre sie das auch, aber Kilian warf sich auf die Knie und fing sie auf. In Linhart machten sich gemischte Gefühle breit. Er war eigentlich dabei sie aufzufangen, aber jetzt war es doch nicht er, der sie auffing.

Runa sah in Kilians Gesicht. Er sah überrascht aus, auf eine ganz besondere Art. Sie war zu erschöpft zum Nachdenken. Ihr tat nur alles weh. Angst und Sorge war in ihrem Gesicht. Dann fiel sie komplett in Ohnmacht.

Kilian im Gegenzug hatte sie aus einem bestimmten Grund so erstarrt angesehen. Ein warmes Gefühl hatte sich in ihm breit gemacht.

Linhart hatte sich zu den beiden hingekniet.

„Wir müssen sie schnell hier rausbringen. Bald wird jemand mitbekommen, dass wir hier sind", sagte Evan, der sich nun auch zu den anderen gesellte.

Kilian legte seine Hand auf ihren Rücken, da, wo ihre Wunden von den Peitschenhieben waren. Sie blutete sehr stark. Er machte kreisende Bewegungen und da wo die blutenden

Wunden waren, war nur noch eine sehr dünne Hautschicht. Linhart sah gespannt zu. Es war echt. Was er da gerade sah war wirklich echt. Ihre Wunden waren ganz schnell geheilt. Zumindest fürs erste.

„Es wird nicht lange halten, bevor ihre Wunden wieder aufplatzen werden. Es ist nur für die Flucht. Wir müssen sie später heilen", sagte Kilian. Dann zog er sie auf seinen Rücken und lief schnell aus der Zelle.

Linhart und Evan machten es ihm nach und folgten, so schnell sie konnten. Trotz des Zusätzlichen Ballast auf Kilians Rücken, war er schnell. Linhart fragte sich, wie stark er sein mochte, um so eine Geschwindigkeit und Ausdauer bei zu behalten. Er selber hätte das nicht gekonnt, und das machte ihn wütend.

Kilian blieb am Treppenanfang stehen, wo sie nur wenige Minuten zuvor runtergelaufen waren. Die anderen beiden blieben ebenfalls hinter ihm stehen. Kilian sah um die Ecke der Wand. Er versuchte mit seiner Hand nach Evan zu greifen, schaffte es aber nicht. Evan bemerkte es natürlich und fasste ihn stattdessen an.

Blutzauberer konnten, in dem sie das Blut im Gehirn des anderen lenkten, eine Art Telepathie erschaffen.

Da ist jemand, gab Kilian an ihn weiter.

Evan griff nach Linhart, um ihm die Nachricht weiterzuleiten. Linhart war von dieser Fähigkeit schockiert und fasziniert zur gleichen Zeit.

Kilian gab ihnen eine weitere Nachricht weiter: *Er kommt hierher. Wir müssen schnell wegrennen.*

Sie hofften, dass die Person sie durch die Dunkelheit nicht sehen würde und liefen los.

„Wer ist da?", fragte die Person, die ihre Schritte gehört hatte. Sie rannten schneller. „Halt! Stehen bleiben!" Sie hörten nicht drauf, dafür hörten sie aber, wie sie nun von dieser Person verfolgt wurden.

Sie kamen endlich am Ausgang an und rannten auf den Hof. Die Tür versperrten sie schnell mit einem der Holzbretter, die an der Wand standen, für den Fall, dass eins der Pferde eines der Holzbretter vom Stahl eintrat.

Die drei rannten weiter. Kilian spürte eine warme Flüssigkeit auf seinen Fingern.

„Ihre Wunden sind aufgerissen! Das ist zu schnell passiert! Wir müssen hier weg, bevor sie verblutet!", rief Kilian zu den anderen beiden, die mittlerweile vor ihm rannten.

Linhart bekam leichte Panik. Sein Herz raste und er versuchte schneller zu rennen. Er wollte Runa nicht verlieren. Er konnte Runa nicht verlieren. Sie war ihm, auch wenn sie sich erst seit – sehr - kurzem kannten, eine wahre Freundin geworden. Und jetzt sollte sie kurz davor sein zu verbluten? Er hatte doch noch so viele Fragen an sie und wollte sie auch noch besser kennenlernen.

„Wie sollen wir eigentlich wieder runterkommen? Wenn sie weiter so auf deinem Rücken bleibt, könnte sie vielleicht runterfallen", meinte Evan. Die drei Jungen sahen sich fragend an.

Auf dem Hof war es immer noch dunkel, aber man konnte bereits schon besser sehen. „Dann müssen wir eben durch das Tor", sagte Kilian ernst.

Sie nickten, liefen los und suchten nach dem Rad zum Öffnen des großen, schweren Holztores. Sie hatten es gerade gefunden und fingen an, das Rad zu drehen, damit das Tor aufging. Sie hatten Glück, dass es eines von denen war, die nach oben gingen und man deswegen eigentlich nur einen Spalt zum durch gehen brauchte.

Alle drei sahen hoch, als sich eine Tür öffnete. „Wer seid ihr? Was macht ihr hier?" Es war dieselbe Person von vorher.

„Schnell!" Ein Spalt war schon da. Evan rief Kilian zu: „Schnell! Lauf! Wir kommen gleich nach. Bring das Mädchen schonmal in Sicherheit!"

„Okay! Ich warte im Wald auf euch!", rief er den beiden Jungs zu und ging durch den Spalt. Er duckte sich so gut es ging. Sobald er draußen war, ließen die beiden das Rad los, welches sich sofort in die andere Richtung drehte und das Tor runterfallen ließ.

Sie rannten die Treppe auf den Seiten hoch. „Halt!", rief die Person wieder. Er fing an nach Wachen zu rufen. Sofort kamen welche angerannt.

„Wir haben nicht die Zeit zum runterklettern", meinte Evan. Linhart sah ihn verängstigt an und fragte: „Was sollen wir dann machen?"

Evan hielt ihm seine Hand hin, er ergriff sie nach einem Augenblick des Zögerns.

Die Wachen rannten nun auch die Treppe in ihren schweren Metallrüstungen hoch.

Evan stieg auf die Mauer, Linhart tat es ihm gleich. Linhart hörte eine Stimme in seinem Kopf. Er glaubte es zumindest.

Springen!

Evan ging in die Knie und sprang. Er ließ Linhart nicht los.

Linhart schrie kurz auf, als er von Evan mitgerissen wurde. Evan hatte einen ernsten Ausdruck in seinem Gesicht, während Linhart voller Angst und Schock zu dem Wasser unter sich sah.

Sie hörten, bevor sie untertauchten, wie eine Stimme rief, dass man zu ihnen runter solle. „Los! Hinterher!"

Sie tauchten wieder auf - Evan ließ Linhart los - und schwammen dann schnell ans Ufer.

Das Tor wurde geöffnet und gab dabei ein Krachen von sich. Die Wachen rannten zu ihnen runter, aber sie waren in der Zeit, als sie unten ankamen, schon lange in den Wald gerannt.

●●●

„Wo ist Kilian?", fragte Evan, als er und Linhart im dunklen Wald ankamen und sich erschöpft zu Nia und den Kindern setzten, die sie recht schnell finden konnten. Ihre Kleidung war völlig nass gewesen, doch durch die Wärme, die durch den herangrauenden Morgen wieder stieg, trockneten ihre Sachen etwas schneller, als sie es normalerweise tun würden. Außerdem gaben die beiden selber auch eine große Wärme von sich, so schnell wie sie rennen mussten.

Der Mond stand noch oben am Himmel, so wie die Sterne, und erhellte, was zu erhellen ging. Nur im Wald konnte man kaum etwas sehen. Die Nacht sollte allerdings bald verschwinden.

„Und wo ist Runa?", fügte Linhart hinzu.

Nia sah beide verwirrt an. „Was meint ihr? Sind sie nicht bei euch?"

Evan schüttelte seinen Kopf. „Nein. Wir mussten uns trennen. Es gab Komplikationen."

Nia seufzte. „Na toll. Jetzt müssen wir die beiden auch noch suchen."

Evan sah sie bedrückt an. Er dachte an Runas Verletzungen, die mit jeder Minute schlimmer werden würde, wenn sie nicht endlich geheilt werden würde. Ob es Kilian mittlerweile wohl geschafft haben mochte? Und was, wenn nicht? Ob sie überhaupt noch lebte? Und wenn sie es tat, dann würde Kilian durch sie auch zu einer leichteren Beute für die Wachmänner werden, die sicher auch ihn verfolgen würden, so wie es auch bei Linhart und Evan der Fall war. Nur waren die beiden nicht verletzt und hatten einen weiten Vorsprung, so wie die Dunkelheit als Schutz.

Niemand würde die beiden mehr bekommen.

Bei Runa und Kilian sah das ganze allerdings anders aus.

„Und das sollten wir jetzt tun, bevor unsere Verfolger sie finden."

10

„Sie ist weg?!", brüllte der König und schmiss seinen Teller und Becher vom Tisch. Der Wein breitete sich auf dem Steinboden aus und drang in die Rillen und Ritzen. Die Hunde machten sich sofort über das Fleisch her.

Der Tag war gerade eingebrochen. Leichte Sonnenstrahlen schienen durch die großen Fenster.

„Euer Sohn ... Er ..." Als sein Sohn erwähnt wurde, wurde er wütend. „Beschuldigt ihr ihn etwa?!"

Der Diener fing an zu zittern. „Nein, nein, eure Königliche Majestät. Er hat es gesehen. Es waren drei Gestalten. Ein paar Jungen. Sie mussten von den roten Haaren gehört haben."

Der König ließ sich auf den Stuhl sinken. Er machte eine Handbewegung, dass der Diener verschwinden solle, welcher sofort rausrannte. Erleichtert rannte er hinaus, mit einer gewissen Anspannung. Noch länger hätte er es nicht bei ihm ausgehalten und der König hätte es sicher auch nicht noch länger mit ihm ausgehalten, ohne ihm nicht den Kopf abhaken zu lassen.

„Räum das weg", befahl der König nun – ohne genau zu sagen, was er meinte, das mussten alle einfach auf Anhieb wissen - einer von seinen Mägden, die angespannt im Raum standen und ihre Hände aufeinander gefaltet vor sich hielten. Direkt sprach er keine von ihnen an, sie mussten nur seinen Befehlen gehorchen.

Sie knickste und räumte sofort das Geschirr vom Boden. Sie sah es eher als eine Flucht vor ihm. Die dreckigen und heruntergefallenen Sachen mussten immerhin auch erstmal weggebracht werden. Je weniger sie in seiner Nähe war, umso wohler fühlte sie sich. So ging es allen.

Er sah zu ein paar Wachen, die immer an der Wand standen. „Macht euch bereit, wir müssen noch wohin."

● ● ●

Es klopfte laut an der Tür. Emma sah verwundert und besorgt zu ihrem Mann.

„Einen Moment bitte", sagte Engelhardt und stand von seinem Stuhl auf, nachdem er das Stück Brot, das er gerade aß, auf seinen Teller legte. Er trank nochmal einen Schluck von seinem Bier und lief dann zur Tür.

Er öffnete sie, seine Kameraden standen vor ihm, sie in Rüstung, er im einfachen Hemd.

„Was kann ich für euch tun?", fragte er sie.

Einer baute sich vor ihm auf. „Dem Königlichem Nachfolger wurde sein Besitz gestohlen. Der König will eure Verteidigung hören."

„Was? Wovon sprecht ihr? Ich habe nichts gestohlen. Ich bin dem König treuergeben. Ich bin sein bester Mann -wie er selber auch schon so oft gesagt hat."

Der Ritter vor ihm ging zur Seite. Nun sah er den König, der da auf seinem mitgebrachten Thron saß. Sein Sohn stand neben ihm.

Emma hatte das Gespräch mitverfolgt und stand nun ebenfalls auf. Sie trat zu ihrem Verlobten und fasste ihn an seine Schulter, immer möglichst darauf bedacht, möglichst im Schutz zu stehen.

„Was ist los?", fragte sie besorgt.

„Geh zurück ins Haus, da wo es sicher ist. Hier stimmt irgendetwas nicht", gab er ihr zur Antwort. Sie blieb aber trotzdem wie angewurzelt stehen.

Der König fing an zu sprechen: „Das Mädchen ist weg, und du schuldest mir 100 Goldstücke."

„Aber ich habe sie nicht. Ich habe sie euch gegeben", gab Engelhardt aufgebracht zurück.

„Durchsucht sein Haus", befahl der König seinen Wachen.

Sie schoben die zwei in der Türstehenden zur Seite und fingen an alles zu durchwühlen. Dabei fiel einiges um und ging kaputt.

„Eure Majestät, bitte sagt ihnen, dass sie aufhören sollen. Sie machen alles kaputt."

„Hast du sie?", fragte ihn der König.

„Nein. Wirklich. Freunde, Mitbrüder, hört doch bitte auf mein Heim zu verwüsten. Ihr seid ja schlimmer als die Heiden!" All sein Flehen und Bettel brachte nichts.

„Hier ist nichts, Sire", sagte eine Wache, die nach draußen zum König trat.

„Hier ist eine Strähne von ihr", sagte ein anderer und kam ebenfalls raus, nur etwas schneller.

Der König wurde rot vor Zorn. „Schnappt ihn euch und bringt ihn mir", befahl er mit einer Handbewegung.

„Nein, das hatte ich bevor ich Euch das Mädchen brachte", versuchte Engelhardt zu erklären, aber das interessierte den König nicht. Er wurde schon an seinen Schultern nach draußen gerissen.

Emma trat schockiert nach draußen. Sie wusste nicht, was sie dagegen unternehmen könnte, dabei wollte sie es so dringend. Diesem Mann – Monster – würde sie ihren Verlobten nicht Kampflos überlassen wollen. Nicht bei dem Ruf, den der König besaß. Wusste sie es selber doch nur allzu gut, als er einst, vor nur kurzer Zeit, ihren Vater töten ließ. Ihr wurde zwar etwas anderes gesagt, aber sie wusste es nur allzu gut.

„Bringt mir das Gold", brüllte der König. Trotz seines Alters, hatte er noch ein recht lautes Organ, das über eine recht ansehnliche Entfernung noch zu hören war.

Eine Wache kam mit einer Kiste raus. Dann stand der König auf. „Drückt ihn nach unten", kam der nächste Befehl.

„Majestät, ich habe sie wirklich nicht", wimmerte Engelhardt nun. Er war oft bei solchen Momenten dabei gewesen. Er war nur sonst immer einer derjenigen die grinsend an der Seite standen und die Männer und Frauen, so wie manchmal auch Kinder, nach unten drückte. Er wusste also ganz genau, was jetzt mit ihm passieren würde.

Der König zog sein Schwert. Emma fing bei diesem Anblick an, zu schreien. Sie wollte hinrennen und das stoppen, aber sie wurde von zwei der Männer festgehalten. Alles Wehren half nichts. Sie konnte nur schreien, dass sie aufhören sollen.

Der König wandte sich von Engelhardt ab und drehte sich zu seinem Sohn. „Dir gebührt diese Ehre, es war dein Eigentum, welches er gestohlen hat. Du sollst es tun", sagte der König und reichte ihm das Schwert. Ein schönes Schwert, das extra für solche Anlässe geschmiedet wurde.

Erneut versuchte Engelhardt, dem König zu erklären, dass er das Mädchen nicht hatte, dass er ihr die Locke abgeschnitten hatte, bevor er sie zu ihm brachte und nur ein Geschenk für seine Verlobte sein sollte. Es brachte ihm nicht.

„Sie war bestimmt eh nur eine Hure aus der Gosse und keine Jungfrau mehr. Wo das doch am wichtigsten ist. Dann hätte sich mein Sohn vielleicht noch irgendwas bei ihr eingefangen", meinte der König, beachtete Engelhardt nicht weiter, klang und sah eher desinteressiert aus, und gab dann seinem Sohn den Befehl, ihm den Kopf abzuschlagen.

„Nein!", schrie Emma, aber da wurde ihm schon der Kopf vom Körper getrennt. Blut floss aus seinem offenem Hals, der Kopf rollte noch etwas zu Emma und lag dann regungslos und mit leeren Augen auf dem Boden.

Emma sackte zu Boden und weinte bitterlich.

„Eine christliche Bestattung werden wir ihm verwehrt. Diebe gehören nicht zu unserem Herrn und Gebieter. Möge er ein gerechtes Urteil für seine Sünde bekommen. Möge er dafür büßen und bereuen."

Als der König das sagte, fing Emma nur noch lauter an zu schreien und zu weinen.

Wenn er kein christliches Begräbnis bekommen würde, dann würde seine Seele an Satan gehen. Dann wäre seine Seele für immer verdammt und würde im Höllenfeuer leiden. Dort wäre er dann verloren.

Wie soll er da nur je ins Paradies kommen und vielleicht sogar wieder auferstehen, in einem neuen Leben? Und die schlechten Worte, die er über ihren Verlobten sprach, verletzten sie zu tiefst.

Der König befahl seinen Männern zurück zum Schloss zu reiten. Als sie weg waren schwor Emma, dass sie Rache an dem Mann nehmen würde, der dafür verantwortlich war.

11

Kilian legte sich, in einer Wiese mit hochwachsenden Gräsern, nieder. Runa legte er vorsichtig neben sich. Ihre Augenlieder flackerten, aber sie wachte nicht auf. Er drehte sie um, damit er sich um ihre aufgerissenen Wunden kümmern konnte. Er schaffte es nicht, sie ganz zu heilen, was ihn sehr verwunderte. Ihre Wunden hätten doch ganz heilen müssen. War er denn wirklich so unfähig? Nein. Da stimmte etwas nicht. Er war ein wirklich begabter Heiler, er hätte es schaffen müssen. Wäre doch nur Nia hier, sie war sogar noch besser, sie hätte es sicher geschafft. Aber umso länger er wartete; umso länger sie nicht geheilt wurde, umso schlimmer würde es werden. Wenn es zu lange dauerte, konnten manchmal nicht einmal Blutzauberer Wunden heilen.

Er drehte Runa wieder um, zog sie wieder auf seinen Rücken und lief zum Wald, der neben der Wiese ein paar Hundert Meter entfernt war.

Runa wachte langsam auf. „Mein Kopf ...", flüsterte sie.

Kilian drehte seinen Kopf zu ihr um. „Alles okay?", fragte er, ohne anzuhalten. Sie sah sich um, aber als er das fragte sah sie zu ihm und ließ ihre Hand langsam sinken, die sie bis eben noch an ihren Kopf gehalten hatte, um den Schmerz zu lindern.

„Wer bist du?", fragte sie ihn zischend. Sie kannte ihn nicht. Wo war Linhart? Er wollte sie doch rausholen? Warum war dann jetzt dieser Fremde da? Und warum trug er sie auf seinen

Rücken?

„Wow, mal etwas ruhiger. Ich kann dir alles erklären", sagte Kilian.

Sie funkelte ihn böse an. „Dann fang mal an. Und lass mich gefälligst runter!", gab sie lauter von sich und versuchte runter zu kommen. Sie wurde von Kilian losgelassen und landete auf ihren Füßen.

Er drehte sich zu ihr um und wollte ihr alles erklären, aber da hatte sie sich aus Schwindel erneut an den Kopf gefasst und war wieder dabei umzufallen. Er fing sie erneut auf. Seine Augen wurden in diesen Moment größer.

Warum muss ich sie immer davor schützen, zu fallen, fragte er sich.

„Wieso immer?", fragte Runa. Er sah sie verwundert an. Er hatte keinen Gedanken an sie geleitet. Warum konnte sie dann wissen, was er dachte?

„Komm erstmal mit. Linhart und die anderen warten schon." Bei Linharts Namen horchte sie auf. Ihre Augen wurden größer.

„Linhart?", fragte sie aufgeregt.

„Ja, der. Ich erzähle dir alles auf dem Weg zu ihnen."

Er zog sie hoch. Eigentlich wollte sie keine Hilfe von ihm, aber er ließ sie einfach nicht los. Also gingen sie zusammen. Ihr Arm über seine Schulter. Sein Arm um ihre Taille. Sie kamen nur langsam voran.

Nachdem Kilian Runa alles erklärt hatte, hatten sie nicht weiter miteinander gesprochen. Beide hingen ihren eigenen Gedanken nach.

Der Tag war nun vollends eingebrochen. Die Sonne schien durch das dichte Blätterdach, der Bäume. Vögel saßen auf Ästen oder flogen von einem Ort zum andern und zwitscherten.

Durch Runa zog ein gewaltiger Schmerz, als sie an einer rutschigen Stelle vorbeiliefen. Kilian hielt sie, aber leicht gerutscht war sie trotzdem. Sie zehrte sich leicht ihren Rücken und schrie kurz auf.

Ein paar Schritte von ihnen entfernt war ein kleiner Fluss. Er brachte sie hin und sie trank draus, indem sie ihre Hände zu einer Schale formte, dann in den Fluss hielt, wieder rausnahm und an ihren Mund führte.

Kilian sah sie bedrückt an. Ihr zerrissenes Kleid hing ihr leicht von den Schultern. Die Wunden waren nicht zu übersehen. Ganze Zeit pulsierten sie. Nachdem sie getrunken hatte, versuchte sie ihre Wunden zu berühren, aber sie kam nicht dran.

Beide hörten etwas. Runa ignorierte es, sie versuchte einfach nur diese Schmerzen zu beenden. Kilian drehte sich dafür so schnell er konnte um und legte seine Hand auf das kurze Schwert, welches an seiner Hüfte befestigt war.

Er sah Nia, wie sie zu ihnen rannte. Besorgnis zierte ihr Gesicht. Hinter ihr waren auch schon Evan und Linhart mit je einem Kind auf ihren Rücken. Sie sahen weniger besorgt als eher erschrocken und verwirrt aus.

Nia sah erst Kilian und dann Runa, die immer noch verzweifelt versuchte an ihren Rücken zu kommen. Nia schmiss sich sofort neben sie auf die Knie. Sie fasste Runa an ihre Schulter, welche sofort die sinnlosen Versuche unterbrach und stattdessen zu Nia aufsah.

„Zeig mal her", sagte Nia. Runa war benommen, sie konnte nicht richtig denken, zu verzweifelt war sie. Sie drehte einfach nur ihren Rücken zu ihr um.

Nia erschauderte es bei diesem Anblick. Sie drehte wütend ihren Kopf zu Kilian und Evan. „Habt ihr denn gar nicht versucht sie zu heilen? Das sieht ja furchtbar aus! Wie sie noch am Leben sein kann ist ein Wunder!", schrie sie die beiden herrisch an. Sie legte ihre Hände auf Runas Rücken. Die beiden versuchten sich zu rechtfertigen, zu sagen, dass sie es versucht hatten. „So sieht es für mich aber nicht aus", sagte sie zischend.

Linhart trat dazu, der nun verstand, dass sie allesamt Blutzauberer waren, von dieser Tatsache aber immer noch zu verwirrt war.

„Sie sagen die Wahrheit."

Nia drehte sich zu Linhart um, sie machte gerade Kreisförmige Bewegungen auf Runas Rücken. Dann drehte sie sich zu den beiden Jungen. „Aber wie kann sie dann immer noch solche Verletzungen haben?"

Die beiden zuckten mit ihren Schultern. „Das wissen wir auch nicht so genau", meinte Kilian und sah bedrückt zu Boden. Er sah wieder zu Nia. „Aber vielleicht schaffst du es ja. Du bist unter uns dreien die beste Heilerin."

Nia sah zurück auf Runas Rücken. Ihre Stimmung wurde nicht gerade fröhlicher, so wie sie es sonst war. Leise sagte sie: „Heilen ja, aber sie wird trotzdem eine Narbe davon tragen - oder wohl eher einige. Und die werden auch nicht gerade klein sein. Was haben die denn mit ihr gemacht?" Nia stand auf und sah die Jungs an. Sie erzählten ihr, was sie gesehen hatten. „Das hört sich wirklich schrecklich an, aber ihre Wunden müssten trotzdem heilen -komplett heilen. Da dürften keine Narben übrigbleiben."

Runa stand vorsichtig auf. Kilian und Nia bemerkten es sofort. Beide wollten zu ihr eilen und ihr helfen, aber sie schaffte es auch schon alleine. Sie lief von allen weg. Alle sahen ihr nur nach. Linhart konnte ihre Schmerzen schon fast spüren. Den Kindern schien es ähnlich zu gehen, denn das Mädchen sprang von Evans Rücken runter und rannte Runa mit ihren kurzen Beinen hinterher.

Runa lehnte an einem Baum. Sie sah nach oben. Als die Kleine ankam sah sie zu ihr.

„Wer bist du?", wollte Runa von ihr wissen.

„Mara", gab sie kurz als Antwort.

„Bist du traurig?", fragte Mara sie.

Runa zog ihre Beine an sich und vergrub ihren Kopf zwischen ihren Knien. „Ja. Sogar sehr."

Mara setzte sich neben Runa und sah sie bekümmert an. „Ich bin auch traurig. Auch sehr traurig."

Runa drehte ihren Kopf zur Seite, um Mara ansehen zu können. „Ja? Warum denn?" Eine Träne lief ihre Wange runter und sie schniefte einmal.

Der bis eben noch nichts sagende Blick von Mara wurde traurig. Sie verzehrte es. Bis sie dann doch noch anfing zu weinen und in Runas Arme sprang. Runa ging erschrocken mit ihrem Oberkörper dabei nach oben, so, dass Mara jetzt ihren Kopf an Runa ihre Brust drückte.

„Sollten wir ihr nachlaufen?", fragte Kilian. Linhart war schon dabei los zu gehen und Runa zu folgen, aber Nia hielt nur ihren Arm vor ihn und schüttelte mit ihrem Kopf.

Linhart ließ den quengelnden Jungen runter. Er wollte auch zu Runa, aber war noch zu klein zum Laufen.

„Ich gehe alleine zu ihr", sagte Nia und lief los.

Die Jungen sahen sich nur Ratlos an.

Nia hatte gehört, was beide sagten. Da Mara nicht antwortete, übernahm Nia das Sprechen. „Sie hat gesehen, wie Ritter ihre Mutter vergewaltigt und umgebracht haben."

Runa drehte sich zu Nia. Beide sahen sich an. Mara lag immer noch bei Runa, die Mittlerweile schon ihre Arme um Mara gelegt hatte und fürsorglich über ihren Rücken strich.

Runa sah von Nia zu Mara, in das zur Seite liegende kleine Gesicht, das nun schon gefüllt mit Tränen war. Sie hatte Mitleid mit ihr. Sie wusste selber zu gut, wie es war, die eigene Mutter zu verlieren. So gesehen hatte sie es sogar zwei Mal. Die Großmeisterin sah sie auch als eine Art Mutter an. Nun hatte sie keine mehr.

Bilder drangen in ihren Kopf. Bilder von ihrer Mutter. Ihr Lächeln war vor Runas innerem Auge. Sie sah wunderschön aus. Ihre Haare waren aber nicht rot, sie waren strahlend blond, als wären sie die Sonne selbst. Eigentlich hätten sie rot sein müssen.

Runa hatte das Gefühl, dass sie irgendetwas wichtiges vergessen hatte.

Nia sah ihr streng überlegendes Gesicht. „Alles okay, Runa?" Runa sah auf und Nia sah sie besorgt an. Runa nickte nur und schüttelte dann ihre Gedanken ab. „Ja, alles bestens."

Nachdem sich Mara beruhigt hatte, gingen die drei Mädchen wieder zurück zu den Jungen.

Linhart nahm den Jungen wieder auf seinen Rücken, der seine Arme ganze Zeit nach ihm ausgestreckt hatte, nachdem er seine Schwester umarmt hatte.

„Na dann können wir ja los", sagte Nia, bereits dabei, sich auf den Weg zu machen. Die beiden Blutzauberer-Jungen folgten ihr. Runa, die von Nia eine Felljacke bekam und nun trug, ging mit Linhart nichts ahnend mit.

12

Sie liefen einige Zeit schon. Die Nacht war bereits eingetroffen. Sie hatten sich ein Lagerfeuer gemacht, welches ihre Schatten zu großen Verzerrungen formte. Gemeinsam sprachen sie darüber, was sie am nächsten Tag vorhatten und wie sie am besten ihre Verfolger abschütteln würden, wenn welche da sein sollten. Die Kinder schliefen bereits nebeneinander neben Nia und Runa am Feuer. Beide fühlten sich für die Kinder verantwortlich. Sie wussten beide, wie es war, die eigene Mutter zu verlieren.

Nia und Kilian konnten ihre Mutter nicht retten.

• • •

Sie waren wandern. Eigentlich wollten sie Kräuter, Wurzeln, Nüsse und Beeren sammeln, aber dann rutschte sie einen Abhang hinab und brach sich dabei ihr Genick, sobald sie den Boden berührte.

Die beiden wollten ihr helfen, kamen aber nicht zu ihr runter so steil und tief war es. Sie hätten sich nur selbst verletzt und sie waren auch noch zu klein, um überhaupt zu wissen, wie sie reagieren sollten.

Kleine Kinder, die sehen mussten, wie sich eine riesige Blutlache unter dem Körper ihrer Mutter bildete.

Sie rannten sofort in ihr Dorf zurück, um allen Bescheid zu

geben. Aber es war schon zu spät. Es wäre sowieso ein großes Wunder gewesen, wenn sie den Sturz, aus einer so großen Höhe, überlebt hätte.

Alle warfen Blumen, Geflechte aus Pflanzen und dergleichen nach unten. Sie sangen Lieder, um sich von der ihren zu verabschieden. Sie trauerten um sie und ritzten in einen der am Abgrund wachsenden Bäume eine Rune ein, sie sollte die Bedeutung für das Leben darstellen, und eine mit der Bedeutung für den Tod.

Runen hatten eine starke Kraft, wenn man sie benutzte, und als Blutzauberer konnte man ihnen eine noch stärkere Kraft verleihen. Wären sie Hexen oder andere magisch befähigte Wesen, dann wären sie noch um einiges Mächtiger.

Sie waren aber nur Blutzauberer. Sie waren nicht die stärksten Formträger der Magie.

Aber die meisten sahen es nicht wirklich als Magie - zumindest von ihnen die meisten nicht - sie sahen es als Gabe an, die sie von den Göttern bekommen hatten, um allen Lebewesen zu helfen, die es verdient hatten oder litten. Die Nicht-Träger sahen sie als Monster, Teufel und Dämonen an, weswegen sie sie so dringend tot sehen wollten. Aber jetzt waren sie ja davon befreit, denn die Generation die sie noch erlebt hatte, war jetzt tot und sie wurden in die Geschichtsbücher aufgezeichnet. Nur glaubte niemand mehr nach hundert Jahren an sie. Das waren aber auch vier, wenn nicht sogar schon fünf Generationen. Da war es nicht verwunderlich, dass sie nur noch Märchen und Legenden waren, die die Kinder gerne hörten.

● ● ●

Runa strich eine Locke aus Maras Gesicht. Sie sah sie mütterlich an und musste leicht lächeln. Nia tat es ihr gleich.

Sie hatten die Kinder richtig liebgewonnen.

Nia und Runa sahen kurz zu einander auf und lächelten sich zu.

Plötzlich sagte Kilian barsch: „Was sollen wir den anderen sagen? Die Kinder gehören immerhin nicht zu uns und rote Haare haben sie auch nicht. Geschweige denn, dass sie irgendwelche Fähigkeiten haben. Wir hätten sie ins Armenhaus oder so bringen sollen, da sind doch welche."

Nia wurde etwas sauer, wo sie sich doch durch ihr Eingreifen bereits automatisch für sie verantwortlich gemacht hatten. „Was willst du damit sagen? Dass wir sie einfach hätten im Stich lassen sollen? Das Armenhaus ist ein schrecklicher Ort, besonders, wenn man keine Eltern mehr hat!"

Kilian biss von seinem Brot ab, kaute kurz drauf rum, schluckte es runter und meinte dann: „So war das nicht gemeint. Wären es andere Umstände, dann hätte ich sie wirklich gerne mitgenommen, aber wir haben eine Mission zu erfüllen. Da können wir keine Kinder mitnehmen. Das ist gefährlich und sie behindern uns nur."

Das musst du doch selber auch so sehen, Nia.

Nia nahm sich ein Messer und warf es nach ihrem Bruder. Er legte seinen Kopf kurz zur Seite und machte dabei ein gelangweiltes Gesicht. Das Messer flog an ihm vorbei und blieb im Baumstamm stecken. Nia hatte schon immer einen starken Wurf gehabt. „Du bist so Herzlos! Diese Kinder brauchen uns!" Ihr stiegen Tränen in die Augen.

„Ich bin nicht herzlos. Ich hätte die Kinder ihrem Schicksal überlassen, wenn ich das wäre. Aber sie sind ja bei uns. Mein Essen habe ich mit ihnen geteilt und ich habe ihnen mein Fell zum Schlafen gegeben. Ich weiß schon, warum du so reagierst. Du denkst dabei an Mutter." Sie stockte, als er das sagte und hielt ihren Atem an. Ihr aufgebrachtes Gesicht wurde verzweifelt und sie sank zurück auf den Boden, von dem sie auf ihre Kniee gesprungen war, als sie das Messer nach ihm warf. Die anderen drei sahen still zu.

Runa sah verwirrt zwischen den beiden hin und her. Sie legte eine Hand auf Nias Arm und sah sie mitfühlend an. Aber die Frage, was er meinte stand ihr im Gesicht geschrieben.

Nia leitete ihren Gedanken, an das, was damals, als sie noch Kinder waren, geschah, an Runa weiter. Sie schloss dabei ihre Augen und zog ihre Augenbrauen zusammen. Eine leise Träne rollte Runa bei der neuen Erkenntnis über die Wange und ihre Augen wurden größer.

Das Blut, das Geräusch vom Aufschlag, die toten Augen ihrer Mutter, alles war so deutlich in ihrem Kopf, als hätte sie es selbst erlebt. Als wäre es ihre eigene Erinnerung.

Sie griff nach Nias Händen und drückte sie leicht zusammen. „Das ist ja schrecklich", sagte Runa zu Nia.

Nia hatte mittlerweile schon ihre Augen wieder geöffnet. Sie versuchte zu lächeln, aber sie bekam nur kläglich einen ihrer Mundwinkel nach oben. „Wir sollten wohl besser jetzt schlafen. Es war für uns alle ein anstrengender Tag gewesen. Und morgen wollen wir ja früh weiter, immerhin dauert es durch die Kinder etwas länger, bis wir unser Ziel erreichen", meinte Nia. Sie entzog Runa ihre Hände, legte sich mit dem Rücken zum Lagerfeuer, hoffend, dass niemand ihr Gesicht sah und die Tränen, die darauf ihr Gesicht runterliefen.

Auch Runa legte sich neben die Kinder. Sie sah besorgt zu Nia. Sie musste an sich selber denken und an ihre eigene Mutter. Ihre starb, nicht viel später. An dem Tag lief sie in den Wald und fand die Großmeisterin.

Sie schloss ihre Augen. Nia hatte recht, sie sollten besser schlafen. Der nächste Tag würde sicherlich anstrengend werden.

Linhart und Evan legten sich an einen Baum und teilten sich Evans Fell zum Schlafen.

Kilian sah zu den Mädchen. Seine Schwester sah aus, als würde sie schlafen, aber er wusste es besser. Jeder würde glauben, dass sie schlafen würde, aber sie war wach. Ihren Kopf auf ihrem Arm, ein Bein angewinkelt, ihre andere Hand auf den Boden, ihre Augen offen.

Sie dachte an ihre Mutter, das wusste er.

Er musste selber oft an sie denken. Und dann sah er zu Runa. Sie schlief wirklich. Sie lag da wie Nia. Nur konnte man ihr Gesicht sehen und wie es vom Feuer beleuchtet wurde. Die zarten Schatten, die in ihrem Gesicht flackerten. Ihre Haare, die wie das Feuer leuchteten. Und da war noch etwas ... Er versuchte es genauer zu erkennen. Es war eine Träne. Ihr bis eben noch ruhiges Gesicht sah nun traurig aus und irgendwie auch ... ängstlich.

Er hockte sich zu ihr.

Warum war sie so?

Zeig mir, wer du wirklich bist.

Er wollte dieselbe Kraft anwenden, wie sie es beim Gedankenaustausch taten, nur dass er dieses Mal ihre Gedanken ohne Einverständnis einfach ansah. Er griff nach ihrem Arm und tauchte in ihre Gedanken, schloss dabei seine Augen, wie vorher auch seine Schwester. Es fühlte sich schrecklich an. So etwas hatte er noch nie gespürt. Als würde er in einem riesigen Meer aus Blut ertrinken. Er versuchte nach etwas zu greifen, um daraus zu kommen, aber er fand nichts. Er versuchte an der Oberfläche zu bleiben, aber dann kam eine Welle, eine so riesige, die ihn einfach überschwemmte und nach unten in die Tiefe drückte.

Luft! Ich brauche Luft!

Kilian bekam keine Luft mehr. Er ertrank.

Schnell zog er seinen Arm von ihr. Völlig erschrocken. Schweiß lief seine Haut hinab und angestrengt schnappte er nach Luft, versuchte seine erdrückten Lungen zu füllen.

Noch nie hatte er so etwas erlebt. Was konnte das nur gewesen sein?

Er atmete schwer, musste sich hinhocken, um nicht umzufallen.

Keiner ihrer Gedanken konnte ihn erreichen.

Wie kann das sein? Wie ist das möglich?

Er griff sich an seine Stirn und fragte sich, was das wohl eben war; was es zu bedeuten hatte. Da kam doch ein Gedanke von ihr durch, wie er realisierte, nachdem er sich von dem Schock ein wenig erholt hatte. Also kam doch ein Gedanke durch.

Nur ein kurzer.

Nur ein einziger.

Hilfe, ich habe Angst.

13

Ein kleiner, roter Feuerknopf rannte durch den Wald. Er gehörte zu einem kleinen Mädchen. Sie konnte nicht viel älter als fünf sein.

Sie war schon mitten im Wald. Da würde sie sicher nicht mehr so leicht rauskommen. Das kleine Mädchen hatte sich kurz gesagt verlaufen.

Sie rannte weiter, hielt nicht an, obwohl ihr schon der Hals brannte.

Keiner wollte ihr glauben. Dabei stimmte es doch! Sie hatte die Wahrheit gesagt! Sie war keine Lügnerin! Und die hatten sie alle nur ausgelacht!

Das kleine Mädchen schrie kurz auf. Eine große Wurzel war plötzlich vor ihr erschienen und sie fiel drüber. So war sie damit beschäftigt darüber nachzudenken, dass sie schon gar nicht mehr auf ihre Umgebung achtete.

Aber es ärgerte sie einfach zu dolle. Zurück konnte sie nicht. Das wäre einfach nicht möglich. Nicht nur, weil sie sich über diese Leute ärgerte, sondern auch, wegen ihrer Mutter.

An diesem Tag, hatte ihre Mutter es ihr verraten.

An diesem Tag, hatte das Mädchen es herausgefunden.

Und an diesem Tag, war sie gestorben.

Sie drückte ihren Körper nach oben. Das feuchte Moos hatte Blätter und Rindenstückchen, so wie Nadeln in ihrem Gesicht und auf ihren Händen und Kleidern hinterlassen.

Sie setzte sich. Mit ihrem Ärmel wischte sie sich über ihr Gesicht. Sofort sog sich ihr Ärmel mit den Tautropfen voll. Ihre Hände schmierte sie an der Seite ihres Kleides ab.

Ihr Knie brannte. Sie blutete. Nicht nur leicht. Sie hatte es sich an einem Stein aufgeschlagen.

Vorsichtig fasste sie sich dran. Es fing an zu heilen, auch wenn es nur sehr langsam passierte, es war ja auch gerade mal das zweite Mal, dass sie sich heilte.

Sie hörte sofort auf und sprang erschrocken zurück, wodurch sie erneut über die Wurzel fiel. Hart fiel sie auf ihren Hintern. Nicht ohne Grund hatte sie sich so erschrocken. Eine alte Frau stand plötzlich vor ihr. So eine alte Frau hatte die Kleine noch nie gesehen. Bei ihr im Dorf starben alle recht schnell, daher hatte der Anblick von ihr sie erst beunruhigt.

Wo kam sie überhaupt so plötzlich her? Die Alte musterte sie grimmig.

„Wer bist du? Wie bist du hergekommen? Was willst du hier?", fragte die Alte das Mädchen streng.

Die Kleine stand wieder auf. „Meine Mutter nennt mich Feuerlöckchen. Ich bin hierher gerannt, weil mir niemand glauben wollte, dass ich eine Blutzauberin bin", sagte die Kleine trotzig und sah zur Seite, während sie ihr Kleid mit ihren Händen runterzog.

Die Alte bekam große Augen. Wurde sauer und schlug das Mädchen mit flacher Hand ins Gesicht. „Niemand darf das wissen, Mäd'l! Niemand! Das ist gefährlich! Sie töten dich, wenn es herauskommt! Wie viele Jahre zählst du?"

Die kleine hielt sich ihre Wange und zögerte. Ihre Augen funkelten und ihre Augenbrauen waren böse nach unten gerichtet, genau wie bei der Alten. Sie antwortete erst, als die Alte sie nochmal mit Nachdruck fragte. „Seit heute Fünf", sagte sie trotzig. Die Alte sah sie einen kurzen Augenblick erstaunt an, bevor sie wieder eine ernste Miene bekam.

Fünf? Gerade mal fünf Jahre? Das konnte nicht sein. Wirklich nicht. Die Magie von Blutzauberern zeigte sich erst im Alter von zehn Jahren.

Aber dennoch hatte sie es gesehen. Sie sah es ganz genau, mit ihren eigenen Augen.

Die Kleine war eine Blutzauberin, kein Zweifel.

Das Mädchen hatte sich selbst geheilt. Aber wie konnte sie jetzt schon diese Kraft besitzen? Sie war doch erst fünf, dazu noch frische fünf Jahre. Und wenn sie sich bereits heilen konnte, dann musste sie diese Kraft doch schon länger besitzen, oder? Oder hat sie ihre Kraft erst an diesem Tag bekommen? Oder bereits länger gehabt, aber erst an diesem Tag bemerkt?

Eins war klar, wenn jemand anderes ihr über den Weg laufen sollte, dann würde es sehr gefährlich für sie werden.

„Komm mit. Ich habe vorhin Honigkuchen gemacht. Ich werde dir alles beibringen, was du wissen musst, ich bin nämlich auch eine Blutzauberin. Weißt du?"

Als die Alte mit sprechen fertig war, lief sie los. Die Kleine zögerte erst, aber als die Alte ihr mit ihrer Hand eine Bewegung zum Folgen zeigte, lief sie ihr schnell nach.

Sie war noch etwas tapsig auf ihren Beinen, aber davon ließ sie sich nicht weiter beeinflussen. Sie musste nur besser aufpassen, wo sie hinlief. Der Weg war etwas unebener, als sie gewohnt war. Normalerweise lief sie nur auf den Wegen im Dorf. Da war alles ebener.

Sie dachte nicht weiter darüber nach, sie dachte lieber an etwas anderes, was sie glücklich und auch etwas aufgeregt werden ließ. Ein heimliches Grinsen legte sich auf ihre Lippen. Die Alte bemerkte es nicht und das sollte sich auch nicht, sonst wäre sie bestimmt nur wieder sauer auf die Kleine geworden - so viel hatte das Mädchen bereits bemerkt. Der Alten Frau widersprach man lieber nicht. Aber das interessierte sie in diesem Moment am allerwenigsten. Sie dachte lieber weiter an das, was sie so zum Grinsen brachte.

Die Kleine würde also lernen, wie sie es einsetzen konnte.

Sie würde lernen, eine richtige - und vielleicht sogar mächtige – Blutzauberin zu werden.

14

Sie schlug ihre Augen schnell auf und fuhr mit ihrem Körper nach oben. „Schnell! Aufwachen! Da kommt wer!", rief Runa, so, dass jeder sie hören konnte.

Schnell packte sie ihre Sachen zusammen.

Die anderen wurden wach und die Kinder rieben sich ihre müden Augen. „Was ist denn los?", wollte Kilian wissen.

„Ich sagte doch bereits: da kommt wer!"

Alle sahen sie verwirrt an, packten dann aber schnell ihre Sachen zusammen und waren hell wach.

„Bist du dir da sicher?", fragte Kilian, sah sie an und packte neben Runa seine Sachen zusammen. Sie sah zu ihren Sachen und antwortete nur ernst: „Ganz sicher."

Nun konnte auch er auf dem Waldboden spüren, wie galoppierende Pferde in ihre Richtung kamen.

Schnell standen alle auf und warfen sich ihre Beutel und Taschen über. Evan nahm Mara schnell auf seinen Arm und Linhart ihren kleinen Bruder.

Alle rannten los und sahen nicht nach hinten. Die Gefahr war zu groß, dass einer von ihnen hätte stolpern können und dann von einem der Reiter erwischt worden wäre. Wie Schatten rannten sie durch den Wald, immer in die Richtung, wo die Bäume immer mehr und mehr zusammenwuchsen. Sie rannten so schnell durch die dichten Bäume, ohne hinzufallen, dass sie die Reiter leicht abschütteln konnten.

Sie hörten einen von ihnen rufen, verstanden aber nicht ganz, was er sagte, außer Runa. Runa verstand jedes seiner Worte klar und deutlich.

„Sie suchen nach Wegen, durch die sie besser kommen. Ein paar von ihnen wollen uns sogar zu Fuß folgen", sagte Runa zu den anderen, die sie nur besorgt und fragend ansahen, als sie plötzlich stehen blieb. Die anderen waren natürlich auch sofort stehen geblieben, waren davon allerdings beunruhigt, weil sie Angst hatten, dass sie doch noch eingeholt und damit geschnappt werden könnten.

Sie sahen sich alle um. „Lasst uns auf die Bäume, dann sehen sie uns nicht so schnell", schlug Evan vor und zog sich Mara auf seinen Rücken. Er band sie schnell mit einem Tuch an sich fest, damit sie nicht so leicht runterfallen konnte. Sie schlang ihre kurzen Ärmchen um seinen Hals und drückte sich ganz fest an ihn. Sie hatte Angst. Natürlich hatte sie Angst. Sie hatte in den letzten beiden Tagen so viel durch machen müssen.

Linhart tat es ihm gleich, nur band er den Jungen um seine Brust und mit mehr Tüchern. Wie ein Beutel sah es aus.

Sie kletterten schnell nach oben, denn sie konnten schon die ersten Äste knacken hören und wie jemand auf dem Waldboden rumtrat. Gerade rechtzeitig kamen sie in den schützenden Baumkronen an, als jemand an die Stelle trat, auf der sie bis eben noch standen.

Linhart und Evan saßen zusammen auf einem dicken Ast, damit die Kinder in der Nähe von einander waren. Sie befürchteten, dass die Angst der Kleinen zu groß werden könnte, wenn sie nicht in der Nähe voneinander waren. Nia, Runa und Kilian derweil saßen nebeneinander auf einem Ast, der nicht viel weiter von den anderen entfernt war.

Es kam noch ein Mann dazu und dann noch ein dritter. Alle hatten Rüstungen oder Kettenhemden an. Sie fragten einander, ob sie wen sahen, aber das war nicht so.

Später kamen noch welche auf Pferden dazu, aber niemand hatte was gesehen.

„Wir müssen das Mädchen finden. Dann bekommen wir die Belohnung", sagte einer der Männer, die auf den Pferden saßen. Er saß auf einem grauen Schimmel. Er selber hatte schwarze, vom Schweiß, nasse Haare. Er war recht stämmig und musste gerade erst in seine zwanziger gekommen sein. Einer der Männer, die ohne Pferd gelaufen waren, antwortete ihm mit einer tiefen Stimme: „Wenn ich das Geld bekommen würde, dann müsste ich nie wieder arbeiten. Mein Leben wäre ausgefüllt. Ich müsste mir keine Sorgen mehr um Geld machen. Das Mädchen muss ja echt was Besonderes sein. Aber rote Harre habe ich auch noch nicht gesehen. Was meint ihr, ob man ihre Haare wohl für gutes Geld verkaufen könnte? Bestimmt!" Seine hellen, blonden Haare waren genauso durchgeschwitzt. Er hatte aber auch auf seinem Kopf Ketten und ein Schutztuch, dadurch musste ihm bei dieser Hitze noch wärmer sein, als dem dunkel Haarigen.

Runa und die anderen sahen sich in dem Geäst an. Jeder hatte denselben Ausdruck im Gesicht. Sie durften auf gar keinen Fall erwischt werden!

Runa drehte sich zur Seite. Sie wollte einem der losen Äste greifen. Nia sah sie erschrocken an, genauso wie der Rest. Sie konnte sich kaum festhalten. Runa schaffte es mit den Fingerspitzen den Ast zu berühren, aber bevor sie ihn richtig greifen konnte, fiel er runter.

Die Männer waren gerade schon dabei gewesen, sich von dem Baum abzuwenden. Ein paar Schritte waren sie gerademal gekommen, da hörten sie auch schon, wie der Ast auf dem von Nadeln und Blättern bedeckten Waldboden fiel. Alle drehten sich um.

Runa rutschte ab, konnte aber noch von Nia mit großer Mühe aufgefangen werden, die Runa am Kragen packte. Sie baumelte mit ihren Füßen. Das Blätterdach konnte noch gerade so ihre Füße schützen. Ihr stand Angst in den Augen. Alle sahen sie schockiert und genauso verängstigt an. Wenn die Männer sie jetzt finden würden, dann wäre alles aus.

„Was war das?", fragte einer der Männer.

„Geh mal nachgucken", antwortete ihm ein anderer.

Sie hörten die vorsichtigen Schritte auf sich zukommen. Sie hofften und beteten. Linhart zu Gott, Jesus, den Heiligengeist, allen gesegneten Menschen und dem Priester aus seiner Kirche. Dasselbe taten die beiden christlich erzogenen Kinder. Nia, Evan und Kilian beteten zu ihren Göttern, möge Odin ihnen Schutz geben.

Nur Runa betete zu niemandem. Sie hatte keine Götter. Sie war Glaubenslos. Glaubenslos erzogen. Glaubenslos lebte sie. Ihr wurde nie etwas über Götter beigebracht. Die Alte hatte den Glauben verloren. Sie brachte dem Mädchen nichts über Götter oder irgendeinem Glauben bei.

„Vertraue stets dir selber und glaube an dein eigenes Können", sagte sie ihr immer. Daran hielt Runa sich.

Der Ast begann sich zu biegen, durch das nun ungleichmäßig verteilte Gewicht. Runa presste ihre Augen zusammen.

Bitte nicht, dachte sie.

Da stand der Mann vor dem Baum, hielt inne und sah gerade nach oben, da schoss ein Rabe aus dem Blätterdach. „Ist nur ein Vogel", sagte der Mann erleichtert, den eine Anspannung durchfuhr, die ihn seinen Atem anhalten ließ. Innerlich musste er an die Legende von den Blutzauberern denken. Ob er es nun glaubte oder nicht spielte dabei keine Rolle.

„Du hattest also Angst vor einem Federvieh?", fragte der auf dem Pferd und fing an zu lachen. Die anderen taten es ihm gleich. Nur der am Baum sah sie wütend und beleidigt an.

Die Männer liefen lachend davon und er folgte ihnen mit einem hoch roten Kopf. Eine Ader auf seiner Schläfe pulsierte und seine Hände waren zu Fäusten geballt, aber er sagte nichts, sondern knirschte nur mit seinen Zähnen.

Sie waren schon außer Reichweite, als Runa und Nia vom Baum mit dem, nun durchbrechendem Ast, krachten -Kilian hatte sich rechtzeitig an einem anderen festhalten können, ehe er auch noch runterfallen konnte. Sie ließen eine Schreckensschrei aus ihren Hälsen entweichen und sahen dann benommen nach oben.

Die Ritter waren schon längst weg, und wenn, dann hätten sie die Mädchen durch ihr lautes Gelächter übertönt.

Runa sah, wie die Jungs zu ihnen herabsahen. Sie sprangen runter und standen neben den beiden.

„Würdest du bitte von mir runtergehen?", fragte Runa an Nia gewandt, die auf ihr lag, der Ast zwischen den Bäuchen von den beiden. „Du bist schwerer, als du aussiehst."

Nia hielt sich den Kopf, sah bei der Frage dann jedoch verwirrt zum Boden. Sie zog ihre Hand vom Kopf und sprang schnell auf. „Tut mir leid", sagte sie kurz, dann sprach sie mit fester Stimme: „Aber du hättest vorsichtiger sein sollen! Und so schwer bin ich nun auch wieder nicht! Da liegt immerhin auch noch ein Ast dabei!"

Runa schob den Ast von sich und stand ebenfalls auf, wischte sich Dreck von den Sachen und bedankte sich bei Nia, dafür, dass sie von ihr runtergegangen war, und dafür, dass sie sie festgehalten und aufgefangen hatte.

Kilian ließ sich auf den Boden fallen, landete im Gegensatz zu den Mädchen aber auf seinen Füßen. Er federte sich ab und stellte sich normal hin, sah in die Richtung in die die Männer verschwunden waren. Dann, nachdem bei jedem der Schreck nachgelassen hatte, ging Kilian auf sie zu. Sein Gesicht sah erbost aus, seine Hände waren zu Fäusten geballt. „Was sollte das überhaupt werden!? Wolltest du uns alle verraten? Bist du denn völlig verrückt geworden!?", schrie er sie an.

Runa hielt sich ihren Arm und sah betreten zur Seite. „Ich wollte doch nur … dass sie weggehen …", antwortete sie ihm kleinlaut.

Sein Kopf wurde noch röter als seine Haare. „Sie waren aber schon am Weggehen!", zischte er sie an.

Nun wurde auch sie feurig. Niemand sprach so mit ihr. Niemand. „Sie waren da noch nicht am Gehen!"

„Sind sie aber! Und durch dich hätten die uns beinahe entdeckt!"

Beide wurden zorniger und zorniger. Es schien beinahe so, als würden sie jeden Augenblick aufeinander losgehen.

Nun meldete sich auch Nia zu Wort, bevor das Ganze noch zu eskalieren drohte: „Sie hat recht. Sie wollte sie mit dem Stock nur vertreiben."

Er drehte sich zu seiner Schwester. Eine Ader auf seinem Schädel pulsierte. „Ach ja? Und wie dachte sie, würde sie das mit einem Stock schaffen?", fragte er, wobei er das Wort Stock besonders betont.

Runa meldete sich nun wieder zu Wort. Sie versuchte größer zu wirken indem sie ihm ihren Kopf entgegenstreckte. Nun standen sie Angesicht zu Angesicht. „Indem ich den Stock woanders hingeworfen hätte, weil sie dann von dort aus ein Geräusch gehört hätten und dann dahin gegangen wären", zischte sie ihm wütend entgegen.

„Und dann hätten sie sich gewundert, wo nun wieder das hergekommen wäre, wenn sie gesehen hätten, dass es nur ein Stock war? Dann wäre ihnen klar, dass ihn jemand geworfen haben muss. Und-"

„Jetzt lass sie in Ruhe. Merkst du denn gar nicht, dass sie Schmerzen hat?", keifte Nia Kilian an. Er sah auf Runas Arm, den sie immer noch festdrückte.

Kilian sah sie ernst an, fing dann jedoch an, sich Sorgen um sie zu machen. Kilian war kein schlechter Mensch. Er sorgte sich um seine Mitmenschen. Kümmerte sich um sie. Aber auch nur ein Blick in ihr verletztes Gesicht und er hätte sie sofort in seinen Arm genommen. Bevor er es jedoch tat, und auch nur eine ihrer Tränen zu verlieren drohte, fauchte sie ihn beleidigend an und er wurde ebenfalls wieder wütend. Sie knurrten sich an. Keiner wagte es, dazwischen zu gehen. Und keiner der beiden unterbrach ihren Blickkontakt. Sie sahen sich einfach nur weiterhin Wut entbranntet an.

Nun kam Nia doch dazwischen. Sie ertrug es nicht länger, als sie die Angst der Kinder mitbekam, die sich fester an die Jungs klammeren und versuchten, sich bei ihnen zu verstecken. „Wir sollten aufhören, uns zu bekämpfen. Das tuen diese Kerle doch schon. Wir sollten einfach froh sein, dass uns die Götter vor diesen Kerlen bewahrt haben."

Linhart sah sie fassungslos an. „Du meinst wohl Gott, nicht Götter?"

Alle drehten sich zu ihm. Fing er nun schon wieder damit an, nach diesem Spektakel? Sogar Kilian und Runa sahen zu ihm, aber nicht ohne sich vorher nochmal gegenseitig einen finsteren Blick zu zuwerfen. Kilian stand mit dem Rücken zu Linhart und den anderen, weswegen er zuerst den Blickkontakt unterbrach. Seine Schwester stand zwischen ihm und Runa, aber eher neben Runa, weswegen sie einfach nur ihren Kopf zu Linhart heben brauchte.

„Du und dein Gott. Euer nerviger Gott. Euer Gott verdammter Gott."

Linhart warf Kilian einen vernichtenden Blick zu. „Gott hat uns vor diesen Kerlen bewahrt", sagte Linhart angesäuert.

„Oh nein. Nein, nein, nein. Jungchen, nicht dein Lügengott war das. Das waren einzig und alleine unsere Götter. Die wahren Götter. Der Rabe war da. Er ist ein Vermittler zwischen unserer Welt und der der Götter. Sie vermitteln zwischen uns und unseren Göttern. Das war nicht dein Gott! Es waren nur unsere Götter."

„Ihr seid verdammte Heiden!", realisierte Linhart. Es war ihm klar, aber er wollte es nie so sehen. Er dachte, irgendwann würden sie schon den richtigen Weg einschlagen und Jesus Christus folgen, an ihn glauben, sich zu dem wahren Glauben bekennen. Das würde aber niemals der Fall sein. Das wurde ihm in diesen Moment klar.

„Was? Willst du uns jetzt etwa auch noch umbringen, wie ihr Christen das mit allen macht, die eurem Glauben nicht angehören? Euer Gott ist dabei nur eine Lüge. Eure ganze Religion ist eine Lüge. Alles erstunken und erlogen und von anderen Religionen geklaut, übernommen, und verändert."

Linhart wollte noch etwas erwidern, so entrüstet, wie er von diesen Worten war, da sagte Mara: „Aber Gott ist doch immer für uns da? Dann war er das doch auch."

Kilian bemerkte es. Sie war auch eine Christin, das hatte er bereits vergessen gehabt.

„War er für deine Mutter da?", fragte er sie und beugte sich zu ihr runter.

Sie schüttelte mit ihrem Kopf.

„War er für deinen Bruder oder dich da?"

Sie schüttelte wieder leicht mit ihrem Kopf, sagte dann aber: „Aber ihr wart doch da. Gott hat euch zu uns gebracht. Ihr habt uns geholfen."

Kilian schüttelte nun auch seinen Kopf. „Oh nein. Nein, nein. Niemand hat mich geschickt -außer vielleicht unsere Weise Frau, aber sie zählt nicht, also: Niemand. Und schon gar nicht euer verlogener Go-" Nia stieß ihm ihren Ellenbogen in seine Rippen. Sie warf ihm einen vernichtenden Blick zu.

„Lass sie glauben, woran sie glauben will", motzte sie ihn an.

Er ging wieder in seine normale Haltung über und sah nun zu seiner Schwester. Kilian wollte etwas darauf erwidern, aber sie warf ihm einen Aussagekräftigen Blick zu.

Wieder hielten alle anderen gespannt ihren Blick auf die beiden streitenden Personen. Keiner wagte es zu atmen. Alle warteten darauf, was nun passieren würde.

Besonders Evan war erstaunt. Er kannte die beiden gar nicht so; sie stritten sich nie. Sie ärgerten sich manchmal, aber sie hatten noch nie gestritten. Sie waren füreinander immerhin die wichtigsten Personen in ihrem Leben. Evan war zwar so gesehen auch Teil ihrer Familie, aber seine Beziehung würde niemals so stark zu ihnen sein, wie es der Fall bei den beiden zueinander war. Sie verboten sich jeglichen Hass gegeneinander. Sie waren Familie und Familie ging nicht aufeinander los oder stritt sich miteinander. So war das nun mal mit den beiden.

Aber nun stritten sie. Ein wahres Phänomen.

Daraufhin drehte Evan sich einfach um und sagte beim Gehen: „Kommt jetzt! Wir müssen weiter!"

Er stieß gegen Linharts Schulter, der nur zusammenzuckte und Kilian erstarrt nachguckte, der ihm zu zischte: „Wenn wir verdammte Heiden sind, dann ist deine Hübsche da es auch. Sie gehört nämlich zu unserer Ahnenreihe und nicht zu deiner."

15

Sie liefen nun schon zwei Tage, ohne dass einer von ihnen noch ein Wort miteinander wechselte. Es gab eine bedrückende Stimmung. Alle waren in ihren eigenen Gedanken begraben. Sie dachten über das Geschehene nach, über das, was geschehen wird, und was es nun eigentlich mit Runa auf sich hatte.

Besonders Runa wollte wissen, was das alles nun eigentlich auf sich hatte. Sie wusste, dass sie eine Blutzauberin war. Wusste aber sonst nichts. Die Großmeisterin hatte sonst nichts gesagt, außer ... Die Karte!

Sie kramte schnell in der Tasche rum, die Linhart im Gefängnis schnell über seine Schulter geworfen hatte und Runa später zurückgab.

Nia hatte sich um Runa ihren Rücken und Arm auf dem Weg gekümmert. Ihr ging es jetzt besser, aber sie fühlte sich dennoch ... komisch. Sie fühlte sich so beklemmt, so frei, so traurig, so ... so ... so anders. Alles war anders. Sie war anders. Sie hatte nicht einmal ihre Kräfte eingesetzt, um sich zu heilen. Sie wollte es, ja, das wollte sie, sie wollte ihren Rücken berühren, den Schmerz spüren. Sie wollte es mit eigenen Augen betrachten, was ihr angetan wurde, aber das konnte sie nicht. Narben, sagte Nia, die würde sie beibehalten. Sie war eine begabte Heilerin, aber sie war nicht mächtig genug, um das zu schaffen. Runa dachte, wenn nur sie selber drankäme, dann könnte - nein, würde - sie es schaffen. Sie war mächtig. Sie fühlte sich mächtig. So viel mächtiger, als die anderen. Und sie war sich sicher, auch die anderen, die ihr Blut laufen ließen und die Energie in ihr spüren konnten, wussten es. Wussten, wie viel Macht sie besaß. Macht, von der sie bis dahin noch nicht einmal wusste. Macht, die sie bis dahin einfach als etwas Nützliches und Vorhandenes betrachtet hatte.

Sie dachte nach. Warum halfen sie ihr? Woher kamen sie? Woher wussten sie von ihr? Die Großmeisterin sagte immer, dass sie nur sich selber trauen durfte. Also, sollte sie dann nicht schnell abhauen? Schnell woanders hin? Aber wohin?

Sie hatte die Karte. Die, nach der sie schon die ganze Zeit suchte. Sie holte das kleine Buch raus, in dem die Karte lag, in dem alles lag.

Aber es war nicht das Buch. Ihre Augen wurden größer. Vielleicht war es ja einfach nur unter irgendwas. Sie sollte beim nächsten Halt danach suchen. Sie konnte nur nicht mehr normal denken. In dem Heft waren so viele Dinge, wichtige Dinge. Was sollte sie tun, wenn sie es doch nicht finden sollte?

Ihre Stimmung blieb bedrückt. Und das merkten die anderen. Kilian interessierte es nicht weiter, zumindest tat er so. Evan schaute, ab und zu, zu ihr. Nia hatte einen besorgten Blick, wie Linhart und die Kinder.

Mara saß auf Linharts Schultern, der ihre Füße festhielt, damit sie nicht runterfallen konnte. Sie hielt sich an seinen, im Licht schimmernden, Haaren fest. Sie konnte einfach auf Runa runtergucken, die beim Suchen langsamer geworden war und deswegen nicht mehr neben Nia, sondern neben Linhart und Mara lief.

Sie warf sich die Tasche wieder über ihre dünnen Schultern und seufzte. Runa sah vor. Nia sah sie immer noch besorgt an. Der kleine Junge schlafend in ihrem Arm. Runa schüttelte nur leicht mit ihrem Kopf und versuchte dabei zu lächeln. Ein kläglicher Versuch. Sie wollte ihr aber irgendwie zeigen, dass alles in Ordnung war, dass sie sich keine Sorgen um sie machen brauchte und dass sie gerade niemanden brauchte. Nia nickte nur kurz und drehte sich zögerlich wieder um. Linhart hatte beiden dabei zugeschaut.

„Ist wirklich alles okay mit dir?", fragte er leise und lehnte dabei seinen Kopf etwas zu ihr nach unten und hoffte, dass niemand sie hören würde. Zu den anderen war ein Abstand von ein bis zwei Metern, weswegen er nicht ganz davon ausging, aber sie alle hatten geschärfte Sinne, daran dachte er nicht.

Erneut schüttelte sie ihren Kopf, diesmal aber noch mit etwas leichterem Gefühl. Ein leichtes Lächeln lag auf ihren Lippen. Diesmal war es kein gequältes. Sie hatte ein ehrliches Lächeln. Er ließ sie leichter, unbeschwerter fühlen. „Es ist wirklich nichts. Ich finde nur gerade etwas nicht. Ich muss später einfach genauer danach gucken", gab sie ihm zur Antwort.

Die anderen hatten es gehört. Nia dachte, dass es vielleicht eine Kette oder so war, ein Andenken oder etwas ähnliches. Evan dachte, dass es vielleicht Medizin war, da sie immer noch leichte Schmerzen im Rücken hatte. Und dann Kilian. Kilian dachte, dass es vielleicht ein Kamm für ihre undurchdringliche Mähne war. Er hielt nicht viel von ihr, daher war ein Kamm für ihn am sinnvollsten. Linhart dachte Garnichts. Er ließ es einfach dabei. Er würde es ja sicher noch erfahren.

Dann fiel den Kindern etwas auf. Sie hatten mehr auf ihre Umgebung geachtet. Sie hatten den Unterhaltungen keine Beachtung geschenkt, da sie zu begeistert von ihrer Umwelt, der Umgebung waren, die sich, je weiter sie liefen, umso mehr veränderte. Zumindest war es bei Mara so, ihr Bruder war am Schlafen und würde sicher nicht so leicht wieder wach werden.

„Guckt mal!", sagte Mara freudig und zeigte mit ihrem kleinen Zeigefinger auf etwas.

Alle drehten sich um. Ein Reh stand da, hatte ein ledernes

Band um den Hals gebunden, und fraß Gras, das ihm bis zu den Schultern reichte.

Es bemerkte das Mädchen und sah auf. Das Reh war nicht mehr als fünf Meter von ihnen entfernt. Alle stellten sich zueinander und sahen es an.

Nia lächelte. „Bringst du uns zum Baum?", fragte sie es und lief vorsichtig zu dem ruhigen Tier. Sie beugte sich zu ihm runter und ließ es an ihrer Hand schnuppern.

Es lief an ihr vorbei und sah zu Mara hoch, diese sah es mit einem großen Lächeln an. Es schnupperte an ihrem Fuß und fing an dran zu lecken. „Er mag dich", sagte Nia lächelnd.

Runa starrte das Tier mit großen Augen an. Sie strich ihm sanft über den Rücken, spürte sein weiches Fell.

Linhart nahm Mara von seinen Schultern und stellte sie vor das Tier, was genauso groß wie sie war. Es leckte ihr über die zarte Haut ihrer Wangen.

„Es hat grüne Augen", stellte Mara erstaunt fest. „Ich habe noch nie ein Reh mit grünen Augen gesehen, nur mit braunen. Aber ich habe auch noch nicht viele Rehe gesehen." Sie strich dem Tier über den Kopf. Das Geweih war schön verschlungen. So etwas hatte sie bei einem Reh auch noch nie gesehen.

„Es ist fast fünfhundert Jahre alt", fing Nia an. „Es beschützt uns vor Außenseitern. Leuten wie euch. Aber ihr seid bei uns. Ihr gehört jetzt zu uns. Es wird euch mit zu unserem Baum bringen. Oder wie es bei euch heißt, unser Königreich."

Sie kniete sich vor das Tier und schob Mara dabei sanft zur Seite.

„Macht nach, was wir jetzt machen. Nur so kommen wir zu unserem Reich. Sonst können wir es nicht sehen oder betreten."

Sie legte ihre Stirn an die des Tieres. Linhart musste darüber lachen, aber als sich Nia erhob und die Augen des Tieres zu leuchten anfingen, nachdem es wieder die Augen öffnete und wieder verglühten, verstummte er sofort, starrte dem Geschehen nur zu.

Nia machte das auch mit dem Jungen, er selber konnte es ja noch nicht, dadurch, dass er immer noch schlief, fiel es ihr leichter. Danach lief sie hinter das Tier und verschwand plötzlich. Mara machte es ihr sofort nach, mit dem einen Unterschied, dass sie ihre Hände an die Seiten des Tierkopfes legte. Dann ging Evan schnell hinterher.

Runa sah zu Linhart, etwas besorgt, ging dann aber als nächstes.

Als sie weg war, sagte Kilian zu ihm: „Mach mal nicht so ein erstarrtes Gesicht. Wenn sie sich traut, dann du auch." Er grinste. „Aber ich folge ihr zu erst. Dich wird es bestimmt eh nicht reinlassen." Wie es ihm bei den Kindern nicht gefiel, was er bereits gesagt hatte, gefiel es ihm auch nicht, dass Linhart noch dabei war.

Bevor Linhart auch nur was erwidern konnte, war Kilian schon an dem Tierkopf und lief lachend dahinter.

Linhart ließ das nicht auf sich sitzen. Von so jemandem ließ er sich nicht so einfach provozieren. Er folgte schnell, machte nach, was ihm gezeigt wurde und lief hinter das Reh.

Er fühlte sich, als hätte ihn eine große Welle getroffen. Wasser, und darin könne er atmen, aber es war kein Wasser. Es war ein berauschendes Gefühl. Und als er seine Augen öffnete, die er zusammengedrückt hatte, kam ihm ein gewaltiges Licht entgegen und was er sah, fand er so unglaublich faszinierend.

16

Er sah ein Haufen Menschen, da, wo bis eben einfach nur dieses schöne Licht hinter dem Reh war. Dieses Licht war hier auch, aber mit Menschen und dann war da noch etwas.

Es war noch etwas Unglaubliches.

Ein Baum.

Ein riesiger Baum. Er hatte die Größe und Breite einer Burg, Burg mit dem dazugehörigen Hof.

Was ein umwerfender Ort. So wunderschön. Und die Menschen. Etwas war anders an ihnen. Alle hatten rote Haare. Alle. Es waren immer unterschiedliche Töne, aber alle waren rot.

Die kleine Gruppe wurde von manchen gegrüßt, manche starrten seine Haare und die der Kinder an, wie er es selber noch vor kurzem bei Runa getan hatte.

Ein Kind rief: „Das sind ja blonde Haare! Und das Baby hat braune!" Sie hatten noch nie eine andere Haarfarbe gesehen, als rot. Sie kannten nur rote Haare. Er kannte bis vor kurzen nur aus Legenden über Blutzauberer welche. Gesehen hatte er sie erst vor ein paar Tagen zum ersten Mal.

„Kommt mit", sagte Kilian und lief los.

Linhart, Mara und Runa sahen nochmal hinter sich. Es sah aus wie ganz normaler Wald. Wie, wo sie noch standen. Das Reh stand auch da. Aber es kam nicht zu ihnen, es sah sie nur an. Als würde etwas das Tier daran hindern, ihnen zu folgen.

Mara ging schnell zu Nia, sah zu ihr rauf mit neugierigem Blick, zog an Nias Ärmel und fragte: „Warum geht es nicht mit?" Nia sah zu ihr, strich sanft über das lockige Haar. „Weil es unser Beschützer ist. Es hat versprochen uns zu schützen, als wir vor den Christen geflohen waren, die uns töten wollten. Wenn es geht, dann werden wir sichtbar, dann kann man uns erreichen und töten. Es darf hier nicht rein. Dann könnte keiner von uns mehr gehen. Weder das Reh, noch wir. Dann kann es auch niemanden von uns mehr führen und schützen."

„Und warum sollen wir unsere Stirn an seine legen? Es stört mich nicht, weil es so weich ist, aber ich würde es gerne trotzdem wissen."

„Dann kann es in unsere Gedanken sehen. Dann weiß es, ob diese Person was Böses oder Gutes will. Und kann somit verhindern, dass böse Leute hierherkommen. So sind wir sicher. Wenn man was Böses will, dann lässt es einen nicht durch."

Runa und Linhart hörten ihr gespannt zu. Das war alles so faszinierend. Alles war neu, anders. Aufregend. Und überall war Wald, Natur.

Ein Fluss lief durch die großen Wurzeln des riesigen Baumes. Zwei Frauen und drei Männer holten mit Eimern aus Holz gerade Wasser raus. Kinder spielten etwas Abseits. Weiter weg waren Kräuter-, Obst- und Gemüsegärten, Felder mit Getreide, Bäume mit Früchten, Sträucher mit Beeren und Tiergehege: Schafe, Kühe, Hühner, Ziegen, Enten und Gänse. Weiter Abseits standen Pferde. Hunde und Katzen rannten rum. Vögel flogen am Himmel.

„Wow", sagte Linhart erstaunt. „Habt ihr keine Angst vor Wölfen, Füchsen oder so, die eure Tiere klauen könnten?", fragte er in die Runde.

„Nein. Wobei Wölfe manchmal schon ein Problem darstellten. Sie versuchen im Moment eher uns, als unsere

Tiere anzugehen. Wir wissen den Grund nicht. Aber ein gutes Gefühl hat dabei keiner von uns. Aber hier sind wir sicher. Unser Wächter lässt keine Wölfe durch. Er vernebelt die leichtbeeinflussbaren Köpfe der Tiere. Dann gehen sie", gab Evan als Antwort.

Nia lächelte.

„Wir müssen jetzt hier durch", sagte Kilian und lief durch eine große Wurzelbiegung des Baumes, die fast drei Meter betrug. Alle liefen durch.

Ein Licht, das von draußen kam, erhellte das Innere, welches mehrere Gänge hatte.

Sie liefen eine große Treppe hoch, die in das Holz, so wie die Gänge und alles andere in dem Baum gebaut wurde. Sie war zwei Meter breit und verlief in einem Kreis. Immer drei Meter höher, kam eine Tür, die zu Wohnungen führte.

Sie liefen bis ganz nach oben, in die Baumkronen, die eine Art riesiges Fenster waren, ohne Gläser. Eine alte Frau im Stuhl war zu sehen. Sie schaukelte hin und her. Ganz langsam und ruhig, als würde der Wind sie anstoßen.

„Weise Frau", fing Kilian an „wir haben das Mädchen. Sie hat sich verletzt. Kannst du ihr helfen?"

Die Alte machte eine leichte Handbewegung, die mehr wie ein kurzes Zucken aussah. Nia schob Runa zu der Frau. Sie hatte geschlossene Augen.

„Sie ist blind", flüsterte Nia Runa zu. „Setz dich vor sie. Gib mir die Felle in der Zeit."

Runa legte die Felle ab, die sie zuvor bekommen hatte, und entblößte so ihren verletzten Rücken. Sie setzte sich vor die Alte und spürte die kalten, rauen, knochigen Hände, die sich ganz langsam, wie in Zeitlupe, auf ihre warme, weiche Haut legten. Sie spürte einen stechenden Schmerz, als die Alte einen langsamen Kreis zog. Ihre Augen weideten sich. Das Atmen fiel ihr schwer. Eine Locke fiel ihr ins Gesicht. Sie fing an zu schwitzen.

Die anderen sahen erstarrt zu. Sie waren schockiert. Was passierte da gerade?

Die Alte stieß Runa weg und fing an zu schreien. „Bringt sie weg! Bringt sie weg! Ich ertrage das nicht! Bringt sie weg!"

Kilian half Runa schnell auf und brachte sie schnell nach unten, in ein anderes der Zimmer. Alles war aus Holz, der Baum spendete genug Wärme, weswegen sie keine Feuerstelle brauchten. Ein großes Bett war aus dem Stamm gebaut, so wie ein Tisch, Stühle, Schränke und Truhen. Im Bett lagen Felle. Die Art, wie das Bett aus dem Holz gebaut wurde und immer noch mit dem Baum verbunden war, erinnerte sie an das Bett ihrer Großmeisterin. Ein Fenster war offen. Die Fensterbretter zum Schließen, waren aus der dicken Rinde des Baumes verarbeitet. Das Zimmer war durch das helle Holz ganz beleuchtet.

Sie saß auf dem Ende des Bettes. Kilian lehnte an der Schranktür gegenüber von Runa.

„Was war das gerade?", fragte sie. Ihr lag der Schock immer noch in den Knochen und sie zitterte leicht. Lag es an ihr? Oder war etwas mit dieser Frau falsch?

„Ich weiß es nicht. Das ist bis jetzt noch nie passiert", gab er ihr zur Antwort. Seine überkreuzten Arme lagen nun frei. Er hatte seine Felle Runa gegeben, da sie nicht die Zeit hatten, Nia ihre mitzunehmen. Er war nur in einem dunklen, grünen Hemd. Eins seiner Beine lag über das andere. Er hatte seine Augen geschlossen. Seine Gedanken nahmen ihn sehr in Anspruch; er dachte angestrengt nach. Er selber war mit dem überfordert, da er so etwas noch nie erlebt hatte.

Nia kam rein. Sie lief sofort zu der schockierten Runa, nahm sich ihre zitternden Hände und drückte sie mitfühlend. Runa sah zu ihr auf. Nia lächelte sie an. Dann lehnte sie Runa ihren Kopf an ihre Schulter. Sie strich über ihren Kopf, wie es eine Mutter tun würde. Runa mochte das Gefühl. Sie erinnerte sich kaum an ihre eigene Mutter, aber sie erinnerte sich gut daran, wie sie ihr immer über die roten Locken strich. Der Klang ihrer Stimme. Sie erinnerte sich nicht mehr genau an ihre Stimme, aber sie wusste noch ganz genau, wie sanft sie klang. Wie ein schönes Lied zum Sonnenuntergang. Nia ihre Stimme klang ähnlich. Lieblich und sanft.

„Du solltest dich jetzt ausruhen", sagte Nia leise zu Runa. Das tat sie auch. Ihr tat alles weh. Sie war so erschöpft. Und sie war unglaublich müde. Aber die Wärme, die von Nia ausgestrahlt wurde, beruhigte sie, sie ließ Runa sofort einschlafen. Und auch schön träumen, auch wenn sie sich später nicht mehr an ihren Traum erinnern könnte. Aber das war ihr egal, solange sie endlich nach Ewigkeiten wieder ruhig schlafen konnte.

17

Der König war aufgebracht. Keiner hatte das Mädchen wiedergefunden. Keiner hatte eine Spur gefunden. Nicht mal eins ihrer roten Haare wurde gefunden.

Er schrie, brüllte jeden an, der sie finden sollte und es nicht tat. Und er drohte jedem eine Hand abzuhacken, wenn er wieder ins Königreich kam, ohne irgendeinen Hinweis von dem Mädchen gefunden zu haben.

Dann kam sein Sohn. „Vater, lasst mich sie suchen. Sie soll meine Frau werden. Meine Ehre wurde mir genommen, als mir diese Kerle mein Eigentum gestohlen haben. Lasst mich sie finden und diese Kerle töten. Bitte, Vater."

Der König überlegte. „Na gut, mein Sohn. Du willst deine Ehre zurück. Ich will dir das nicht verwehren. Nimm dir das beste Pferd, soviel Proviant wie du willst und meine besten Männer. Ich werde dir mein Schwert geben. Du bekommst hiermit eine große Ehre vom König. Denk immer daran, wenn du deinen Feinden den Bauch durchschneidest."

„Ich danke Euch, Vater." Er stand auf.

„Ich hoffe, dass du bessere Chancen hast, als diese Tölpel", sagte der König seinem Sohn noch nach, als er gerade den Königssaal verließ. „Das wirst du bestimmt, immerhin bist du mein Sohn. Mach mir keine Schande."

Der König ließ sich - immer noch angesäuert - zurück auf seinen Thron sinken, von dem er bei den schlechten

Nachrichten wutentbrannte aufgesprungen war.

Der Sohn des Königs schloss die Tür und lief an den Wachen vorbei.
Bessere Chancen. Ja, die hatte er. Johannes grinste. Er hatte definitiv bessere Chancen.

• • •

Er hatte sie besucht, als sie im Kerker war.
Er hat ihre Tasche durchsucht, als sie vor Erschöpfung schlief. Und er hatte etwas gefunden. Der Königssohn wusste, wo sie hinwollte.
Er hatte sie beobachte, die ganze Zeit und musste sich zurückhalten, sie nicht zu vergewaltigen, denn sie sah ganz besonders aus. Als er bei ihr im Kerker war, fasste er ihr über die weiche, weiße Haut, spürte sie zittern. Sie hatte Angst vor ihm, dadurch wurde er ganz erregt.

• • •

Auch die Gedanken daran, machten ihn erregen. In seinem Körper regte sich etwas. Er sollte lieber nochmal in seine Gemächer gehen, denn er hatte noch etwas zu erledigen.

18

Sie hatte Angst. Spürte diese ekelhafte Hand auf ihrer Haut. Spürte, wie toll er das fand. Sah was er da tat. Er widerte sie an. Sie wollte weg.

Und dann kamen die Wachen, die sie mit den Peitschen schlugen.

Sie wachte erschrocken auf. Tränen lagen in ihren Augen. Sie dachte, dass sie nur da geweint hatte. In ihrem Traum. Aber es war auch eine Erinnerung. Sie hatte wirklich geweint und weinte auch in diesem Moment wirklich.

Niemand hatte sie je so berührt. Unzucht war bei Christen doch ein Verbot! Eine Sünde. Warum war dann ausgerechnet der Sohn des Königs eine so unzüchtige Person?

Sie weinte. Ihre Arme hatte sie schützend um sich gelegt.

Erschrocken fuhr sie zusammen. Zwei Arme hatten sich um sie geschlossen.

„Shh, alles okay. Alles wird gut. Du bist in Sicherheit", sagte eine Stimme beruhigend zu ihr. Es war Kilian.

Sie lag in seinem Bett. Aber er hatte auf dem Boden geschlafen. Sie sah Felle auf dem Boden, trotz der Dunkelheit. Aber ein paar der weißen stachen in der Dunkelheit durch und waren recht gut zu erkennen.

Linhart schlief bei Evan. Er hatte mit ihm die Kinder weggebracht, als Kilian Runa in sein Zimmer brachte. Sie sind auch nicht nochmal zu Runa. Nia wollte, dass sie sich ausruhen konnte. Sie hat ihnen gesagt, dass sie Runa nicht stören und schlafen lassen sollten.

„War es was schlimmes?", fragte er sie mit sanfter Stimme. Sie schüttelte mit ihrem Kopf. Runa hatte zu weinen aufgehört. Dann jedoch fing sie wieder an und nickte ganz dolle. „Er hat ...", schluchzte sie und fing dann vollends zu weinen an.

Als sie es ihm sagte, bekam er eine innere Wut. Er drückte ihre Schulter doller, aber das bemerkte sie gar nicht. Er wusste nicht warum, aber er wollte ihn nicht nur töten, weil er Christ war, der sich nicht an seinen Glauben und dessen Gebote hielt, sondern auch, weil er Runa so Etwas antat. Er mochte diesen Kerl ganz und gar nicht.

Er wollte Linhart ja eigentlich nur ärgern, aber nun fand er selber etwas an Runa, aber er wusste nicht genau was. Er mochte sie. Auf eine ganz bestimmte Weise. Er wusste nur nicht, welche. So hatte er noch nie gefühlt.

Die Mädchen in seiner Gemeinde waren alle nur glücklich, kannten garkeinen Schmerz oder Verlust. Jedenfalls nicht auf diese Art.

Runa zeigte Gefühle. Richtige Gefühle. Andere Gefühle; verschiedene Gefühle.

Sie beruhigte sich schnell. Bei ihm spürte sie dieselbe Wärme, die sie bei Nia schon gespürt hatte. Aber dennoch irgendwie ... anders. Das interessierte sie jedoch nicht weiter. Sie schlief einfach in Kilian seinen Armen wieder ein.

Von draußen schlug Wind gegen den Baum; die Rinde, die als Fensterläden benutzt wurden, klapperte in den Einbauten. Aber nicht mal das störte sie. Sicher hatte sie davon, und von der kalten Luft, die ins Innere von draußen in kleinen Windstößen drang, die Albträume bekommen, die sie hatte. Aber nicht mehr. Kilian war neben ihr. Er passte auf sie auf. Und das ließ sie gut schlafen.

Runa träumte von dem Reh und wie sie – Nia, Evan, Kilian, Mara und ihr Bruder, Linhart und sie selber – an diesen unglaublichen Ort kamen, aber dann träumte sie noch etwas. Etwas schreckliches. Sie konnte sich nur nicht richtig erinnern, was es war.

19

Am nächsten Tag frühstückten sie zusammen mit dem ganzen Dorf. Jeder aß zusammen. Die Alte aber nicht. Sie blieb oben. Sie fühlte sich dort verbunden, als wäre sie selber ein Teil des Baumes.

Runa selber saß an einem langen Tisch, der wie das Bett aus dem Holz des Baumes erschaffen wurde und mit ihm immer noch verbunden war.

Der ganze Raum leuchtete. Es war wie in dem anderen Zimmer, aber dieses war riesig. Es war der ganze Stamm, der als Raum genutzt wurde und nicht in einzelne Zimmer eingeteilt wurde; die ganze Etage war ein Raum. Überall unterhielten sich die Bewohner freundlich, lachten, manche sangen auch. Vorne war ein Podest. Drei große Stühle waren wie die anderen Möbel aus dem Holz gebaut. Diese waren aber verschönert und detaillierter geschnitzt. Der in der Mitte war am größten, daneben kamen jeweils links und reckts etwas kleinere, nicht ganz so prunkvolle Stühle. Es waren nicht mal wirklich Stühle, eher ein Thron und zwei Dazugehörigkeiten.

Runa sah sich alles genau an.

Die Kinder waren auch da. Der Junge saß auf Nia ihrem Schoß und Mara saß zwischen ihr und Linhart, konnte geradeso über den Tisch gucken. Für ihr Alter war sie recht klein, so unterernährt wie sie immer war, war das auch kein Wunder.

Sie machten Späße miteinander und freuten sich. Besonders

Linhart spaßte gerne mit den Kleinen rum.

Evan saß ihnen gegenüber. Neben ihm Kilian. Runa saß neben Nia und somit gegenüber von Kilian.

Sie sah zu der großen Tür, welche eigentlich zwei waren. Sowie, wenn man in einen Thronsaal kam. Aber sie wusste nicht, wie ein Thronsaal aussah. Sie konnte es sich nur vorstellen. Jedenfalls war das so, bis vor kurzem. Bis man sie verschleppt hatte. Die Türen waren auch schön verarbeitet. Es waren auch zwei kleine Fenster (aus Glas!) oben in den Türen eingebaut.

Ein Mädchen mit langen, roten, glatten Haaren, kam gerade in den Saal. Sobald sie reinkam, gingen ein paar Leute auf sie zu und redeten freundlich mit ihr. Sie antwortete ihnen immer etwas mit einem großen Lächeln.

Das Mädchen hatte der Alten ihr Essen gebracht. Sie hatte ein langes Kleid an. Es war wie Seide; weiß und elegant.

Runa starrte sie an. Sie kam ihr bekannt vor, aber Runa hatte sie noch nie gesehen. Das Mädchen bemerkte ihren Blick und lächelte ihr zu. Runa duckte schnell ihren Kopf. Als sie wieder aufsah, sprach das Mädchen schonwieder mit anderen. Sie sah freundlich aus.

● ● ●

Nach dem Essen, ging jeder nach und nach raus. Alle hatten Arbeit zu erledigen. Jeder kümmerte sich um sein eigenes Geschirr und den Dreck, den der jeweilige hinterlassen hatte. Jeder wollte den Baum schön lassen. Es war ja ihr Lebenswerk und -raum. Den wollten sie ja nicht beschmutzen.

● ● ●

Die Kinder bekamen schon Betten von einem der großen Männer gebaut. Er fand sie ganz entzückend. Obwohl sie nicht zu ihnen gehörten, hatten sie ohne nachfragen, die Kinder und Linhart aufgenommen. Dabei hatten sie nur mit Runa gerechnet. Der Mann hatte die beiden Kleinen mitgenommen. Er alberte mit ihnen rum. Er selber hatte keine Kinder. Er wollte aber welche. Vor kurzem hatte er eine Frau gefunden, die er auch heiratete. Dafür hatte er lang gebraucht. Er war schüchtern und sie wartete auf ihn. Später kamen sie durch etwas Beihilfe der anderen Stammesmitglieder zusammen. Dann feierten sie eine Hochzeit mit allen. Er schwärmte den Kleinen davon vor. Welch wunderschönes Kleid sie trug und welch wunderschöner Blumenkranz auf ihrem Kopf lag. Wie nervös er doch war.

Die Kinder fanden es lustig, sie mochten den Großen jetzt schon. Er lachte mit.

● ● ●

Linhart bemerkte etwas, was Runa später auch auffiel. Er wandte sich an Nia und fragte: „Warum werden die Kinder mit keinen richtigen Namen angesprochen?"

Runa hatte es selber erst gar nicht bemerkt. Ihre Mutter nannte sie nur Feuerlöckchen und die Alte nur Mäd'l. Sie hatte erst durch Linhart einen richtigen Namen bekommen.

Nia sah ihn verwundert an, sah dann aber so aus, als würde ihr etwas einfallen. „Stimmt ja, bei euch bekommt man von Geburt an einen Namen, den eure Eltern toll finden."

Sie drehte sich wieder um und lief weiter. Linhart und Runa folgten ihr.

Evan und Kilian waren zu den Pferden, sie hatten noch Aufgaben zu erledigen.

„Bei uns werden die Kinder erst mit zehn Jahren mit einem Namen angesprochen. Da ist der Charakter einer Person ausgereift zu erkennen, dann wird man nach seinen

Eigenschaften benannt. Da ist auch klar, ob man die Gabe hat oder nicht."

Linhart nickte. „Deswegen habt ihr euch also nicht nur mit Namen vorgestellt. Aber das mit der Gabe ... Meinst du eure Magie? Ist sie nicht schon von Geburt an vorhanden?", fragte er verwundert weiter.

Nia lächelte. Seine Unwissenheit fand sie goldig. Aber woher hätte er das alles auch schon wissen sollen? „Wenn du es Magie nennst, dann gerne, ja. Aber sie wird erst mit zehn richtig sichtbar, vorher nicht. Keiner ist so mächtig schon vorher etwas so Wichtiges zu besitzen oder zu beherrschen."

„Du sagtest auch etwas davon, dass nicht jeder so eine Magie hat?"

„Nicht jeder. Es scheint auf die Haare anzukommen -oder zumindest zeigen uns die Haare, wie es ist. Unsere Priesterin ist am mächtigsten. Sie hat feurige Haare. Meine sind etwas bräunlich. Deswegen bin ich eher zum heilen begabt, als zum Kampf. Meine Kräfte sind etwas schwächer. Aber es gibt auch welche, die rote Haare haben und nichts können. Wir sind die letzten unserer Art. Es gibt vereinzelt noch welche, wie man bei Runa mitbekommen konnte. Aber wie kommt Runa eigentlich zu ihrem Namen? Diese Bedeutung, sie passt", fiel Nia plötzlich ein.

Linhart kratzte sich am Hinterkopf und sah weg. Leise sagte er: „Das war ich. Ich habe ihr den Namen gegeben. Die Bedeutung fand ich passend. Auch wenn es kein christlicher Name ist."

Nia lächelte ihn an. „Wer weiß, vielleicht bist du ja eigentlich auch einer von uns. Auch wenn deine Haare nicht rot sind."

Linhart lächelte zurück, wurde dann aber von einem Schlag auf seinen Rücken etwas nach vorne geworfen. Von dem plötzlichen Schlag musste er husten. Ein Arm schlang sich um ihn.

„Da hat sie aber recht. Ausnahmsweise, auch wenn es um dich geht", sagte Kilian und grinste ihn an.

Empört fing Nia an zu sprechen: „Was machst du denn hier? Hast du nicht etwas zu erledigen? Bei den Pferden?" Kilian sah zu seiner Schwester. „Keine Sorge. Wir waren schon früher fertig. Wir sind durch damit."

Nia wollte gerade was erwidern; öffnete gerade schon ihren Mund und holte tief Luft, da wurde sie schon von jemand unterbrochen.

„Hallo."

Alle drehten sich zu der Person. Nia war noch in ihrer einatmenden Bewegung. Es war das Mädchen, das Runa vorhin im Speisesaal sah.

„Priesterin! Was verschafft uns die Ehre?", fragte Kilian.

Nia sah von der Priesterin zu Kilian. Von einem strahlenden Lächeln zu einem warnenden Blick.

„Aber warum denn Ehre? Nein, keine Sorge. Ich bin wegen dem Mädchen hier." Sie blickte zu Runa.

Alle sahen zwischen den beiden hin und her.

Runa bekam ein unwohles Gefühl.

„Was genau wollen Sie von ihr?", fragte Linhart misstrauisch, wofür er einen Schlag auf seinen Kopf von Kilian bekam, der immer noch seinen Arm um seinen Hals gelegt hatte, wodurch er eine gebeugte Haltung bekam.

„Ich will nur mit ihr reden. Gestern ist bei der Weisenfrau ja recht große Unruhe durch sie entstanden." Sie sah Runa mit einem leichten Lächeln an, aber ihre Augen wirkten, als würden sie die Abgründe von Runas Seele durchsuchen wollen; sie waren so durchdringend.

Es beunruhigte Runa. So hatte keiner sie angesehen, als würde sie etwas über Runa wissen, was sie vor allen versucht zu verbergen, aber die Priesterin es trotzdem sehen konnte.

„Lass uns doch zu mir gehen. Da können wir in Ruhe

miteinander reden."

Sie lief los und Runa folgte ihr erst zögerlich, aber als Kilian und Nia ihr zu nickten, ging sie ihr schnell nach.

20

In der Küche war es heiß. Jeder trug die Ärmel oben, ein Tuch um den Kopf gebunden, um den Schweiß aufzufangen, der jeden die Haut runterlief, und ein Band mit einem weiteren Tuch zum Gesicht abtupfen um den Bauch.

An diesem Tag war Emma mit Kochen dran. Sie hatte die ganze Woche darauf gewartet. Sie durfte nur an diesem Tag in die Küche.

Sie hatte alles gesehen. Den Tod ihres Mannes -Verlobten. Es war schrecklich. Keiner ging auf ihr Flehen und Betteln, ihre Schreie und Tränen ein. Sie hielten sie einfach fest. Und sie hörte den Schlag, sah den Kopf rollen, sah seine leeren toten Augen. Die ihres Mannes und die des Königs. Beide waren leer. In beiden konnte sie nichts sehen. Und obwohl ihr Mann tot war, konnte sie in seinen Augen dennoch mehr sehen. Mehr Gefühle und mehr Leben. Für diesen Mann war es schon längst Zeit.

Sie würde ihm ein Ende bereiten. So wie er es mit ihrem Verlobten tat. Nur dass es für ihn langsamer und schmerzhafter werden würde.

●●●

Sie war extra bei einer Hexe gewesen, hatte sich von ihr einen Trank besorgt. Dafür musste sie tief in den Wald. Die Frau war alt. Überall waren Kräuter, Flaschen, Kessel und weiteres. In dem kleinen Häuschen stand der Rauch vom Kesselwasser, wie Nebel im Wald, trotz des Schornsteins, der einiges von dem Rauch abziehen ließ.

Es hatte seltsam gerochen. Mit so vielen verschiedenen Gerüchen, die dort wie der Rauch in der Luft lagen, kam Emma nicht richtig klar. Sie hielt sich einen Ärmel vor ihre Nase. Ihr stieg trotzdem noch der Mischgeruch in die Nase und ihr wurde schlecht.

Sie sagte dem alten Weib schnell ihre Beschwerde und wie sie das Gift gerne hätte. Die Alte buckelte in dem kleinen Raum rum, suchte ein bestimmtes Regal, fand es und suchte ein kleines Fläschchen aus Ton. Sie gab es Emma in die Hand, erklärte ihr, wie sie es verabreichen musste und wie viel, zu wann.

Dann gab Emma ihr im Gegenzug eine Kette. Eine Kette aus Silber. Reinem Silber. Das war eins der wertvollsten Besitztümer, das sie besaß. Sie hatte es von ihrem Verlobten geschenkt bekommen.

Emma kannte die Gefahr, die sie an diesem Ort hatte. Die Gefahr, wenn jemand sie erwischte. Sie kannte die Gerüchte aus der Stadt. Sie wusste von diesen Gerüchten über die Hexe, wo sie wohnte. Hätte sie die Gerüchte nicht aufgeschnappt, dann wäre sie nie bei dieser Einäugigen Frau gelandet.

Sie lief schnell weg, sobald sie aus der Hütte kam, sowie sie auch hin ging. Schnell. Nicht umdrehen.

Sie konnte den Blick der Frau auf sich spüren, die aus dem dreckigen, vernebelten Fenster schaute. In der Dämmerung erkannte die Alte Emma. Trotz dem schlecht sehenden Auge.

Emma hatte Angst vor der Frau. Wie glücklich sie war, dort rausgekommen zu sein.

● ● ●

Nun war sie damit beschäftigt, dem Koch das Essen für den König mit ein paar Tropfen aus dem Fläschchen beizumischen. Sie selber war ja nur für Kartoffel verantwortlich. Sobald der Koch und die anderen Bediensteten nicht hinsahen, ließ sie ein paar Tropfen drauf fallen. Sobald sie es schaffte, drehte sie sich schnell um und schälte weiter.

Sie war erleichtert, dass man nicht ihre zitternden Hände bemerkte und den Angstschweiß, den sie dabei wie einen Wasserfall auf ihrer Stirn hatte, aus der Sorge, dass man sie erwischen könnte. Aber das würde man nicht merken, nicht daran.

Jeder war verschwitzt oder man hatte zitternde Hände, aus der Aufregung raus, dass man mit dem Essen nicht rechtzeitig fertig werden würde und der König einen deswegen prügeln ließ.

Sie sah einen Boten das Essen nehmen. Es bestand keine Gefahr, dass es der König nicht essen würde. Der Vorkoster würde wohl zwar auch dran glauben müssen, aber das war es ihr wert.

Ein König, getötet von einer Dienstmagd. Sowas geschah auch nicht alle Tage.

Sein Sohn war am vorigen Tag mit einigen Männern, guten Pferden und einiges an Proviant verschwunden, deswegen musste sie ja noch länger mit dem Gift warten, aber jetzt war das vergiftete Essen auf dem Weg zum König. Durch das langsame eintreten, hätte man es auch für etwas Natürliches wie sein hohes Alter benennen können. Keiner würde sagen, dass es Gift war, das den König umgebracht hatte.

Niemand könnte sie anklagen.

Sie hasste den König, der sie jetzt schon mit jemand neues vermählen wollte.

Der neue Kerl war ein Ekelpaket durch und durch. Hatte keine Manieren und war unhöflich. Außerdem spielte er sich gerne auf, so, als wäre er selber der König. Grauenhaft. Er hatte die Rolle ihres Verlobten eingenommen, im dienstlichen Stand, wie im Ehelichen.

Er war sogar so frech sie vor der Hochzeit ins Bett zwingen zu wollen! Da sagte der König dann doch etwas dagegen, weil der Priester etwas dagegen hatte, zu dem Emma gegangen war deswegen. Wofür der Priester sie bestrafte, da sie ihn nicht zu so was verleiten sollte. Als unsittliches Weib wurde sie von ihm beleidigt. Wie konnte er nur so was wagen? Dabei wollte sie es doch gar nicht. Aber wenigstens hatte er etwas dagegen gesagt, ansonsten hätte der König nichts dagegen gehabt. Ihn selber hatte es ja genervt, dass er seine Frau nicht früher haben konnte und seine Gelüste nur von den dreckigen und unreinen Huren aus der Gosse befriedigen konnte.

Sie war eine gute Partie, sagte der König. Sie war ja immer noch Jungfrau. Darüber freute sich dieser dreckige Flegel am meisten.

Seine schwarzen, fettigen Haare, bei denen man schon glauben mochte, dass das Fett schon am Tropfen war, und sein nach Zwiebeln und Schweiß stinkender Körper, war überhaupt nichts für sie. Da blieb sie lieber Gattenlos.

Wenn der König starb, hoffte sie, dass sie nicht mehr mit diesem Mann verheiratet werden würde.

Sie hatte auch etwas Angst. Angst vor ihrem neuen Verlobten. Vor der Ehenacht. Dass er grob sein würde und sie dabei verletzte.

Er hatte sie bis dahin schon einmal mit seinem metallenen Handschuh geschlagen. Es war bei ihrer ersten Begegnung. Sie wurde ihm vorgestellt, aber sie wollte keinen neuen Verlobten, zumindest nicht schon so früh. Das gefiel ihm nicht und er schlug sie. Keiner stand ihr bei. Sie bekam nur mitleidige Blicke. Nicht nur wegen dem Schlag, sondern auch wegen des Todes ihres ersten Verlobten. Die Art seines Todes. Der Grund seines

Todes.

Jeder war sich sicher, dass er dem König das Mädchen nicht gestohlen hatte und es auch niemals getan hätte. Er war dem König treu ergeben. Loyal. Er hätte es niemals gewagt dem König in den Rücken zu fallen. Niemals.

Sie konnte diese Blicke nicht ertragen. Wollte, dass sie aufhörten. Wollte, dass sie woanders hinsahen, aber das taten sie nicht. Aber bald sicher.

Bald würde man nur noch Augen für eins haben: Einem am Boden liegendem König.

Einem toten am Boden liegenden König. Und dieser Gedanke gefiel ihr. Sogar sehr. Und sie würde der Grund dafür sein und ihre Rache bekommen.

21

Er folgte einer Spur. Sie führte in den Wald und war schon etwas älter. Schon ein paar Tage alt. Die Spuren zeigten, dass diese Person vor irgendwas weggerannt war. Aber vor wen? Oder wohl eher vor was?

Sie folgten ihr bis zu der Stelle, wo die Spuren anfingen. Sie stammten von einem Mädchen. Der Sohn des Königs war sich sicher, dass diese Spuren von seiner Verlobten stammten.

Sie führten tief in den Wald, an eine Stelle, von der man sich schlimme Geschichten erzählte. Eine Hexe solle an diesem Ort leben oder ein Monster. Aber er war nicht sonderlich an Märchen interessiert.

Magie? Nein, daran glaubte er ganz sicher nicht.

Dann entdeckte er etwas. Es war ein kleines Häuschen, mehr ein Schuppen als alles andere. Er ritt auf seinem Pferd bis vor die Tür und stieg dann ab.

Sein erster Gedanke war: *Diese verdammten Bauern wollten sich davor drücken ihre Steuern zu bezahlen! Damit haben wir weniger Geld, was weniger Macht und somit auch weniger Reichtum. Bedeutet; Macht=Reichtum! Dieses verdammte Bauernpack!*

Er stieß wütend die Tür auf.

Wer nicht vor hatte zu zahlen, der musste auf andere Wege zahlen. Ob er wohl lieber eine Hand oder einen Fuß abhacken sollte? Oder vielleicht gleich den ganzen Kopf vom Körper trennen?

Aber als die Tür offen war, sah er nur Chaos.

Eine Stimme in seinem Kopf sagte ihm, dass dort Runa gelebt hatte. Dass sie mit jemandem gelebt hatte, einer alten Frau, und dass diese starb.

Er sah sich um. In keinem Bett lag wer. Alles war verwüstet. Regale, Kräutergirlanden waren nach unten gerissen, Felle aus den Betten geworfen, der einzige vorhandene Tisch im Raum umgeworfen, so wie der dazugehörige Stuhl, Bücher und Blätter lagen auf dem Boden verteilt, Truhen entleert. Alles sah so aus, als hätte jemand etwas ganz Bestimmtes gesucht. Aber was nur?

Er fand rote Haare, als er sich genauer umsah. Es waren Ihre Haare. Diese Haare würde er wirklich überall wiedererkennen.

Draußen fand er kein Grab, drinnen keine Leiche.

Was hat man mit der Leiche gemacht, dachte er sich. *Oder gab es überhaupt keine?*

Als er um die Ecke des Hauses sah, sah er eine genauso große Verwüstung. Aber draußen, wo alles besser beleuchtet war, fand er etwas Merkwürdiges.

„Sand?", fragte er sich laut.

Dann fragte er sich die nächste rätselhafte Sache: *Aber das war kein Sand. Was ist das für schwarzes Zeug?*

22

Er hatte sich etwas von dem Zeug in ein Tuch gewickelt. Nun war es am Gürtel seines Wamses befestigt.

Er war schon am weiter reiten. Er hatte eine Karte bei sich. Sie sollte ihn dort hinbringen, dorthin, wo sie hinwollte. Wo Runa hinwollte.

Es würde ihn drei Tage hin kosten, wenn er die Pferde nicht ausruhen lassen würde, oder schneller mit ihnen Reiten würde, was sie noch mehr Energie kosten würde, dann sogar nur zwei, wenn nicht sogar nur einen. Aber er konnte das nicht machen. Er wollte ja nicht zu Fuß zurück gehen. Also entschied er, dass bei Dämmerung immer rast gemacht werden würde, in den nächsten drei Tagen.

Er freute sich schon auf Runa. Das Mädchen, dessen Namen er ja eigentlich nicht kannte, aber trotzdem kannte. Oder hatte sie sich vorgestellt mit ihrem Namen? Er wusste es nicht mehr genau. Aber die Stimme in seinem Kopf sicher nicht. Das war doch bloß eine Einbildung, ein dummes Gefühl. Also war das mit der Leiche auch nur hinzugefügte Einbildung, nichts weiter. Jeder hätte sich das denken können, dass sie hier gewohnt hatte. Wo sollte sie denn sonst die ganze Zeit gewesen sein? Jeder hätte sich das denken können. Sogar dieses dumme Bauerngelumpe.

Aber glücklicher Weise, blieb diese ganz besondere Schönheit nicht unentdeckt. Mit diesen wilden Haaren, die wie

Feuer glühten. Diese Augen, die Wald, Wasser, Erde und Luft miteinander vereinten. Diese weiße Haut, die wie weiche Milch war. Aber konnte Milch denn weich sein? Denn wenn sie es war, dann war es die Haut dieses Mädchens. Er hatte sie oft genug im Kerker berührt, um es zu wissen. Ihre Sommersprossen gaben ihr noch ein besonderes Bild dazu. Sie war wunderschön. Und sie war sein Besitztum.

Und diese Kerle hatten sie ihm gestohlen. Keiner durfte es wagen, den Besitz vom König oder dessen Sohn zu stehlen. Keiner. Und jetzt war es auch noch ausgerechnet die Frau, die seine Kinder gebären sollte. Eine Schande. Wenn das in der Stadt umgehen würde ... Nicht auszudenken.

Er würde jedem die Zunge rausreisen lassen, der auch nur annähernd darüber zu sprechen wagte.

Er wurde aus seinen finsteren Gedanken gerissen. Sein genauso finsteres Gesicht wurde schnell überrascht. Sein Pferd war unruhig. Er sah hinter sich. Die Pferde seiner Männer auch. Seine Männer sahen genauso überrascht aus, wie er es bis eben war. Er sah sich um. Im Wald konnte sich immer irgendetwas verstecken. Seine Augen wanderten von Baum zu Baum.

Dann sah er eine schwarze Gestalt von Baum zu Baum rennen. Seine Augen blieben an der Gestalt haften, aber sie war zu schnell, um sie richtig erkennen zu können.

Er hörte ein Kichern. Es musste von einem Kind oder so kommen. Es war gruselig.

Ein paar der Männer wurden von ihren Pferden mitgenommen. Die Männer waren erschrocken. Dann fiel eins der Tiere um. Es erdrückte seinen Reiter, der durch den Schlag starb. Dann rannte es schnell weiter.

Ein anderer Mann wurde durch eine unsichtbare Macht vom Pferd gerissen und an einem Baum aufgespießt. Ein Mann nach dem anderen starb. Bis von den zwanzig Männern nur noch fünf übrig waren.

Die Pferde rannten alle in dieselbe Richtung.

Der Sohn vom König war erschrocken. Überfordert mit solch einer Situation. So etwas hatte er noch nie erlebt. Was war das? Er sah sich erneut um. Gab es irgendeinen Weg, von diesem Ort zu fliehen? Alle seine Männer, die es versucht hatten, waren jetzt tot. Also sollte er vielleicht gar nicht fliehen. Vielleicht sollte er einfach stehen bleiben und warten, bis das Ende kam.

Dann hörte es endlich auf.

Er hörte erneut das Kichern, das während des Massakers aufgehört hatte.

Er sah sich wieder um. Sah in die Richtung, aus der der das Kichern kam. Die schwarze Gestalt. Im Schatten bewegte es sich. Dann kam es aus dem Schatten. Es lief auf ihn zu.

Seine Männer versuchten die Pferde unter Kontrolle zu bekommen. Auf sein Pferd achtete er kaum. Er war zu sehr von dieser Gestalt verwirrt. Die nach unten sah.

Rote Haare.

Schwarze Kleidung.

Milchweiße Haut.

Dann sah sie nach oben.

Schwarze Augen.

Ihm lief ein kalter Schauer über den Rücken.

Dann sagte sie etwas: „Hallo, Johannes."

23

Er sah das Mädchen, das nun direkt vor ihm stand wütend, verängstigt und verwirrt zu gleich, an.

„Woher kennst du meinen Namen?", fragte er sie und sah von oben auf sie herab. So sollte es auch sein. Er war der Sohn des Königs. Weswegen nicht er diesen Angstschweiß haben sollte, sondern sie.

„Wer bist du? Was willst du von mir und meinen Männern?", fragte er sie mit einem unwohlen Gefühl im Magen. Er wusste warum die Pferde so unruhig waren. Von diesem Mädchen ging irgendetwas Böses aus. Etwas Mächtiges. Zu groß für ihn. Aber das durfte es nicht geben! Niemand durfte größer und mächtiger als er sein! Außer vielleicht sein Vater.

Sie lächelte.

Die letzten Männer sahen sie ebenfalls an. Schweiß war in ihren Gesichtern.

Ein rothaariges Mädchen. Es waren unordentliche und verfilzte Haare. Ein schwarzes, kurzes Kleid, dass ihr gerade mal über ihre Knie ging. Es ging wie eine Spitze nach unten. Die Spitze reichte an ihre Wade. Auf beiden Seiten ging so eine Spitze lang. Sie hatte lange Ärmel, die ebenfalls als solch eine Spitze endeten. Sie war barfuß. Schwarze Augen, nicht dieses ganz dunkle Braun, sondern wirkliche, schwarze Augen. Aber ihre schwarzen Augen, ließen ihn an etwas erinnern, etwas, das er schon mal irgendwo gesehen hatte.

„Wer bist du und was willst du hier?", fragte er sie mit Nachdruck.

Sie bekam ein noch breiteres grinsen und es sah so aus, als würden sich ihre Augen bewegen, nicht so wie es normal der Fall war, eher unnatürlich, als würde Sand in einer Kugel sein und man würde diese Kugel dann schütteln. Oder ein wilder, dunkler Nebel. Aber wahrscheinlich war es eher eine Mischung. Und dann noch dieser Glanz.

Da fiel es ihm wieder ein, wo er das schonmal gesehen hatte. Er sah zu seinem Gürtel runter, zu dem kleinen Beutelchen. Er hatte es bei diesem Haus gesehen, das alte kleine Hüttchen, was in völliger Verwüstung stand, als er dort ankam. Dann wusste er auch, was sie hier wollte.

24

Sie setzten sich auf eine Art Schaukel, um die sich schon viele wunderschöne Schlingpflanzen rangen. Das Holz selber hatte eine schöne Eingravierung von keltischen Zeichen. An ein paar Bäumen erkannte Runa Runen. Aber sie kannte die Bedeutung und die Auswirkungen von ihnen nicht.

Die Priesterin sah sie an. Ein Lächeln lag auf ihren Lippen. Sie sah aus, als wüsste sie etwas über Runa, das sie versuchte zu verbergen; vor jedem geheim zu halten oder etwas, was Runa selber gar nicht über sich wusste.

Runa sah die Priesterin fragend an.

„Wie alt bist du jetzt, Runa?", fragte die schlanke Frau.

„Vor ein paar Tagen bin ich achtzehn geworden", gab sie der Priesterin zur Antwort.

Sie grübelte kurz, verlor dabei aber nicht ihr Lächeln. „Achtzehn. Achtzehn, so, so. Achtzehn, das Alter, wo die Gabe ihre volle Stärke zeigt. Das Alter, wo die ganze Macht freigesetzt wird. Dann sollte wohl auch bald ein Schutztier – dein Seelentier - deine Wege kreuzen."

„Was für ein Tier?"

„Ein Schutztier. Ein Seelentier. Es ist dein bester Freund und ewiger Begleiter. Etwas wie dein Seelenverwandter. Oder wohl eher: Es ist dein Seelenverwandter."

„Was ist das für eine Sprache? Gott hat uns nie so eine Sprache gegeben! Ihr seid eben nur ein paar Wilde aus dem

Wald", sagte eine Stimme, die Runa bekannt vorkam.

Sie sah das Lächeln der Priesterin verschwinden.

Linhart trat hinter einem Baum vor.

„Dachte ich mir doch schon, dass uns jemand belauscht", sagte die Priesterin und sah nicht sehr erfreut aus.

„Und wer bist du?", fragte Linhart barsch.

„Ich werde Priesterin genannt", antwortete sie ihm zornig.

Er lachte auf. „Priesterin? Eine Frau mit so einem Titel? Dass ich nicht lache! Frauen werden keine Priester. Nur Männer. Es ist gegen Gottes Wille, dass Frauen einen solchen Stand haben. Frauen sind nicht befähigt oder in der Lage dazu, solch einen hohen Stand zu haben."

„Du vergisst dabei nur etwas", sagte sie knapp.

„Und das wäre?"

„Dein Glaube ist nicht mein Glaube! Frauen sind bei uns mit Männern gleichgestellt. Es gibt hier keine Ungerechtigkeiten. Wir haben einen Zusammenhalt. Sind nicht Habgierig. Leben ohne Unterdrückung. Werden nicht von anderen befehligt. Helfen einander aus freien Stücken! Wi-"

„Sei ja still! Wir Christen sind nicht unterdrückend! Wir sind auch frei! Leben auch aus freien Stücken! Haben unsere eigenen Meinungen und Gedanken! Wir haben auch einen Zusammenhalt!"

„Unterbrich mich nicht! Ihr wart es doch, die uns umgebracht haben, weil wir nicht euren Maßen entsprachen, weil wir zu etwas Besserem bestimmt waren! Wir mussten weg! Ihr habt uns vertrieben. Und du kannst das alles nur sagen, weil du ein Mann bist! Frauen haben bei euch gar keine Rechte! Sie leben unterdrückt! Dürfen gar keine eigene Meinung haben! Müssen immer tun und lassen, was ihnen gesagt wird. Eure Religion ist Frauen unterdrückend und wenn nicht sogar feindlich und verachtend! Sie dienen euch nur, damit sie eure gewollten Söhne in die Welt tragen! Ein Eigenleben dürfen sie bei euch doch gar nicht führen! Ihr denkt gar nicht an Töchter! Ihr wollt nur Söhne! Und wenn dann doch eine Tochter kommt, dann bestraft ihr die Frauen und verachtet die Töchter! Sie dürfen bei euch kein eigenes Brot verdienen! Dürfen nicht selber Haus und Hof führen! Dürfen nicht über ihr Leben selbst entscheiden! Dü-"

„Ist ja schon gut! Ich habe es kapiert!" Er ging wütend weg. Aber dachte dabei noch bei sich: *Was bildet die sich bitte ein? Die hat ja gar keine Ahnung! Aber ... Hat sie denn so unrecht?*

• • •

Runa hatte sonst nicht viel mehr mit der Priesterin gesprochen, da ihr von Linhart gründlich die Laune verdorben wurde. Warum musste er nur wieder so ein Theater veranstalten? Konnte er sich nicht einfach um seinen eigenen Mist kümmern? Sie mochte ihn ja, aber in solchen Momenten ... Er war da dann einfach nur anstrengend. Da hatte sie auch keine Lust mehr, mit der Priesterin zu reden, die sich ebenfalls erst einmal wieder beruhigen musste.

Sie suchte stattdessen Nia und die beiden Kinder.

Sie waren bei den Hühnern, die vor ein paar Tagen Küken bekommen hatten. Mara quietschte vergnügt über ein schwarzes Küken, das ihr auf die kleine Hand gesprungen war.

Runa grüßte die Kinder und Mara erzählte ihr sofort, was sie alles erlebt hatten.

Nia sah zu Runa, als die Kinder sich wieder den kleinen Tieren widmeten, und fragte sie: „Hast du dich mit Linhart gestritten? Er ist zum Fluss gelaufen und sah dabei ziemlich finster aus. Als ich ihn fragen wollte was denn los sei, da hat er nur gebrummelt und ist weitergelaufen. Ich habe mir zwar nichts weiter dabei gedacht, aber wenige Augenblicke kommst du dann hinterher. Also, ist was zwischen euch vorgefallen?"

Runa lächelte leicht, etwas unsicher. „Nicht direkt, eher zwischen ihm und der Priesterin. Beide haben sich gestritten, bis auf die Knochen. Wollten schon gar nicht mehr aufhören. Dann ist Linhart irgendwann einfach weg und die Priesterin wollte dann nicht mehr weiterreden -und ich auch nicht."

„Ah. Worum ging es denn?"

„Religion – wie immer - und er wollte wissen, in was für einer Sprache wir sprechen, dabei haben wir uns ganz normal unterhalten."

„Ach, sie hat was auf einer anderen Sprache gesagt und du auch, ohne es zu bemerken?"

„Nein, wir haben ganz normal miteinander gesprochen."

„Wirklich? Ganz normal?"

„Ja, ganz normal."

Nia fing an zu grinsen.

Mara zupfte an den Ärmeln der beiden. Beide sahen sie an. Runa mit Verwunderung und Nia immer noch mit einem Lächeln auf ihren Lippen. „Was habt ihr da gesagt? Ich habe euch gar nicht verstanden!"

Runa sah zu Nia. „Weißt du, was sie meint?"

Nia lächelte noch etwas breiter. „Ja. Ja, das weiß ich. Mit Sicherheit. Wir haben nämlich gerade auf Gälisch miteinander gesprochen."

Runas Augen wurden groß. „Auf Gälisch?"

Nia nickte, konnte gar nicht mehr zu grinsen aufhören. „Aber ich habe doch nie Gälisch gelernt."

„Dann hast du es wohl als Kind immer gesprochen."

„Aber ... Wo denn? Meine Mutter ... sie war doch auch im Dorf, da haben wir doch auch immer normal miteinander gesprochen. Und mein Vater ... den habe ich nie kennengelernt. Und die Großmeisterin ..."

„Du hast es sicher auch bei ihr unbemerkt gesprochen."
„Muss wohl so sein. Aber das muss man doch eigentlich merken oder etwa nicht?"
„Du hast es ja scheinbar nicht bemerkt. Dann muss man es wohl nicht merken. Oder?"
„Muss wohl so sein."

• • •

„Wo ist es denn nur?", murmelte Runa vor sich hin.
„Was suchst du denn?" Erschrocken fuhr Runa um und sah Kilian, wie er mit überkreuzten Armen und Beinen am Türrahmen lehnte.
Er stieß sich ab und lief zu ihr ins Zimmer. Sie ließ ihn dabei nicht aus den Augen. Ihre Hände in ihrer Tasche, drumherum ein Haufen Sachen verteilt: Bücher, ihre einzigen weiteren Kleider: ein braunes und ein graues, ein Kamm, Federn, ein paar Tücher. In der Tasche waren auch noch ein paar Sachen, wie Felle und Flaschen, gebundene Kräuter, Tinkturen und Salben, weitere Bücher und Federn.
„Ich finde mein Buch nicht."
„Da sind doch ein Haufen Bücher. Da kannst du genug lesen."
„Haha, sehr witzig. Nein, ich suche ein ganz bestimmtes Buch und unter denen habe ich es nicht gefunden."
„Ach ja? Und was ist an dem Buch so besonders?"
„Meine Großmeisterin hat mir es gegeben. Es ist eine Karte, zu einem Ort. Ein Ort, an den ich gehen soll. Es waren auch Runen und Zeichnungen, Wegbeschreibungen und dergleichen drin. Ein paar Informationen, Kräuter, ihre Wirkung und den Einsatz und lauter so Sachen."
„Und was ist das für ein Ort?", er sah misstrauisch zu ihren Sachen.
„Ich glaube der Ort hieß Silv oder Sülv oder so."

Er bekam große Augen. „Der große Baum vielleicht?"
„Kann sein."

„Das ist hier. Das ist unser Baum. Du musst das Buch finden!"
Er packte sie an ihren dünnen Schultern und schüttelte sie durch.

Sie sah ihn ganz erstarrt an. „Ich weiß es nicht ... Ich weiß einfach nicht, wo ich es habe. Es lag in meiner Tasche, in dem grauen Fell. Ich weiß es ganz genau, dass ich es da reingelegt habe. Wo kann es nur sein?" Ihre Stimme zitterte. „Wo nur?"
Ihr lief eine Träne die Wange runter. Ihre Lippen bebten.

„Verdammt!", fluchte Kilian und sah nach hinten.

Er sah sich im ganzen Zimmer um.

Runa ließ ihren Kopf hängen. Sie kannte die Gefahr, die da war. Sie kannte die Gefahr, wenn jemand das Buch fand, dass nicht für Außenstehende gedacht war.

Kilian lief schnell aus dem Zimmer. „Ich muss zur Seherin."

25

Nia hatte Kilian bemerkt, der schnell aus den Wurzeln auftauchte. Sein Gesicht sagte, dass etwas passiert sein musste, etwas Schlimmes.

Sie setzte die Kinder schnell bei der Gänsehüterin ab und lief ihm ebenfalls schnell nach. Sie sah besorgt zu, wo er hinlief, versuchte dabei ihn einzuholen.

Evan hatte ihn scheinbar auch bemerkt, da er vom Schmied schnell zu ihm lief. Er fragte Kilian etwas, der nur wütend antwortete.

Nia holte ihn ein.

Linhart kam ebenfalls schnell dazu.

„Was ist denn passiert?", wollte Nia wissen, die endlich die Jungs erreicht hatte. Sie hatte auf dem Weg schon darüber geflucht ein Kleid angezogen zu haben. Es war grau-grün mit einem Ledergürtel um die Taille und einem ebenfalls aus Leder gemachten Täschchen, das am Gürtel befestigt wurde. Ihre Haare lagen offen, nur ein aus Haaren geflochtener Granz ließ keine Strähnen ins Gesicht fallen.

„Sie hat ihr Buch verloren. Sie hat uns alle in Gefahr gebracht!", sagte Kilian voller Wut und Verzweiflung. Sie konnte sehen, dass die Hände ihres Bruders zitterten. Er war vollkommen aufgebracht. So hatte sie ihn noch nie erlebt.

„Wovon redest du? Ich verstehe überhaupt nichts, von dem, was du sagst. Sprich so, dass wir dich auch verstehen!"

Sie versuchte mit ihm und den beiden anderen Schritt zu halten, aber mit dem langen Kleid, das bis zum Boden reichte, war es äußerst schwierig. Sie nahm den Stoff auf ihren Beinen in die Hände und zog ihn zusammen. Es half nicht viel, aber es genügte.

„Runa, sie hatte ein Buch. Da standen wohl ein Haufen Sachen drin und eine Karte war eingezeichnet."

„Ja und was hat das mit uns zu tun? Oder damit, dass du wie ein gehetztes Tier hier rumgehst?" Evan sah ihn an, als wäre er von nichts überzeugt. Eine seiner Augenbrauen waren hochgezogen.

„Dazu wollte ich ja gerade kommen, bevor du mich unterbrochen hast."

„Jaja, ist ja schon gut. Erzähl einfach weiter."

„Die Karte war nicht irgendeine Karte. Es war eine richtige Wegbeschreibung. Eine Wegbeschreibung zu unserem Baum!"

Sie stoppten; blieben Augenblicklich stehen, sobald er das sagte.

„Du machst Scherze", sagte Nia lachend, aber ohne es witzig zu finden. Es störte sie eher. Sie wurde immer ernster und auch wütender. Sie hätte ihm am liebsten ins Gesicht geschlagen, ihn angeschrien. „Das ist nicht witzig! Lass solche Witze gefälligst!"

„Habe ich jemals Witze gemacht?"

Sie verstummten. Keiner wagte es auch nur zu atmen.

„Das heißt, dass sie wirklich ... wirklich so ein Buch hat -te- und es verloren hat? Das ist gar nicht gut. Das ist ganz und gar nicht gut. Warum hat sie so etwas überhaupt? Sie gehört nicht zu uns. Sie war auch noch nie hier."

„Sie hat doch mal was von einer Großmeisterin erzählt. Ob sie vielleicht eine von uns war?"

„Nia, da könntest du recht haben. Der hat das Buch eigentlich gehört."

„Und was jetzt?"

„Ich wollte zur Seherin, vielleicht kann sie uns was sagen."

● ● ●

Ein Mädchen saß auf einer Wiese. Sie hatte glatte kupferfarbige Haare, die ihr seidig über den Rücken wie ein Wasserfall verliefen.

Auf ihrer Schulter saß ein Falke. Er schwang seine Flügel. Er zeigte ihr etwas. Etwas Bedrohliches. Schlimmer als alles, was sie je gesehen oder erlebt hatte.

Dunkelheit. Finsternis. Und überall Blut.

So viel Blut.

26

Runa setzte sich aufs Bett, überlegte. Obwohl es draußen noch klarer Sonnenschein war, der alles erhellte, war es für sie so, als sei die finsterste Nacht da. Alles war dunkel, nur Umrisse zu erkennen. Sie sah Schatten. Viele dunkle Schatten. Sie schwirrten überall rum.

Runa bekam ein seltsames Gefühl. War es Angst? Möglich. Sie wusste es nicht genau. Sie wusste nur, dass sie ganz schnell weg von diesem Ort wollte, in dem sie sich vorher noch sicher und wohl fühlte.

Und dann ...

● ● ●

„Seherin!", rief Nia.

Eine Frau in einem hellen Kleid und einem etwas dunklerem Umhang drehte sich um. Ihre Haare waren hell. Genauso rot, wie die meisten Haare, nur etwas heller, als es normal war. Sie waren leicht ineinander verbunden, wirkten aber immer noch offen. Noch etwas war anders an ihr. Ihre Augen waren geschlossen.

Linhart sah sich die, nun eher wie ein Mädchen wirkende, Frau an. „Das ist sie? Warum sieht sie uns nicht an, wenn sie sehen können soll?", fragte er verwundert.

Das Mädchen lachte leise. Es war eher ein Kichern, als ein

lachen.

„Sie ist blind", sagte Nia, kurz an Linhart gewandt.

Er sah sie mit großen Augen an. „Blind?", fragte er etwas aufgebracht.

„Ja, sie kann nichts sehen und du scheinbar nicht richtig hören", gab nun Kilian zornig von sich.

„Dann würde ich sie aber nicht gerade als Seherin bezeichnen. Und hören kann ich ausgezeichnet!" Er verdrehte seine Augen, erschrak aber dann, als plötzlich ein Schrei aufkam.

Dieser Schrei ging von einem kleinen Vogel, einem Falken, aus. Er flog auf die Schultern, des als Seherin bezeichneten Mädchens.

Kilian dachte noch an das, was Linhart gesagt hatte, dass er gut hören könne. Kilian musste davon prusten, so belustigend fand er das, er wusste immerhin über den Unterschied des Gehörs von Nichtzauberern und von Blutzauberern Bescheid.

Linhart hatte nichts von Kilians Belustigung durch seinen kurzen Schockmoment mitbekommen.

„Nun, so ganz blind bin ich ja nicht ..." sagte sie freundlich. „Ich sehe über seine Augen. Er ist mein Seelentier. Jeder kann über sein Seelentier, wenn man etwas nicht kann, wie sehen, hören, oder so, diese Sinne erlangen. Ich sehe über seine Augen. Wir sind miteinander verbunden, deswegen.

Und mal so nebenbei, Falken können wirklich sehr gut sehen. Das heißt, dass ich besser als du sehen kann, obwohl ich blind bin." Sie kicherte.

Er sah sie etwas irritiert an, gerade vom Schock, des Schreies erholt. „Warum hat die alte Frau das dann nicht auch so gemacht? Also über so ein Tier gesehen? Die ist doch blind?"

„Hat sie. Alle, denen ein Sinn fehlt – oder mehrere -, machen das."

„Ja, aber warum dann sie nicht?"

„Lass meine Schwester doch erstmal ausreden, bevor du ihr ins Wort fällst und sinnlos unsere Zeit verschwendest."

Linhart drehte sich beleidigt weg, hörte dann aber wartend zu.

„Sie hatte einen Adler als Seelentier. Er war wunderschön, hatte riesige Flügel, er selber war auch nicht gerade klein unter anderen Adlern. Aber Menschen machen nun mal Jagt auf so wunderschöne Tiere. Er wurde erschossen. Seitdem muss die Weisefrau auch im Stuhl sitzen. Man spürt den Schmerz seines Seelentieres, wenn es stirbt, wie es stirbt. Sie hat sich von diesem Schmerz nie erholt, hat körperlich darunter leiden müssen, aber auch psychisch."

Linhart nickte. Ja, das war wohl diese Schrecklichkeit, die er niemals durchmachen müsste.

„Egal. Wir sind wegen etwas anderem hier", fiel Kilian Linhart dazwischen, der gerade seinen Mund öffnete, um noch etwas zu sagen. „Du weißt es sicher, warum wir hier sind?"

Sie nickte, ihr Lächeln verschwand sofort. Sie sah bedrückt aus. „Ich habe sie gesehen. Sie ist alleine. Ihr solltet sie nicht alleine lassen", begann sie zu sprechen.

Alle sahen sie verwundert an.

„Warum?", fragte Kilian.

„Böse Mächte sind hinter ihr her."

„Was meinst du damit? Böse Mächte? Was für böse Mächte? Meinst du den König?" Nia stieß ihren Bruder mit dem Ellenbogen in die Seite, so, dass er erschrocken zusammenzuckte. „Linhart wird voll genölt, aber du lässt auch niemanden in Ruhe sprechen", herrschte sie ihn an.

Er rieb sich die getroffene Stelle und sah sie nur beleidigt an.

Die Seherin ließ ihren Falken auf ihre Hand steigen, indem sie sie ihm hinhielt. Er stieg sofort drauf, woraufhin sie ihn in die Lüfte stieß. Er flog sofort los.

Auf Linharts verwirrten Blick antwortete sie: „Ich habe ihm

per Gedanken darum gebeten nach Fremden Ausschau zu halten." Sie machte eine kurze Pause, ihr wieder kurz erschienenes Lächeln verschwand erneut und sie sprach ernst weiter: „Es werden bald Männer hier sein. Männer vom König ... Und sein Sohn. Es waren mal recht viele, aber dann ist *sie* aufgetaucht und hat ihre Macht spielen lassen. Nur noch eine Handvoll Männer haben es überlebt, mit dem Königssohn. Er hat sich mit dem Mädchen verbündet. Ihr müsst euch in Acht nehmen. Sie haben das Buch, das ihr sucht. Er hat es dem Mädchen in ihrer Gefangenschaft gestohlen. Sie finden den Weg hierher. Sie werden bald da sein. Sehr bald."

„Wer ist sie?"

„Eine Verbannte. Sie wurde vor Jahren aus dem Stamm verbannt, weil sie ihre Macht missbraucht hat. Sie wurde gejagt und geschändet. Jetzt will sie Rache. Sie gehört nicht zu uns, das hat sie nie. Sie kommt von einem anderen Stamm. Ja, es gibt noch mehr. Da staunt ihr, was? Aber sie ist gefährlich. Sie ist wie wir Blutzauberin, aber sie ist noch etwas anderes. Etwas, vor dem man sich fürchten sollte. Sie ist die Angst. Sie sorgt für das Schlechte in der Welt. Seid vorsichtig, wenn ihr ihr begegnen solltet, mit ihr ist nicht zu spaßen."

„Wovon sprichst du? Wir verstehen das alles nicht!", sagte Nia. Ihr kamen zu viele Informationen auf einmal, sie konnte sie gar nicht alle richtig verarbeiten.

Ein Schrei ertönte. Er gehörte zu dem Falken.

Alle sahen hoch, dann zur Seherin. Sie hatte ebenfalls nach oben gesehen, so wie alle anderen zum Falken, der hoch oben seine Kreise über ihnen flog. Der Himmel verfinsterte sich langsam und ein Wind kam auf. Sie sah zu den andern. Ihr Haar wehte durcheinander, sie öffnete ihre Augen, die blaue Farbe wirkte durch ihre Blindheit grau und kalt, sie glänzten nicht und wirkten tot. Allen lief ein Schauder den Rücken runter.

„Ihr müsst jetzt gehen. Schnell! Zu Runa! Ihr müsst euch

beeilen!"
Alle bekamen große Augen und rannten sofort los.

Die Seherin wandte sich von den, nun kaum noch zu erkennenden Gestalten ab, und sah hinter sich, die große weite Wiese an. Das Gras wehte im stürmischen Wind, in den Wolken hörte man schon ein Donnern. Blitze schossen vereinzelt die Wolkendecke lang.

Der Falke schrie und stürzte zu seinem Seelenmensch nach unten in die Tiefe, kurz vor ihr fing er sich ab und hockte sich auf ihren ihr zugewandten Arm.

Sie strich sanft unter seinem Schnabel lang und sagte: „Ich habe ein schreckliches Gefühl. Hoffentlich geht das nur gut aus. Komm, wir müssen schnell zur Priesterin."

27

Runa saß still da. Alles um sie herum sah dunkel aus, obwohl alles so hell war. Für sie kam es wie die Finsternis vor, obwohl die Sonne schien.

Sie war verzweifelt. Wo konnte nur dieses Buch sein? Es musste doch da sein! Wo sollte es sonst sein? Sie hatte es sich doch noch gar nicht richtig durchgelesen. Ja nicht mal angefangen. So viele Dinge standen drinnen, und nun?

Sie war so erschöpft. Und da sah sie etwas. In dem ja eigentlich so von Sonnenstrahlen beschienene Raum, der ihr so dunkel vorkam, sah sie ein Wesen durchs Fenster steigen.

Sie bekam Angst.

Es sah so finster aus. War es aus Schatten? Das sah aus, wie das Ding, das sie in der Nacht verfolgt hatte, in der ihre Großmeisterin starb. Es hatte sie gefunden. Es war die ganze Zeit hinter ihr her.

Ihr Herz fing an zu rasen, ihr Puls erhöhte sich, Schweiß ran ihre Haut entlang, ihr Atem beschleunigte sich.

„Geh weg! Geh weg! Was willst du denn nur von mir? Geh!", schrie sie voller Panik und Entsetzen.

Draußen kam ein Gewitter auf. Nun wurde es wirklich dunkler und das Wesen schien größer zu werden.

Es kam langsam auf sie zu. Sie wollte schnell aufspringen und wegrennen, da durchfuhr es sie plötzlich und sie sackte in sich zusammen.

Genau in diesem Moment kamen die anderen rein. Schnell verschwand das Wesen wieder durchs Fenster. Nia schrie entsetzt. „Was ist das denn für ein Ding gewesen?" Kilian war schon zu Runa gerannt und zog sie an sich.

„Was ist mit ihr?", fragte Linhart, der sich besorgt neben den hockenden Kilian stand.

Kilian strich ein paar Haarsträhnen aus Runas Gesicht, die ihr beim Fall ins Gesicht gekommen waren. „Ich weiß es nicht", gab Kilian zur Antwort.

Evan trat vorsichtig in den Raum, aber nicht aus Angst, dass das Wesen noch da sein könnte. Es war ein unwohles Gefühl in ihm, welches ihn dazu brachte. Dann sagte er behutsam, um nicht womöglich jemanden in Panik zu versetzten: „Habt ihr das gesehen?"

Alle drehten sich mit ihrem Kopf in seine Richtung. Nia stellte sich nun ebenfalls in das Zimmer, direkt neben Evan.

„Was genau meinst du?", fragte sie zögerlich.

„Na dieses Ding ... Dieses Wesen ... Diese ... keine Ahnung ... Egal was es war, es ist auf jeden Fall durch sie hindurch gegangen und dann ist sie ..." Er sah betreten zu Runa. „Ihr wisst schon." Er kratzte mit seiner Fußspitze den Boden etwas lang und sah dabei nach unten, um die anderen, und den Anblick von Runa, nicht ertragen zu müssen.

„Sie lebt noch. Macht euch bitte keine Sorgen. Ihr geht es gut. Wer weiß, was das Ding mit ihr gemacht hätte, wenn es vor Schock nicht vor uns geflüchtet wäre", gab Kilian dem Gerede seinen Teil dazu.

„Dass das Ding überhaupt so etwas wie einen Schock empfinden kann ...", gab Nia noch dazu, sah Augen verdrehend zur Seite, während sie ihren Kopf dabei seitlich legte und sah dann wieder etwas besorgt zu Runa. „Aber geht es ihr wirklich gut? Wir wissen nicht, was mit ihr gemacht wurde. Weißt du, zum Beispiel, ob sie wieder wach wird? Weißt du, ob sie noch all ihre Erinnerungen hat? Weißt du, ob sie nicht vielleicht einen ihrer Sinne verloren hat? Kannst du mir irgendetwas davon mit Sicherheit beantworten?" Nia legte besorgt eine Falte zwischen ihre zusammengezogenen Augenbrauen. Sie hatte eine zu gute Freundin in Runa gefunden, als dass sie Sorglos bei diesem Anblick danebenstehen hätte können.

Kilian sah abwechselnd von Runa zu seiner Schwester, nicht sicher, was er ihr antworten sollte. Er hatte selber noch gar nicht darüber nachgedacht.

Ja was? Was wenn eins dieser Dinge nun so war? Was sollten sie dann tun?

Er seufzte einmal tief und sah dann wieder zu seiner Schwester. „Ich weiß es nicht genau. Ich könnte dir nirgendwo was dazu sagen. Ich kann dir nur sagen, dass sie lebt und es ihr wenigstens so weit gut geht. Aber ich könnte nachsehen, auch wenn ich dann in einen sehr privaten Bereich von ihr vordringen würde."

Falls es überhaupt klappt. Letztes Mal, da ...

Linhart sah ihn verwirrt an. Was meinte er denn damit? Was konnten diese Menschen noch alles, von dem er nichts wusste?

Die anderen beiden bemerkten seinen verwirrten Blick. „Wir können ja in die Gedanken des anderen eindringen und diese hören, so wie unsere weiterleiten. Unsere Erinnerungen können wir ja auch teilen, also können wir auch die des anderen uns angucken. Wir können den ganzen Körper absuchen und so Krankheiten oder andere Sachen feststellen.

Das mit den Erinnerungen ist aber wirklich sehr privat. Das sollte eigentlich niemand machen. Niemand will, dass ein anderer im eigenen Kopf rum spukt", erklärte Evan ruhig.

Linhart schauderte es bei dem Gedanken, dass jemand sich in seinem Kopf breit machte. Kein Wunder, wenn man wahnsinnig wird.

„Sollte ich es tun?", fragte Kilian daraufhin.

Eine gute Frage. Die anderen waren sich auch noch unschlüssig.

Doch dann sah Nia plötzlich ganz ernst zu ihrem Bruder. „Ich mach es. Ich will wissen, ob alles in Ordnung mit ihr ist. Dieses Ding sah viel zu schrecklich aus, als dass wir sie einfach nur so dalassen könnten."

Kilian nickte kurz zögerlich stimmte ihr dann aber zu. „In Ordnung."

„Leg sie aufs Bett. Ich will es nicht auf so einem harten Untergrund machen. Sie soll ruhig im weichen liegen können, wo es auch nicht so kalt ist. Macht das Fenster zu, damit der Wind nicht so rein strömt und macht ein paar Kerzen am Bett an, damit wir trotzdem noch etwas sehen können."

Alle folgten ihren Befehlen. Kilian trug Runa zum Bett und legte sie drauf. Evan und Linhart machten in der Zeit das Fenster zu und zündeten ein paar Kerzen an, dass nur ihre Gesichter und das Bett erhellt waren.

„Nun gut", sagte Nia etwas unsicher. Ihre Hände zitterten und ihre Stirn war in Falten gelegt. Alle sahen, wie unwohl sie sich dabei fühlte. Sie sah nochmal kurz jeden einzelnen an, ob nicht doch jemand vorhatte, sie davon abzuhalten, aber jeder sah sie nur genauso zweifelnd an, jeder mit einer Kerze in der Hand, die ihre Gesichter erhellten und alles um sie schwarz aussah.

Sie war sichtlich aufgeregt, aber sie atmete nur nochmal tief durch und sagte: „Lasst uns beginnen", ehe sie ihre Hände auf Runas Schläfen, und ihre eigene Stirn an ihre legte. Ihre Augen schloss sie dabei. Aber als sie anfing die Wärme zu spüren, die Runa auf sie übertrug, kam ein kurzer Impuls, der sie dazu brachte, sie kurz zu öffnen.

Die anderen waren erstaunt und schockiert, denn ihre Augen leuchteten Blutrot, und als sie versuchten mit ihr zu sprechen, gab sie keine Reaktion von sich.

Kilian bekam Angst, Angst um seine Schwester. „Nia, Nia

antworte uns!", fing er an. Schweiß lief sein Gesicht hinunter. Linhart merkte es sofort. „Ihr reagiert nicht normal. Das sollte nicht so laufen oder?", fragte er, und die Antwort auf seine Frage, ließ ihn schaudern, so wie der verzweifelte Blick von Kilian. „Nein. So sollte es ganz und gar nicht laufen."

28

Sie fühlte sich, als würde sie ertrinken. Ein roter Schleier umgab sie. Alles war finster und blutig.

Schwamm sie im Blut?

Sie versuchte nach oben zu kommen, aber wusste sie nicht, wo Oben sein sollte. Sie hatte keine Orientierung.

Ein Druck lag auf ihren Lungen. Es war ein schreckliches Gefühl.

Sie versuchte zu schreien, aber nicht ein Ton entkam ihrer Kehle, nicht mal ein Krächzen.

Sie schlug um sich, aber das brachte genauso wenig.

Sie versuchte in diesem Blutnebel irgendetwas zu erkennen, aber nichts half.

Langsam lichtete sich alles. Bilder kamen ihr entgegen, aber sie waren undeutlich zu erkennen; verschwommen.

Sie trat näher an das Bild heran. Sie wollte es anfassen, doch dann löste es sich auf, wie der Blutroteschleier davor. Vor ihr erschien ein neues Bild. Sie sah sich um. Überall waren verschiedene Bilder, und immer sah sie ein kleines Mädchen, wie sie die unterschiedlichsten Sachen machte: Einmal kochte es eine Suppe, ein anderes Mal verband es einem Vogel den Flügel, dann kam ein Bild, wie sie Salbe herstellte und dann war da ...

Ihr Magen krampfte sich bei diesem Anblick zusammen. Sie würgte, aber es kam nix raus. Sie hielt ihre Hand vor das Bild, um den Anblick nicht mehr ertragen zu müssen, aber dann spürte sie etwas auf ihrer Haut, an der Stelle, wo sie ihre Hand hinhielt.

Es war das Bild. Sie berührte es. Es lag wie Wasser auf ihrer Haut.

Sie betrachtete ihre Hand, die leicht im Bild verschwand. Schnell zog sie sie raus, und selbst da reagierte das Bild wie Wasser. Sie steckte ihre Hand rein, dann die andere, bis sie mit ihrem ganzen Körper eintrat.

Alles sah plötzlich so klar aus. Nicht mehr wie Wasser, vernebelt oder gespiegelt.

Naja, fasst alles.

Sie selber sah nun wie die Bilder zuvor aus. Neblig. Als wäre sie eigentlich gar nicht da. Und dann war da wieder das Mädchen.

Das Bild ging von ganz von vorne los, von da an, wo sie es noch nicht gesehen hatte.

Das Mädchen war eine Blutzauberin, das wusste sie nun. Aber sie war nicht wie die anderen ... Sie war mächtig. Sie konnte Dinge, die kein Blutzauberer so konnte. Und Nia wusste, wer dieses Mädchen war ... Und sie wusste nicht, ob es ihr angst machen sollte ...

● ● ●

„Du dummes Mädchen! Wie oft muss ich dir das noch zeigen, bis du es kannst?", herrschte die alte Frau das kleine Mädchen an.

„Ich kann doch nichts dafür! Meine Hände sind so taub von den vielen Brennnesseln, die ich für die Salben pflücken sollte. Ich spüre sie gar nicht, wie soll ich da auch noch versuchen sie zu heilen?", gab sie mit leichten Tränen in ihren Augen zurück.

„Du musst es nur stark genug wollen! So, kreisen, dann geht

es."

Das Mädchen machte die kreisenden Bewegungen, der alten Frau, auf ihren Händen nach. Ein seltsam grabbelndes Gefühl entstand auf ihrer Haut. Sie sah wie die Schwellungen auf ihren Händen verschwanden. Eine Erleichterung machte sich in ihrem Inneren breit.

„Na siehst du, du kannst es ja doch", sagte nun die alte Frau etwas munter und nicht mehr so grummelig.

Die Kleine lächelte leicht und nickte kurz.

„Na gut, dann als nächstes-„, die Alte hielt inne. „Hast du das gehört, Mäd'l?"

Die kleine drehte sich kurz um und lauschte. Ein kurzes Nicken, dann nichts mehr.

„Das hat sich nicht wie ein Tier angehört", sagte die Alte. „Das war ein Mensch."

Das kleine Mädchen erstarrte kurz. Wie lange hatte sie schon niemanden mehr gesehen? Wie lange hatte sie schon kein anderer Mensch mehr gesehen, abgesehen von der Alten?

„Ein Mensch!", rief sie freudig.

„Sei still, Mäd'l! Oder willst du uns noch umbringen?", zischte die Alte.

Die Kleine erstarrte kurz. Sie war verwirrt. Warum sollte sie denn ruhig sein? Es war doch ein Mensch. Er war sicher nicht böse. Das glaubte sie nicht.

„Warum denn?", fragte sie nun leise.

„Ich habe dir gesagt, was wir sind. Wir sind Blutzauberinnen." Die kleine nickte. „Dann musst du noch etwas wissen. Wir haben rote Haare. Nur wir haben rote Haare, niemand sonst. Nur Menschen mit unserer Macht. Es gibt zwar Menschen mit roten Haaren, die haben diese Macht nicht, aber sie stammen trotzdem von solchen wie uns. Bei ihnen ist das Gen nur schon verkümmert. Sie haben nicht mehr das, was ihre Vorfahren einst mal hatten. Die Menschen hatten nur gutes von unserer

147

Macht bekommen. Wir heilten sie alle, aber dann kam die Kirche. Menschen sind stark vom Glauben beeinträchtigt. Wir wurden als Heiden zum Tode verurteilt. Man hat uns gejagt und verbrannt. Hexen, Ketzer, Heiden ... Wir mussten fliehen. Wir mussten uns vor ihnen verbergen. Bis wir nur noch Märchen und Legenden von Kinderbüchern waren. Das ganze Leid von uns und der ganze Hass, der gegen uns gebracht wurde. Alles nur, weil diese Menschen neidisch waren, diese Männer von der Kirche. Wir wären nicht eines von Gottes Werk. Der Teufel hätte uns geschaffen, sagten sie. Rot wie vom Teufel sind unsere Haare, sagten sie. Unsere Götter empfanden sie als falsch, dabei hat ihr Gott nicht mal einen Namen.

Wir dürfen diesen Menschen nicht zu uns lassen. Bitte hör auf mich. Ich will dich vor diesen Menschen beschützen. Versteck dich im Haus. Auf dich würden sie besonders Jagt machen, bei dieser kräftigen Farbe. Meine Haare sind unterm Tuch versteckt, und sie sind schon verblasst, mich wird man nicht jagen wollen. Und nun geh! Versteck dich! Er ist schon fasst hier."

Das Mädchen rannte schnell hinter das kleine Häuschen, das ein paar Meter hinter ihnen stand. Sie wollte sich nicht drinnen verstecken, sie wollte sehen was passierte und hören, was gesprochen wurde. Im Häuschen hätte sie nichts gehört, auch, wenn sie die Tür einen Spalt offengelassen hätte. Und durch das kleine, verdreckte Fenster hätte sie nicht mal die Umrisse richtig erkennen können. Dazu noch das ganze Gestrüpp, das vor dem, eh schon kleinem Fenster wuchs. Nein, sie versteckte sich so, dass sie an der Seite vorbeisehen konnte, mit einem guten Blick auf die alte Frau und dem gerade heranlaufenden Mann.

Sie war nur erleichtert, dass die Alte es nicht mitbekam, da sie dem Mann ein Stück entgegenkam. Er war recht groß, hatte dunkle Haare, einen kurzen Bart, einen dunkelgrünen Umhang, der um seine breiten Schultern lag, einen dazu passenden Hut, lederne Schuhe und einen selbst geschnitzten Wanderstock. Er musste Wohlhabend sein, denn als er seinen Arm unter dem Umhang vorzog, kam eine Ledertasche zum Vorschein.

Leder! Das musste man mal sehen. Sie hatten so etwas Teures nicht. Sie aßen ja auch kein Fleisch, dass sie sich über eigenes Schlachten welches machen konnten.

Blutzauberer waren strikte Vegetarier. Es konnte ja immer das gesuchte Seelentier unter einen von ihnen sein.

Der Mann machte eine kurze Handbewegung zum Gruß und sagte dann: „Hallo, altes Weib. Mein Name ist Christian von Liebenstein. Ich bin der Jäger dieser Gegend. Vom König selbst zu einem ernannt, und ich stehe, wohlgemerkt, in seinen Diensten. Euch habe ich allerdings nie irgendwo gesehen. Dürfte ich wissen, wer Ihr seid? Und ob Ihr Eure Steuern auch bezahlt?" Sein Ton war höflich, aber das Mädchen spürte seine schlechten Absichten.

Sie konnte sein Blut spüren. Es war, als könnte sie es vor ihren Augen sehen und einfach so anfassen, seine Bahnen lenken. Den Weg zu seinem Herzen kapseln oder zu einem anderen wichtigen Organ.

Sie spürte ein eigenartiges Gefühl. So etwas hatte sie noch nie gespürt. Ihr eigenes Blut fühlte sich kochend an. Ihr kribbelte alles. In ihren Fingern fing es schon zu zucken an, sie juckten regelrecht.

Sie sah, wie der Mann seine Hand wieder unter dem Umhang verschwinden ließ. Sie konnte sehen, dass er sie auf etwas legte. Aber was konnte das nur sein? Sie konnte nur seine Blutbahn sehen, aber seine Sachen, die waren nicht aus Blut, die konnte sie nicht so sehen, wie das Blut unter dem Umhang.

Sie fühlte sich plötzlich ganz mächtig. Ein unglaubliches Gefühl war das. Nur die Stimme der Alten hinderte sie daran, etwas Schreckliches zu tun. Sie kam Augenblicklich wieder zur

Besinnung, als die Alten zu reden begann, aber vorher nochmal kräftig ausspuckte, was dem Mann sichtlich wenig gefiel. „Ist mir egal, wer oder was du bist. Das hier, das ist mein Haus, ich habe es mit meinen eigenen Händen gebaut, nicht dein ach so toller König. Dem Halsabschneider werde ich sicher nicht Geld geben dafür, dass ich es gebaut habe."

Der Mann fing an zu lachen, aber die säuerliche Miene der Alten ließ sich nicht erweichen. „Ein Weib? Ein Weib soll eine Hüte gebaut haben? Und dazu noch eine aus Steinen und Lehm? Das kann ich nicht glauben. Dazu kommt, dass, egal wenn es so wäre, dass ein Weib eine Hüte gebaut hat, was sicher nicht so ist, dass Hier trotzdem sein Land ist und dafür bezahlt wird, auf seinem Land leben zu dürfen."

Die Alte spuckte bei seinem Gerede erneut aus. Dieses Mal zuckte etwas in seiner Miene. „Ist mir egal, was du da für 'en Stuß labascht. Niemandem gehört etwas, was er nicht selber geschaffen hat. Dein König hat das alles, die Bäume, Wälder, Häuser, das ganze Land, alles was da rinne ist, ganz sicher nicht erschaffen. Ihm gehören höchstens die vollgeschissenen Windeln, die seine Mutter noch wechselt, bis sie selber nen zu grummen Buggel von bekommt, und seine Diener ranmüssen." Sie spuckte erneut aus.

Mit jedem Wort, das die Alte gesagt hatte, verfinsterte sich seine Miene immer ein Stück mehr.

Runa sah die Gelassenheit der Alten und die Wut des Mannes. Er zog Blitz schnell etwas unter seinem Mantel vor. Zum Vorschein kam ein kleines Silber glänzendes Messer.

„Hat mir der König höchstpersönlich überreicht. Von seinen vielen Besitztümern. Ein goldener Knauf. Wahrhaft wertvoll. Der König besitzt viele wertvolle Sachen." Er betonte viel, wertvoll und besitzen dabei. „Wer solche Sachen gegen den König sagt, der muss bestraft werden."

Er wollte auf die Alte losspringen, da zuckte sie kurz

zusammen. Sie wollte ihn eigentlich mit ihrer Kraft töten, aber das war, als sie noch nicht wusste, dass er ein Messer besaß. Sie kannte das Gefühl der Angst und genau in diesem Augenblick, hatte sie welche. Er würde sie töten, da war sie sich sicher.

Kurz bevor das Messer sie erreichte, kam ein Zucken durch seinen Körper. Er krampfte zusammen und fing zu schreien an.

Die Alte sah sich verwundert um. Ihre Angst wandelte sich sofort in Schockiertheit um. Da sah sie sie. Versteckt hinter dem Haus, mit Fingern, die wie Krallen geformt waren vor ihrer Brust. Ihr Blick war so schrecklich verstörend.

Die Alte ging sofort auf sie zu, die Aufmerksamkeit kein bisschen mehr dem Mann gewidmet. Seine Schreie ignorierte sie.

Bevor sie das Mädchen erreichte, kam nochmal ein lauter Schrei, ein zusammenbrechendes Geräusch, das ahnen ließ, dass der Körper nun am Boden lag, ein Blitzen in den Augen des Mädchens, dann Stille.

„Was tust du da? Warst du das? Wie kommst du dazu!? Das ist keine Macht die wir besitzen! Nicht so! Ich hätte ihn getötet! Du hättest das nicht tun dürfen!"

Das Mädchen sah die Alte an, die sie gerade so voller Wut angeschrien hatte, aber diese Wut wandelte sich beim Blick des Mädchens in einen Schauer um, der ihr eiskalt den Rücken runter lief.

Der Blick des Mädchens brach, nun sah sie voller Zweifel aus. „Aber dazu wärst du gar nicht mehr gekommen! Ich habe nur getan, was ich tun musste! Er hätte dich getötet! Ich konnte ihn doch nicht einfach ... Ich konnte doch nicht einfach dabei zusehen, wie er ... wie er ... Wie er dich umbringt!" Tränen stiegen dem Mädchen in die Augen.

Die Alte sah sie schockiert an, nahm sie in den Arm und strich sanft über den dünnen Rücken. Sie war nie so sanft, sie war es

151

noch nie und wollte es nie, aber das musste dann mal so sein. Besonders in so einem Moment.

Die Alte hätte den Mann nicht am Leben lassen können, das wussten sie beide, aber sie wollte das Mädchen nicht in diesem Jungen alter mit so etwas belasten. Sie sollte in diesem Alter einfach noch nicht jemanden getötet haben.

Da kam der Alten ein Gedanke. „Was kannst du sonst noch?" Sie sah runter in das nun aufblickende, verwunderte und verweinte Gesicht.

„Was ich noch kann?" Sie löste sich von der Alten.

„Ja, wie hast du das gemacht? Man muss eine Person berühren, um ihre Blutbahnen zu kennen. Du hast das nicht gemacht. Wie also?"

„Ich habe sie einfach gesehen. Wie eine Berührung oder so. Sie waren einfach da. Ich nahm sie und drückte zu."

„Zeig mir, was du noch so kannst."

Das Mädchen stellte sich vor den Körper. Dann fing sie an ihre Arme langsam auszubreiten. Man sah den Mann, wie er sich bewegte, ihre Bewegungen nach machte. Dann, als es nicht weiter ging, tat sie, als würde sie an etwas ziehen. Seine Schultern bewegten sich unnormal und man konnte Knochen knacken hören. Der Blick, den sie hatte, als sie den Mann tötete, kam zurück. Dann riss seine Kleidung und dann seine Arme. Blut strömte aus den offenen Stellen. Sie machte eine Bewegung, als würde sie etwas greifen und zog dann schnell dran, da flogen ihm die Augen raus. Sie formte als nächstes ihre Hände, als würde sie aus Lehm oder Erde eine Kugel formen wollen, indem sie ihre Hände dabei gegen etwas drückte, was aber nicht da war. Sie sah angestrengt dabei aus. Sie nahm immer mal eine Hand weg und presste sie dann wieder gegen die unsichtbare Kugel. Da sah man seinen Kopf, wie aus den Augenhöhlen von neuem Blut trat, aber auch etwas Schleimiges. Es war sein Gehirn. Seine Knochen knirschten wieder. Nun kam auch aus seiner Nase und seinen Ohren Blut und Gehirnmasse. Sein Kopf drückte sich ineinander, bis der Druck zu groß wurde und er zerplatzte.

Sie wollte schon weiter machen, da unterbrach sie die Alte.

„Das reicht. Komm wir sollten ihn begraben."

Der Blick des Mädchens wurde wieder normal und sagte der Alten dann, dass sie sich darum kümmern könnte. Bevor die Alte was sagen konnte, machte die Kleine ihre Beine etwas auseinander, damit sie einen besseren Halt hatte, kniete sich leicht rein, knickte ihre Arme, krümmte ihre Finger nach oben, schloss kurz ihre Augen, atmete nochmal tief durch und ließ dann ihre Arme schnell nach unten gleiten. Der Körper zog sich sofort in die Erde. Nichts war mehr von ihm übrig, nicht mal ein Bluttropfen. Es sah aus, als wäre nie etwas dort gewesen.

Das Mädchen richtete sich wieder auf und ging ins Haus. Sie war etwas erschöpft und wollte zur Stärkung etwas essen.

Die Alte sah ihr stumm hinterher, nicht wissend, was sie sagen sollte. Sie drehte sich um.

● ● ●

Nia fühlte sich, als würde die Alte sie jetzt direkt angucken. Es sah aus, als hätte sie sie mitbekommen, als sie erschrocken zusammenzuckte.

Hatte sie das etwa mitbekommen? Aber wie sollte sie das? Sie konnte Nia doch gar nicht sehen. Nia erstarrte.

„Sorgt dafür, dass sie nicht in die falschen Hände gerät und missbraucht wird. Das darf nicht geschehen."

Als die Alte das sagte, zuckte Nia erneut zusammen. Sie ging ein paar Schritte schockiert zurück, ohne die Alte aus den Augen zu lassen. Da ging die Alte schon wieder weg. Hinters Haus.

Ob sie vielleicht doch nur die Götter bitten wollte, oder hatte sie Nia wirklich gesehen?

Nia wusste nicht, vor was sie mehr Angst haben sollte: dieser Frau, die sie so angesprochen hatte oder diesen rotglühenden Augen, die sie hinter dem Fenster beobachteten.

29

Sie tauchte zurück zu den Bildern. Alle Bilder wandelten sich in den Blutnebel um, in dem sie vorher stand.

Ihr Herz raste. Sie wusste, wer dieses Mädchen war. Sie hatte bis jetzt nur eine Person gesehen, die solche leuchtendroten Haare hatte, die aussahen, als würden sie in Flammen aufgehen. Und diese Augen, die Wasser, Erde, Himmel und Wald in sich vereinten, und nun auch Feuer und Blut hervorbrachten, wenn sie eine solch große Macht benutzte.

Da hörte sie plötzlich etwas. Es hörte sich an wie ein Schluchzen. Weinte da etwa jemand?

Sie folgte dem Geräusch, bis es lauter wurde. Dann erkannte sie durch den Nebel Umrisse. Jemand saß da, die Hände im Gesicht.

Wer das wohl war? Wer außer ihr konnte noch Zugang hierher gefunden haben? Dieser Schatten vielleicht?

Sie ging näher an die Person. Bis sich um sie und die Gestalt der Nebel lichtete. Es war Runa.

„Runa!" Nia, ihre Angst von vorher völlig vergessen, rannte die letzten Meter zu ihr und warf sich neben sie auf den roten Untergrund. Es war wie fließendes Blut, aber es war nicht nass, es färbte auch nicht ab, aber es fühlte sich warm an.

Sie fasste um Runas dünnen Schultern. „Runa, was tust du hier?"

Runa Blickte auf.

Ein erneuter Schauer lief Nia den Rücken runter. Sie zog vor Schreck ihre Arme von Runa weg und hielt sie schützend an sich.

Runa lief Blut aus den komplett schwarz schimmernden Augen. Ihre Hände, die nur ein paar Zentimeter vor ihrem Blut weinendem Gesicht waren, waren Blutverschmiert.

„Nia ... Nia, ich ...“

Der Schock wich langsam von ihr. Zögernd nahm sie Runa wieder in ihre Arme. „Beruhige dich. Alles wird wieder gut. Verstanden?“

Sie sahen einander an. Runa nickte leicht.

„Gut, dann müssen wir beide hier irgendwie wieder rausfinden.“ Nia sah sich suchend um.

Da ertönte plötzlich eine tiefe, verzerrte Stimme, die nicht Menschlich klang. Nia sah sich schockiert um, bis sie bemerkte, dass es Runa war, die das sagte, mit einem Grinsen im Gesicht und ihren schwarzen, dämonischen Augen: „Du kommst hier nicht mehr raus.“

30

Ein tiefes Atmen durchdrang sie. Es war, als hätte sie ganze Zeit unter Wasser gelegen und käme jetzt wieder an Luft. Sie fing stark an zu husten. Beim Einatmen hatte sie sich von Runa losgerissen.

Alle sahen sie schockiert und voller Sorge an.

Kilian wollte gerade etwas sagen, da unterbrach Nia in schon, immer noch nach Luft ringend und hustend, mit rotem, angestrengtem Kopf: „Schnell ... khö ... Licht ... Hhhii ... Wir brauchen Licht. Sie muss ins Licht."

Sofort zündeten sie alle restlichen Kerzen, die sie noch finden konnten, an und stellten sie um Runa, dabei drauf achtend, sie nicht die Felle und Decken anzünden zu lassen. Sie öffneten das Fenster wieder. Der Sturm hatte sich noch nicht gelichtet. Viel heller wurde es dadurch auch nicht, aber es half wenigstens ein bisschen.

„Was ist los? Was ist passiert? Was hast du gesehen?", fragte Kilian aufgeregt. Er machte sich Sorgen, um seine Schwester und auch um Runa, die immer noch reglos da lag.

„Irgendetwas hat nicht gestimmt. Ich sah Bilder und ... Da war Runa, aber sie war irgendwie nicht sie selbst, als hätte irgendetwas von ihr Besitz ergriffen. Ich musste die Verbindung zu ihr abbrechen, sonst wäre ich nicht mehr aus ihrem Kopf gekommen. Ihre Augen waren schwarz und sie hatte eine so abnormale Stimme, schon fast dämonisch ... Nein, nicht nur fast, sie war dämonisch." Von der Erinnerung, oder was auch immer das gewesen sein mochte, sagte Nia nichts. Zu große Sorgen hatte sie sich gemacht, was die anderen wohl dazu sagen würden. Nein, das würde sie niemandem sagen. Sie mochte Runa, sogar sehr. Sie war ihr zu sehr ans Herz gewachsen, als dass sie die Gefahr eingegangen wäre, dass sie sie töten würden oder etwas anderes. „Der Schatten, er hat irgendwie Besitz von ihr ergriffen, oder irgendwie so was. Aber wie es aussieht nicht ganz. Er nährt sich von der Dunkelheit; Licht vertreibt ihn, dann geht es auch aus Runa raus."

„Wenn das so ist, dann sollten wir zur Baumkrone und sie dort unter freien Himmel bringen", wandte Evan ein.

„Nein, das geht nicht. Die Weisefrau ist oben. Du hast ihre Reaktion vom letzten Mal gesehen, wie soll das dann jetzt erst werden?" Als Nia das sagte, und daran dachte, was sie gesehen hatte, wurde ihr bewusst, warum die Weisefrau so schockiert reagiert hatte. Aber sie hatte auch gespürt, dass Runa ein ähnliches Erlebnis schon mal hatte. Ja, diese alte Frau, sie hatte auch mal so reagiert. Es war in einer anderen Erscheinung, die sie gesehen hatte. Die Alte hat Runa versucht zu heilen, da ist sie genauso schockiert gewesen und hat Runa weggestoßen. Warum nur?

Kilian riss sie aus ihren Gedanken. „Ich habe eine andere Idee."

Alle – wie immer, wenn jemand etwas sagte - sahen ihn Erwartungsvoll an. Was würde er jetzt sagen? Mehr Licht würden sie sicher nicht bekommen. Also, was wollte er?

„Wir treiben ihr den Schatten aus. Wir sind drei Blutzauberer, darunter eine gute Heilerin, die den Schatten in Runa gesehen und Kontakt mit ihm hatte." Er wandte sich an Nia und sah ihr fest in die Augen. „Du kannst ihn sicher wieder aufspüren." Er wandte sich wieder allen zu. „Wir würden ihn mit Blut vertreiben. Was sagt ihr dazu?"

„Es wäre auf jeden Fall einen Versuch wert", warf Evan ein. Linhart sah beunruhigt aus, sagte aber dazu nichts weiter. Nia trat erneut zu Runa ans Bett und krempelte ihre Ärmel hoch. „Dann lasst es uns versuchen."

31

Emma war müde. Sie war schon vor Sonnenaufgang aufgestanden, wie immer, um im Schloss ihren Pflichten nachzukommen. Sie hatte Frühstück gemacht und schon dem König bereitgestellt, hatte den jüngeren Prinzessinnen beim ankleiden geholfen, ihnen ihr Essen serviert, die Böden geschruppt, Wäsche gemacht und erledigte gerade die Einkäufe.

Es war noch nicht einmal Mittag, aber die Sonne hatte bereits den ganzen Tag erhellt, die Luft gewärmt und schien auf alles und jeden, der ihr im Weg war, wodurch überall Schatten fielen.

Emma stemmte ihren vollgepackten Korb in die Hüfte, als sie gerade auf dem Rückweg zum Schloss war, und sah zur Sonne, hielt dabei eine Hand schützend vor ihr Gesicht.

Ein weiterer Tag, dachte sie sich, und es würden noch viele weitere kommen. Viele weitere mit dem König, bevor das Gift anfangen würde, ihm den Gar auszumachen. Aber würde es schneller gehen, dann würde Verdacht geschöpft werden.

Das kann ich nicht riskieren. Ich muss schließlich auch seinen Sohn töten.

Sie lief weiter, mit ihren Gedanken immer noch beim Gift. Sollte sie dasselbe mit dem Sohn machen? Mit diesem verlogenen Bastard? Nein. Das wäre zu auffällig. Sie musste irgendeinen anderen Weg finden. Vielleicht durch einen Unfall.

Wenn er vom Pferd fallen würde und dabei von ihm zertrampelt werden würde, weil es mit sich durchging. Das wäre eine Möglichkeit, aber wie sollte sie das machen ohne erwischt zu werden? Vielleicht musste sie später noch einmal zu der Alten, zu dieser Hexe. Gegen etwas Bares würde sie Emma sicher etwas genauso Wirkungsvolles geben. Aber sie hatte nicht so viel Geld. Das letzte bisschen hatte sie schon für das andere Gift hergegeben. Sie musste warten. Der Bastard war ja eh noch unterwegs und würde sobald auch sicher nicht zurückkommen, da hatte sie noch Zeit, sich etwas auszudenken.

Sie wollte gerade durch das Tor schreiten, als einige Reiter schnell durchritten, im Eiltempo, und Emma dabei fast umrannten. Sie wollte sich schon beschweren, da gingen die Alarmglocken los. Sie sprang sofort auf. Jeder war in höchster Alarmbereitschaft. Was war denn nun plötzlich los? Brannte es vielleicht irgendwo? Aber sie konnte nirgendwo Rauch erkennen.

Emma rannte ins Schloss. Alle waren in Aufruhr. Sie versuchte jemanden zu erwischen, fragen, was hier los war, aber sie erwischte keinen. Alle waren zu sehr anderweitig beschäftigt oder rannten zueinander, um irgendwas zu tuscheln, was sie nicht verstehen konnte.

Sie lief schnell in die Küche, stellte ihren Korb ab. Alle redeten wild durcheinander. Sie versuchte irgendwelche Gesprächsfetzen aufzuschnappen, um wenigstens ein wenig verstehen zu können, was los war und warum alle so einen Wirbel machten -und um was dieser Wirbel überhaupt gemacht wurde.

„Tot."

„War ja schon alt ..."

„Was jetzt?"

„Kann man nichts machen."

„Was sollen wir jetzt machen?"

„... angreifbar."

Es war ein großer Wirrwarr. Und die einzige Frage, die Emma durch den Kopf ging, war: *Was ist hier los?*

32

Alle drei hatten sich um Runa gestellt: Nia links, Kilian rechts und Evan am Fußende. Linhart stand daneben und sah wieder aufmerksam zu.

Alle fassten an Runa, Beine und Arme, an den Stellen, wo die Schlagadern waren. Sie sahen sich alle nochmal an. Sie hatten den Schatten schon gesehen, was sie aus Runa bekommen wollten, war nur ein Überrest davon. Aber sie hatten auch gesehen, was dieser Überrest tun konnte, was mit Nia beinahe passiert wäre. Sie gingen gerade ein sehr hohes Risiko ein. Nur dass sie ein Team waren, konnte sie vor dem bewahren, was auf sie zukommen würde.

Sie schlossen ihre Augen, konzentrierten sich und sprachen miteinander.

„Seht ihr etwas? Ich nämlich nicht. Da ist nur dieser rote Nebel", sagte Kilian mit zusammengezogenen Augenbrauen, ohne seine Augen zu öffnen.

Evan sprang erschrocken auf. Kilian und Nia zogen ihre Hände reflexartig von Runa weg. Alle Augen lagen auf Evan, der noch immer schockiert auf Runa sah.

„Evan, was ist los? Hast du irgendwas gesehen?", fragte Kilian und legte ihm beruhigend eine Hand auf seine Schulter.

Evan sprach schnell und aufgeregt: „Da ... Da war so ein Ding. Es hatte große, schwarze Augen. Es sah nicht normal aus. Es war ein Monster, ja ein Dämon. Es sah mich erst nicht, aber als es mich bemerkte, sah es mich an. Es war, als würde es in meine Seele schauen. Und dann fing es an zu grinsen und sagte, dass es mich holen würde. Da kam es in so einer entsetzlichen Geschwindigkeit auf mich zu ... Es war so schnell vor mir, dass ich kaum reagieren konnte. Es wollte mich berühren, da bin ich schnell weg. Ich hatte solche Angst. Es war schrecklich. So etwas Schreckliches habe ich noch nie gesehen oder gespürt. Alles um dieses Ding sah so tot aus, dabei war da nicht mal etwas. Wie ist das möglich?"

Kilian und Nia sahen sich an. Was sollten sie denn jetzt tun? Würde Evan nochmal versuchen, dieses Ding aus Runa zu bekommen, oder hatte er zu große Angst? Würden sie selber sich jetzt überhaupt noch trauen, Runa zu helfen?

Linhart regte sich. Sein eigener Schock war abgeklungen. Er hatte die Sorge und die Zweifel in den Augen der anderen gesehen. Er lief zu Runa, sah sie an. Er war kein Blutzauberer, aber er konnte doch trotzdem versuchen, ihr zu helfen.

Linhart fasste sie an beide Schultern und zog sie in seine Arme. Seine Arme schloss er um ihren dünnen Körper. Er schloss seine Augen und konzentrierte sich ganz stark. „Bitte, Runa ... Komm zu mir zurück", flüsterte er in ihr Haar und wog sich und Runa leicht hin und her.

Die anderen betrachteten das Schauspiel gespannt, Kilian mit einer leichten Anspannung. Kilian hoffte, dass es niemand bemerkte. Zu seinem Glück beachtete ihn sowieso niemand. Was nun? Es würde doch eh nichts passieren. Kilian wollte gerade seine Gedanken äußern, da geschah es. Etwas, womit keiner von ihnen gerechnet hatte.

33

Er sah sich um. Gerade hielt er noch Runa im Arm und jetzt war er von solch einem Nebel umhüllt.

Er lief los. Wo war er nur? Das kam ihm ganz seltsam vor. Alles war so seltsam: Das Bild, die Atmosphäre ... Wie ist er nur da hingekommen?

Da ging ihm etwas durch den Kopf. Ist vielleicht das passiert, was mit den anderen passiert war? Ist er in Runas Kopf? Ihren Gedanken? Aber wie? Ob es an Runa lag? Sie war ja immerhin eine Blutzauberin. Er hatte schon mitbekommen, dass Blutzauberer alles Mögliche konnten, wenn es nur darum ging, eine Person zu berühren und ihre Wärme und Blut zu spüren.

Hatte Runa ihn in ihre Gedanken geholt? Ja, ja ganz bestimmt. Denn da stand sie. Nur ein paar Meter von ihm entfernt. Sie lächelte ihn traurig an. Tränen lagen in ihren Augen.

„Du bist da", sagte sie und lief ein paar Schritte auf ihn zu. Er rannte ihr entgegen. Von nahem sah sie so erschöpft aus.

Er strich ihr eine Locke beiseite und sah sie besorgt an. Seine Hände legte er auf ihre Schulter, es war wie eine Stütze für sie. Linhart betrachtete sie und fragte dann: „Was ist mit dir? Was ist passiert? Warum wachst du nicht auf?"

„Ich hatte das Buch gesucht. Aber es war nicht mehr da. Da war dieses Ding plötzlich. Es wollte irgendwas von mir, aber ich weiß nicht was. Ihr wart plötzlich da, da ist es durch mich durch. Es ist abgehauen, aber es hat seine Gedanken bei mir gelassen.

Bitte hilf mir. Es soll gehen. Ich will es nicht länger bei mir haben." Sie schluchzte und sah Linhart mit Tränen gefüllten Augen an. „Bitte mach, dass es verschwindet."

Er umschloss sie noch fester. „Wie soll ich das machen?"

Sie weinte weiter, antwortete ihm nicht, sah ihn nicht an, aber da kam schon eine tiefe Stimme -eine bestialische Stimme. „Indem du es tötest." Linhart fuhr erschrocken zusammen, Runa tat es ihm gleich. Sie drehten sich zu der Stimme.

Ein großer, tiefschwarzer Schatten mit großen, wahnsinnigen Augen sah sie an. Seine Augen leuchteten unnormal. Linhart war schockiert über diesen Anblick. Er hatte so etwas noch nie gesehen, hätte nicht einmal von so etwas zu träumen gewagt, oder auch nur daran gedacht. Es sah schrecklich aus, aber so faszinierend zur gleichen Zeit.

„Wie soll ich so etwas denn töten?", fragte sich Linhart laut. Da berührte ihn etwas zwischen der Brust. Er drehte sich um und sah zu Runa herab. Ihr Kopf war nach unten geneigt. Etwas an diesem Anblick gab Linhart ein komisches Gefühl. Ihr kleiner Finger stach sich tiefer in seine Brust und sie sagte: „In dem du es hier triffst."

Er sah nach hinter. Die Kreatur stand immer noch da. Er wusste aber nicht, wovor er in diesem Moment mehr Angst haben sollte: Vor Runa oder vor dem Ding? Aber dann sah sie zu ihm rauf. Eine Art dunkler Schleier lag in ihren Augen.

„Ich kann es nicht töten, es besteht nicht aus Blut", sagte sie traurig und der dunkle Schleier verblasste, so, dass ihre sonst so Farbigen Augen, blau, wie der leuchtende Himmel und verweint wirkten. Runa war keine Gefahr. Oder etwa doch? Er wusste mit Sicherheit, dass dieses Ding eine Gefahr war. Um Runa konnte er sich noch später kümmern.

Er drückte sie sanft von sich. Sie zog ihre Arme vor ihre Brust und sah ihm nach, was er tat.

Linhart lief auf das Ding zu, selber noch unsicher, warum er das tat. Es fühlte sich fasst so an, als würde ihn irgendetwas lenken, bis ihm klar wurde, dass das auch so war. Er drehte seinen Kopf nach hinten, lief aber weiter auf das Ding zu.

Er sah ein Lächeln, es umspielte Runas Lippen. Ihre Augen konnte er nicht mehr erkennen, ein schwarzer Schatten umhüllte sie.

Linhart drehte sich zurück zu dem Ding. Es war nun genau vor ihm; nur ein paar Zentimeter trennten Linhart von dem Ding. Er konnte den Atem der Kreatur spüren, dabei hatte er nicht mal erwartet, dass das Ding so etwas wie einen Atem besaß. Dann merkte er, dass dieses Ding ihn steuerte. Er steuerte ihn durch Runa. Es war in sie eingedrungen und kontrolliert sie. Sie konnte sich nicht dagegen wehren. Genauso wenig, wie er sich nun selber nicht dagegen wehren konnte.

Er musste sich etwas einfallen lassen. Irgendwas, womit er sie von diesem Etwas trennen konnte. Und da kam ihm eine Idee. Jetzt musste er nur hoffen, dass es wirkte und er sich los machen konnte, wenn auch nur ein Stück. Also probierte er sein Glück und es erstaunte ihn selber, was passierte.

34

Ein lauter Schrei durchdrang den Wald.

„Verdammt!", ertönte eine Stimme.

„Was ist denn los?"

„Dieser Hurensohn! Er hat die Verbindung getrennt und meinen Schatten zerstört!", schrie die kleine Rothaarige.

Der Prinz sah sie ungläubig an. „Was meinst du damit? Kannst du sie nicht mehr orten?"

„Nein, kann ich nicht! Und das müsste ich auch nicht, wenn du besser auf das verdammte Buch aufgepasst hättest und nicht so viel Dreck und Blut auf der Karte hinterlassen hättest!"

„Wie redest du dummes Gör denn bitte mit mir? Ich bin der Sohn des Königs, zukünftiger Erbe von den Südlanden bis in das Wurzeltal! Mein Land umfasst mehr, als du dir jemals träumen lassen könntest! Meine Macht und mein Reichtum, das alles kannst du dir gar nicht vorstellen!"

„Du redest von Macht, Bursche? Haben dir meine Künste nicht schon genug Angst gemacht? Hast du dir nicht schon längst in die Hose geschissen? Du willst mir etwas von Macht erzählen, hast aber selber keine Ahnung davon, zu was ich im Stande bin. Du wärst schon längst tot, wenn ich es so gewollt hätte, also versuch mir nichts von Macht zu erzählen. Du hast keine Ahnung von Macht und das wirst du auch niemals haben!"

Er wollte etwas darauf erwidern, aber er wusste zu gut, was

dann passieren könnte, und seinen Kopf durch einen Schatten verlieren, das wollte er ganz bestimmt nicht.

Sie stand von ihrer sitzenden Haltung auf, die sie eingenommen hatte, um sich mit dem Schatten in Verbindung zu bringen, den sie auf Runa angesetzt hatte. Sie sah den Prinzen böse an und lief an ihm vorbei, stieß ihn dabei aber noch mit ganzer Kraft mit ihrer Schulter an. Sie war sauer, das war klar. Aber ihren Schatten hatte noch niemand zerstört und das machte sie nur noch wütender.

„Dieser Bastard! Ich werde ihn umbringen und wenn es das Letzte ist, was ich tun werde!", zischte sie.

Ein dunkler Schatten erhob sich über sie. Ihre Wut sammelte sich da rinne. Es ließ die Wolken am Himmel wie Sonnenschein wirken. Ein schrecklicher Anblick war das. Die Augen des Mädchens waren glänzend schwarz. Dem Prinzen wurde bei diesem Anblick unwohl. Er wollte am liebsten weg, trat schon einen Schritt zurück und erhob seinen Kopf, um die anwachsende, in die Luft sich sammelnde Kreatur anzuschauen.

Es formte sich ein Gesicht. Augen kamen zum Vorschein, wenn man es denn als Augen bezeichnen konnte. Es sah den Prinzen direkt an. Ihm schauderte es. So etwas hatte er noch nie gesehen. Nicht einmal die anderen Schattengestalten des Mädchens waren so Angsteinflößend, wie das. Denn es gab einen großen Unterschied zwischen ihnen und diesem Ding: das hier sah Menschlich aus. So menschlich, wie es eben ging. Aber eben auch nicht. Das machte es so schrecklich.

Es formte sich und Beine entstanden. Das Ding stellte sich auf den Boden, zwischen das Mädchen und den Prinzen.

Es sah den Prinzen immer noch an und dann fing es an zu grinsen. Dieses Etwas grinste ihn an, aber nicht auf die freundliche Art. Es sah eher so aus, als würde es ihn umbringen wollen.

Dann fing das Mädchen zu sprechen an und die Kreatur drehte sich abrupt um:

„Mein liebes Kind, komm her zu mir.
Fange mir, stehle mir, töte mir.
Machst was ich zu sagen habe.
Machst was ich dir aufzutragen habe.
Fange mir, stehle mir, töte mir diesen Jungen."

Sie fasste der Kreatur an den Kopf und die Augen von beiden leuchteten rot-schwarz auf. Ihre Köpfe waren nach unten geneigt. Sobald sie ihre Hand wegnahm, schossen der Kreatur Federn aus seinem Arm. Die Arme formten sich dabei zu Flügeln. Man konnte es gar nicht richtig sehen, da es so schnell ging und die Kreatur im nächsten Augenblick auch schon nach oben schoss.

Der Prinz sah schockiert hinterher und fiel dabei auf den Boden. Er stützte sich mit seinen Händen und sah mit offenem Mund der Kreatur hinterher. Das Mädchen sah auch hinterher. Ihre Haare und ihre Kleidung flogen noch etwas umher, sowie ein paar Blätter, die von der Kreatur beim Losfliegen umher geschleudert wurden.

Sie sah wieder nach unten, zu dem auf dem von Erde, Nadeln, Stöckchen und anderen Dingen verdreckten Boden sitzenden Prinzen. Er sah immer noch schockiert nach oben. Der Prinz hatte die ganze Zeit nicht einmal geblinzelt. Er sah der Kreatur nach, die jetzt nur noch ein kleiner schwarzer Punkt war, und dann komplett verschwand.

„Bist schön auf'n Arsch gefallen", sagte das Mädchen belustigt zu ihm.

Er drehte seinen Kopf vom Himmel weg und sah zu ihr.

„Mach die Lucke zu, bevor noch irgendein Krabbelvieh rein geht."

Er schloss seinen Mund. Dann realisierte er alles langsam. Seine Augen wurden schmaler und sein Gesicht fester, bis Wut in seinem Gesicht zu erkennen war. „Du ... Du ... Was ...", begann er spuckend, aber er wusste nicht, was er sagen sollte.

„Was denn? Hat es dir die Sprache verschlagen?" Sie lachte und wollte gerade weggehen. Ihr Rücken war schon dem Prinzen zugewandt, als er aufsprang und sie am Handgelenk fasste. Er drehte sie zu ihm um und sah ihr fest in die dunklen Augen.

Er wollte sie anschreien, sie verletzen, schlagen, irgendetwas, aber dann ...

Irgendetwas blitzte in ihren Augen auf. War es Wut? Oder doch eher Furcht? Er konnte es nicht genau sagen, aber es löste irgendetwas in ihm aus.

Sein Griff um ihr Handgelenk wurde lockerer.

Kleine rote Fasern traten in ihren Augen zum Vorschein. Es sah erschreckend und schön zugleich aus.

Sein Herz schlug langsam schneller und sein Atem stockte ihm zwischendurch. Keiner von ihnen sagte etwas. Was war das? Was machte sie mit ihm? Sie sahen sich tief in die Augen. Er wollte wegsehen, aber irgendwas hinderte ihn daran.

Plötzlich wollte er ihr ganz nah sein. Was war das nur? Was zur Hölle war das nur? Es machte ihn fast wahnsinnig.

Sie fasste sich wieder. Der Moment wurde unterbrochen; ihre Stimme kam ihm so lieblich, aber auch so bedrohlich in seine Ohren. „Was ist? Willst du mir irgendwas sagen? Ich glaube wohl eher nicht, denn du bringst ja schon wieder nix raus. Wenn du weißt, was du wolltest, dann kannst du ja wieder zu mir kommen."

Sie zog sich vorsichtig los und ließ ihn an Ort und Stelle stehen. Er sah ihr nur so erstarrt hinterher, wie er es bei der Kreatur getan hatte. Was hatte sie nur mit ihm gemacht? Er realisierte alles langsam, aber er verstand es nicht.

Was war da gerade passiert? Was sollte das werden? Diese verdammte Hexe! Er würde sie töten! Aber vorher würde er sie vergewaltigen und dann würde er jeden seiner Männer ranlassen. Selbst die Hunde würde er ranlassen, bis sie um Gnade schreien würde und er würde ganze Zeit dabei sein und zugucken.

Es erfreute ihn, daran zu denken, aber dann fand er den Gedanken schrecklich. Bei jedem würde er es so machen wollen, nur nicht bei ihr.

Er wollte sie für sich haben. Ganz für sich alleine. Er würde jeden töten, der es auch nur wagte sie falsch anzusehen. Aber warum nur? So hatte er bei noch niemandem empfunden. Er wollte sie nicht vergewaltigen, er wollte, dass sie ihn auch wollte. Was hatte das alles nur zu bedeuten? Weil er sie schwach gesehen hatte? Lag es daran? Dieses Weib war alles, aber sicher nicht schwach! Aber da kam sie ihm schwach vor ...

Er wusste nicht mehr weiter. Als was sollte er das nur sehen oder empfinden? Hatte sie solch eine Macht über ihn? Nein! Niemand hatte solch eine Macht über ihn! Niemand! Und erst recht kein Weib! Das würde er nicht zu lassen! Er musste etwas dagegen unternehmen, ganz dringend. Und das würde er jetzt auch tun.

35

Ein Gesang ertönte, er war lieblich, aber war gleichzeitig Schrecken einjagend.
Eine Elfe? Eine Fee? Wunderschön, aber so böse.
So schrecklich böse. In einer Höhle tief im Wald. Einem Verbotenen Wald. Aus dem nie jemand lebend zurück kam. Aber auch nicht tot. Nicht ein Haar, nicht ein Stück bleibt zurück.

„Finde das Kind.
Finde schönes Feuerhaar.
Finde das Kind.
Finde Welt erklart.
Finde den Engel.
Finde den Teufel.
Finde Leid.
Finde das Kind,
Das Macht ergreift.
Finde die Augen:
Helles grün und dunkles blau.
Eisig grau und Erden braun.
Finde das Kind,
Locken Löwen Mähnen Haar.

Finde das Kind,
es ist von großem Nutzen.
Würd' sie vernichten.
Ob nun groß oder klein.
Würd' sie herrschen,
Wird sie sein.
Finde das Kind:
Weiß wie Milch und langes Haar.
Finde das Kind.
Sie hat die Macht, sie hat die Kraft.
Finde das Kind:
Sprenkel Haut und so dünn und zart.
Finde das Kind.
Sie soll bald mir sein.
Finde das Kind.
Bevor es merkt, was es wirklich ist~"

36

Kilian wollte etwas sagen, aber kein Ton kam aus seinem Hals, er stand nur reglos da und starrte, wie die anderen beiden auch, Linhart und Runa an, die gerade gleichzeitig aus ihrem Tiefschlaf erwachten.

Nia übernahm es für Kilian und sprang voller Freude um Runas Hals. Evan zeigte auch Regung in dem er langsam auf die anderen zu ging und sobald er bei ihnen stand Linhart anerkennend auf seine Schulter klopfte. Er sah zu Runa und umarmte sie kurz.

Kilian hatte in der ganzen Zeit immer noch keine Regung gezeigt und stand nur wie ein Stein an seinem Fleck. Dann brachte er doch irgendwie etwas aus seinem Mund: „Wie ...?" Aber mehr kam auch nicht raus. Es schnürte ihm sofort den Hals zu, als würde er ersticken, wenn er weitersprach.

Alle ließen voneinander ab und sahen zu Kilian. Von allen verblasste das Lächeln. Sie sahen erst alle ihn an, dann Runa. Kilian und Runa sahen sich dabei ganze Zeit fest in die Augen. Keiner sagte etwas. Komplette Stille, bis Runa langsam wieder leicht zu lächeln anfing und zu sprechen begann.

„Da war dieser Schatten ... Er ist in mich eingedrungen und wollte Besitz von mit ergreifen. Ich habe euch gesehen, wie ihr mir helfen wolltet, wie es euch massakriert hat, wie es euch nicht helfen lassen hat ... Ich hatte Angst, so schreckliche Angst. Um euch, um mich. Dann wart ihr weg. Aber kurz darauf stand

Linhart plötzlich vor mir und hat dieses etwas berührt. Dabei wollte es auch ihn töten. Sobald er es berührt hatte, ging alles in einem hellen Licht auf und wir konnten aufwachen." Sie spielte etwas mit der Decke, griff ganze Zeit anders drum.

Nia nahm sie wieder in ihre Arme, drückte sie ganz fest und sagte begeistert und aufgeregt: „Bevor ihr wach wurdet, kam der Schatten aus dir raus ... Er trat aus deinen Ohren, Augen, deiner Nase und deinem Mund. Es sah aus, als würde es dich aussaugen. Es sammelte sich über dir. Ein schrecklicher Anblick. Es war so beängstigend. Dann verpuffte es und sobald es sich ganz aufgelöst hatte, bist du in dir zusammengesackt und eure Augen fingen an hell zu leuchten, dann seid ihr aufgewacht" Doch dann wurde ihre Stimme ernst. Leichte Trauer legte sich auf ihr Gesicht. Sie schloss ihre Arme noch etwas fester um Runa und versteckte ihren Kopf in Runas Halsbeuge. „Ich hatte solche Angst um dich", fügte sie hinzu. „Du bist mir zu wichtig geworden. Ich hätte es nicht ertragen, wenn du gestorben wärst." Ein paar Tränen liefen ihre Wangen runter, aber nur Runa konnte es bemerken, da Nias Gesicht noch in Runas Haaren verborgen war.

Runa legte da auch ihre Arme um Nia.

„Ist ja alles gut. Wir haben es ja geschafft. Wir-", bevor Runa weitersprechen konnte, kam ein Rabe ans offene vom Wind tosende Fenster geflogen und schrie rein. Dann flog er weg. Aber alle erschreckten sich. Sogar Kilian zeigte mal mehr Regung, als ein Einfaches zucken der Mundwinkel.

Sie rannten zum Fenster, drängten ihre Köpfe aneinander und versuchten alle nach draußen blicken zu können.

Es gab einen riesigen Tumult: Menschen schrien, Frauen riefen nach ihren Kindern, die Priesterin war da und gab mit ernstem Gesicht Anweisungen und zeigte dabei immer in eine Richtung, worauf einige Leute immer hinrannten. Waffen wurden besorgt und die Seherin kam von einem Hügel in das kleine Dorf.

„Die Seherin! Sie kommt sonst nie ins Dorf! Das muss wirklich eine ernste Sache hier sein. Sonst haben wir auch nie Waffen benötigt und die Priesterin war noch nie so ernst", sagte Nia.

Sie lief los und der Rest folgte ihr. Sie rannten schnell die Treppen runter und Linhart rannte schon gegen eine der Wurzeln des Baumes. Runa fasste ihn leicht auf die Schulter. Er hielt sich kurz seinen Kopf, schüttelte ihn, als ob er so den Schmerz abwimmeln könnte, und lief dann weiter.

Sie gingen direkt zur Priesterin, die sich gerade mit der Seherin unterhielt. Es sah aus, als würden sie sich streiten, so ernst war das Gesicht der Priesterin.

„Was ist hier los?", fragte Runa besorgt.

Die beiden Frauen drehten sich sofort zu ihr und den anderen, die direkt hinter Runa zum Stehen kamen.

„Sie kommen", sagte die Priesterin nur Hasserfüllt.

„Wer? Was meinst du?"

Die Priesterin antwortete nicht, ging nur mit einem aufgebrachten Mann, der vor ihr rannte und dabei immer wieder nach hinten sah, um sicher zu gehen, dass sie ihm folgte, im schnellen Schritt nach.

Nia sah besorgt zu ihrem Bruder und er zu ihr.

Die Seherin sah ihr nach, wie die anderen es auch machten.

Runa fragte sich, wer diese Frau war und Linhart fragte sich, wieso sie der Priesterin nachsah, wenn sie doch blind war.

Die Seherin drehte sich zu ihnen um, lächelte leicht, der kleine Falke auf ihrer Schulter. Er sah Runa an. Sie fühlte sich, als würde er in ihre Seele schauen.

„Du bist also die, wegen der dieser ganze Tumult herrscht. Hallo, Runa. Wir sollten uns unterhalten."

37

Tot.

Ein toter König.

Sie verstand es einfach nicht. Das Gift hätte nicht so früh einsetzen dürfen.

Diese verdammte Hexe! Aber sie brauchte noch etwas für den Prinzen, also würde sie eh hinmüssen.

Es war neblig und kalt. An den dürren Ästen hingen kaum Blätter. Die Sonne war noch nicht richtig aufgegangen und der Himmel war bewölkt.

Ob jemand herausfinden würde, dass sie ihn vergiftet hatte? Würde man sie hängen? Ein Schauer lief ihren Rücken hinunter.

Sie ging tief in den Wald. Das kleine Hexenhäuschen stand in einem Baumkreis. Steine darum. Würde man es von oben sehen, könnte man ein Pentagramm erkennen.

Sie lief durch. Als sie sich erneut umsah, wie sie es letztes Mal tat, konnte sie Runen erkennen. Als sie letztes Mal da war, war es dunkel, da hatte sie nicht viel erkannt, abgesehen von diesen. Sie ging zur Tür der kleinen Hütte. In dem Moment, in dem sie klopfen wollte, ging die Tür auf und die alte Frau sah sie an.

Emma erschrak. „Hexe! Du hast deine Hellseherischen Fähigkeiten benutzt!"

„Wovon redest du, dummes Mädchen?"

„Wie hättest du denn sonst gesehen, dass ich hergekommen bin?"

„Weil ich nicht blind bin und ein Fenster habe. Da kann man durchsehen, haben Fenster so an sich."

„Oh."

Die Alte drehte sich bereits um, als sie noch hinzufügte: „Außerdem läufst du nicht gerade wie eine Fee rum, eher wie ein Oger oder so was großes trampelhaftes." Emma sah ihr schockiert hinterher und dann auf ihre Füße. Wirklich so schlimm? „Worauf wartest du Mädel? Komm rein! Draußen ist es kalt und der Wind trägt mir das ganze Laub rein."

Emma lief rein und schloss hinter sich die Tür.

„Also, was willst du hier?", fragte die Alte. Emma sah sich gerade um. Viel hatte sich nicht verändert. Alles war voll von alten, morschen Regalen, die voll von Büchern, Blättern, Kräutern, Tränken und Tinkturen waren. Ein kleiner Kessel stand an einer Wand. Etwas wurde da drinnen gebraut.

„Was kocht denn da? Ein neues Gift?", fragte Emma die Alte, während sie den dampfenden Kessel neugierig betrachtete.

„Mein Mittagessen", sagte die Alte bitter und lief zu eines der Regale. Sie nahm sich ein paar Kräuter und warf sie in den Kessel.

„Und warum tust du dann das da rein? Kräuter sind doch für so Tränke und-"

„Damit es besser schmeckt. Das gibt alles einen Geschmack ab. Manche bitter und manche süß. Aus Kirchen kann man leckeren Kuchen machen, aus den Stielen aber gute Medizin." Emma nickte leicht, sah sich dabei aber noch etwas weiter um.

Eine Katze streckte sich gerade von ihrem Mittagsschlaf. „Und die Katze? Du bist doch eine Hexe. Hast du nicht noch einen Besen zum Reiten?" Sie sah sich weiter um und sah einen in der Ecke stehen. „Den da zum Beispiel."

Die Alte verdrehte ihre Augen. „Letztes Mal hast du nicht so

179

viel gefragt. Du wolltest nur den Trank.

Katzen habt ihr Leute doch auch? Gegen das Ungeziefer. Hier draußen ist es besonders schlimm, da braucht man auf jeden Fall eine Katze oder gleich mehrere. Und der Besen ... Womit putzt du denn?"

Emma wollte etwas erwidern, schloss aber sofort wieder ihren Mund, da ihr nichts darauf einfiel.

„Das sind alles Ammenmärchen. Wir sind einfach nur gebildeter, als das Allgemeine Volk, deswegen werden wir gehasst. Die Kirche hat auch etwas gegen uns. Wir sind gebildete Frauen, in den Augen der Priester sollte es so etwas nicht geben. Frauen gehören für sie untergeordnet. Wir dürfen ihrer Ansicht keine eigenen Gedanken haben. Wir müssen tun, was sie wollen. Sagen was von Gott, halten sich aber selber nicht an seine Gebote. Ein pack alter Lügner. Und dann soll man der Kirche auch noch von dem eigenen wenigen zum Überleben etwas geben. Für die Armen, aber die Mönche essen selber davon. Machen nix dafür. Faule alte Säcke!"

Emma wollte auch hier etwas dagegen sagen - man konnte die Mönche und Männer Gottes doch nicht so beleidigen - aber dann fiel ihr auf, dass es stimmte, was die alte Frau sagte, also schloss sie auch hier wieder ihren Mund.

„Naja, auch erstmal egal. Du bist ja wegen was ganz anderem hier. Das Balg?" Emma sah die Frau verwirrt an. „Na ob du jetzt das Balg vergiften willst?" Emma sah sie immer noch verständnislos an.

Welches Balg? Wovon sprach die Alte? „Na das Balg vom König, dummes Ding. Das Älteste. Nicht die ganzen Bastarde. Der Kerl hat sich mehr zwischen Schenkeln junger, hübscher Frauen aufgehalten, als in seinem Thronsaal. Kein Wunder, dass seine Frau an Kummer gestorben ist, auch wenn behauptet wird, dass sie bei der Geburt eines ihrer Kinder verstorben sei. Um sie hat er sich gar nicht mehr gekümmert, seit sie vom Pferd gefallen ist. Hat sie einfach überrannt, das Ding. Seitdem hatte sie ein paar hässliche Narben und der König wollte sie gar nicht mehr sehen. Und der Sohn erst. Hat sie beleidigt und sie nicht mal ins Schloss gelassen. Einfach im Turm eingesperrt hat er sie. Da starb sie dann auch. War zu einsam. Nicht mal die Töchter wollte der Sohn zu ihr lassen. Dabei hat die Jüngste immer so gebettelt. Die hat er dafür aber ins eigene Zimmer gesperrt. Und mittlerweile hat sie es völlig verdrängt, glaubt nur dem Gerede, dass es bei einer Geburt geschehen wäre. Schrecklich. Da freue ich mich, endlich jemand, der ihn tot sehen will. Der König ist es ja bereits. Ging schneller, als gedacht." Da fiel Emma auch wieder ein, warum sie eigentlich da war. „Ja, warum eigentlich? Ich hatte schon Angst, dass man herausfinden würde, dass der König vergiftet wurde. Und dann auch noch merken würde, dass ich es war. Einfach furchtbar. Deswegen bin ich auch so früh hier. Warum ging es so schnell? Er hätte doch erst in ein paar Monaten sterben sollen und-", da fiel Emma etwas auf.

Woher wusste die Alte das? Wenn sie selber sagte, dass sie keine Hexe sei. „Woher weißt du das eigentlich?"

„Woher? Du meinst, dass der König tot ist?"

„Ja, woher? Bist du doch eine Hexe?"

Die alte lachte. „Das ich keine bin habe ich nicht wirklich gesagt. Nur, dass das, was ihr denkt, was Hexen sind, falsch ist."

„Also bist du doch eine Hexe?"

„Sagen wir es so, den Begriff Gelehrte würde ich bevorzugen. Wir lernen die Mächte der Natur und Umgebung zu verstehen, zu beherrschen, mit ihr zu leben und sie für uns einzusetzen, wie wir es grade brauchen.

Hexen werden Zauber und Magie nachgesagt. Wir Verbinden uns aber lediglich mit der Macht, um sie nutzen zu können, wir sind sie nicht oder bestehen aus ihr. Genauso wenig liegt uns so etwas im Blut. Wobei ... Ein bisschen vielleicht schon. Wir haben einen inneren Ruf in uns, der danach zerrt. Wir altern langsamer, wodurch wir zwei Mal so alt werden können, wie ihr. Aber was soll das schon heißen. Ist bei dir doch genauso."

„Bei mir? Was meinst du damit?"

„Hast du es denn gar nicht begriffen? Kein Wunder, dass du dich nicht selbst drum gekümmert hast, den König zu vergiften und lieber zu mir gekommen bist, um dir was geben zu lassen."

„Wovon redest du? Sprich deutlich mit mir und sag mir endlich, was los ist!"

„Na gut, also ..."

38

Sie gingen zu einem Weg, der zwischen Wald und Wiese lag. Die Wiese war riesige. Man konnte von ihr Hügel nach unten gehen sehen, und ein paar Hundert Meter entfernt schon einen neuen Waldabschnitt.

Die Seherin und Runa liefen vorne. Der Rest folgte ihnen mit ein paar Metern Abstand. Sie versuchten zu lauschen, aber sie bekamen nur ein paar Bruchstücke des Gespräches mit. Deswegen flüsterten sie miteinander, worum es wohl ging.

„Ob sie wegen dem Schatten fragt? Ob sie es gesehen hat?", fing Nia etwas aufgeregt zu fragen an.

„Nein, es geht sicher um die ganze Aufregung, die hier los ist. Warum sollte sie sonst gesagt haben, dass sie wohl diejenige ist, wegen der so ein Tumult ist", meinte Linhart. Evan stimmte Linhart zu, nur Kilian blieb still.

„Habt ihr nicht irgendwie verschärfte Sinne? Müsstet ihr nicht verstehen, was die beiden da reden?", fragte Linhart an alle drei gerichtet. Nia wollte etwas sagen, schloss dann aber wieder ihren Mund und überlegte, was sie wohl sagen sollte. Evan fing an zu reden, wurde aber von Kilian grob unterbrochen: „Das versuche ich ja grade, aber durch euer Gerede, werden die beiden ganz überdeckt! Also wenn ihr bitte mal einen Augenblick lang still sein könntet, dann würde ich vielleicht auch mal was verstehen!"

Die drei sahen ihn erstarrt an, schlossen sofort ihren Mund

und nickten. Schweigen trat ein. Dann sagte eine liebliche Stimme: „Da brauchst du sie doch nicht gleich so anzuzischen."

Die vier sahen ertappt nach vorne.

Die Seherin sah sie lächelnd von ein paar Metern Entfernung aus an. Runa stand zwei Armlängen von ihr entfernt und betrachtete ihre Freunde mit großen, verwirrten Augen.

„Ich ... Äh ... Wir ... Das verstehst du falsch. Wir wollten ... Wir ... Äh ... Wir wollten ... Nun ... Wir-"

„Ihr wolltet uns belauschen", sagte die Seherin trocken, verlor dabei aber nicht ihr Lächeln.

„Nun ja, also nein ... Also ... Nicht wirklich ..."

„Doch, doch. Genauso. Es gab einen Grund, warum diese Dinge nur Runa wissen sollte: Sie haben nix mit euch zu tun. Sie haben nur etwas mit Runa zu tun. Und dabei wird sich auch nix ändern."

Alle sahen betreten zur Seite.

„Mir macht es nix aus, wenn ihr für sie hier seid. Aber mir macht es sehr wohl etwas aus, wenn ihr uns belauscht." Sie sah alle nach und nach an und blieb dann bei Linhart hängen. „Und du." Er sah sie erschrocken an. Was wollte sie von ihm? „Du bist Christ, oder?" Linhart nickte langsam, etwas unsicher. „Kommst du mit unserem Glauben klar? Willst du uns tot sehen?"

Linhart sah sie erstarrt an. Tot sehen? Warum denn tot sehen? Das ist doch gegen Gottes Gebote! „Warum sollte ich euch tot sehen wollen? Die vier sind meine Freunde! Nur weil ihr eine andere Religion habt, als ich, ändert es doch nichts daran. Warum denn überhaupt tot sehen? Das ist gegen Gott seine Gebote."

Die Seherin lächelte.

„Weißt du das denn nicht?", fragte Nia ihn und fasste ihn an seinen Arm.

„Was denn?"

184

Kilian sah finster zur Seite und drehte sich dann zu ihm. „Weißt du noch? Erinnerst du dich noch an Mara ihre Mutter? Was die Soldaten mit ihr gemacht haben? Was Christen mit ihr gemacht haben?"

Linhart gefror. Die Erinnerungen kamen zurück. „Diese Männer kann man doch aber nicht als Christen bezeichnen", sagte Linhart kleinlaut.

„Nur leider ist es so", sagte nun die Seherin. „Die meisten Christen nutzen ihre Macht aus. Und weil Frauen keine Macht nach den Christen haben dürfen, sind es die Männer, die ihre Macht ausnutzen. Ihr tötet in Gottes Namen. Du sagtest selber, dass es gegen seine Gebote ist. Menschen werden ausgeraubt, obwohl man seinen Nächsten doch lieben soll. Man kann nur hoffen, dass sich das irgendwann mal ändert. Vielleicht wird es auch so sein, eines Tages, aber bis dahin werden wohl noch einige Jahrhunderte vergehen."

Sie atmete erschöpft aus, fragte dann aber: „Linhart? Richtig?" Linhart nickte. „Hast du mal davon gehört, dass rothaarige keine Seele haben?" Sie lachte kurz. Er überlegte. „Was eine Frage. Du hast bis jetzt noch nicht mal gewusst, dass es welche gibt." Linhart nickte erneut, fügte aber hinzu: „In den Legenden und Märchen, da wird es glaube ich erwähnt.

Die Ausgeburten der Hölle. Sie haben rotes Haar. Eine tödliche Macht wurde ihnen zur Verfügung gestellt. Sie haben sie genutzt um die Menschen zu vernichten. Der Teufel kann ihnen keine Seele geben, deswegen holen sie sich die der Menschen. Gott sollte die Seelen nicht bekommen. Der Teufel wollte sie durch seine Kinder bekommen. Also fürchtet euch, wenn das rote Haar erscheint. Es wird euch die Augen mit seiner Schönheit vernebeln. Seid gewarnt. Denn den Kindern des Teufels ist nicht zu trauen."

Alle sahen ihn erstaunt an, nur die Seherin nicht.

„Das hast du dir gemerkt? Den ganzen Text?", fragte Nia. Sie konnte sich Texte nur recht schlecht merken.

„Ja, aber als wir Kinder waren - ich und meine Geschwister, auch einige Freunde - hat man uns immer diese Geschichte von den Rothaarigen mit der dunklen Macht erzählt. Wie sie uns töten wollten. Aber dann haben wir sie ausgelöscht, bevor sie es mit uns machen konnten. Ein einfaches Märchen, dass heute immer noch weit verbreitet ist."

„Aber kennst du denn auch die Wahrheit dahinter? Dass es eine Gabe ist, die wir zum heilen nutzen. Dass wir euch geholfen haben, sich die Kirche aber vor uns fürchtete. Dass sie - all diese Männer der Kirche und auch ein paar Frauen - dachte, dass wir die Macht von ihnen an uns reißen. Wir wollten nur helfen, unsere Macht für etwas Gutes nutzen, aber dann sagte die Kirche solche Dinge über uns, sorgte dafür, dass wir als Hexen, die mit dem Teufel im Bunde stünden, verbrannt wurden. Das wusstest du sicher nicht."

Linhart schüttelte seinen Kopf. „Ich habe es immer nur für ein Ammenmärchen gehalten, nichts weiter."

„Dann will ich jetzt noch eins von dir wissen: Wenn es zum Krieg kommt, bist du dann auf unserer Seite?"

39

Der Prinz lief zum Lager zurück, wo seine Männer gerade etwas kochten. Sie lachten über etwas, aber er hatte den Witz nicht mitbekommen.

Einer holte Schüsseln und Löffel, ein anderer Becher aus Holz. Nur für den Prinzen war das Geschirr aus Gold.

Es gab einen Eintopf. Das Mädchen hatte mit ihrer dunklen Macht ein paar Hasen getötet. Beim ersten Mal, als sie das tat, war er sich unschlüssig, ob er etwas von dem Fleisch essen sollte. Es war ja für die Tiere tödlich gewesen und für seine Männer. Was wenn von diesem schwarzen Zeug noch etwas dran war und er es essen würde? Würde er dann auch dadurch sterben? Aber das Mädchen starb dadurch ja auch nicht. Also aß er.

Im Nachhinein fiel ihm ein, dass sie ja dieses Zeug erschuf. Sie könnte also daraus bestehen und deswegen nicht dran sterben. Aber da er und seine restlichen Männer nicht starben, ließ er es bei dem Gedanken.

An sich fand er ihre Kraft recht nützlich. Er hatte dennoch Angst vor ihr. Sie war gefährlich, aber seine Gier nach ihr, ließ ihn seine Angst vergessen. Ja, er wollte schnell zu ihr, er musste es ganz dringend. Seine Verlobte war ihm egal. Sie war zwar auch schön, aber dieses Mädchen hatte etwas mit ihm gemacht.

„Diese verdammte Hexe", schimpfte er. „Ich werde sie umbringen."

Er lief zu seinen Männern ans Feuer, keine Spur von dem Mädchen zu sehen.

„Hallo Herr, wollt Ihr auch etwas?", fragte einer der Männer.

Der Prinz sah ihn an, wollte gerade wissen, wo das Mädchen sei, da hörte er eine kleine Stimme singen:

„Ting ting toff.
Ting ting toff.
Wo bist du geblieben~
Wo bist du geblieben~
Wo ist mein Vögelchen? Wo ist mein Eselchen?
Ting ting toff.
Ting ting toff.
Wo bist du geblieben~
Wo bist du geblieben~
Ich weiß nicht~
Wo du bist~
Find ich dich~
Siehst du mich~
Seh' ich zu den Bäumen rauf~"

Sofort sah der Prinz hinauf. Er sah nur den hellen Himmel und Baumkronen.

Seine Männer schienen die Stimme nicht zu hören. Sie warteten nur auf eine Antwort, aber bei dem Verhalten, des Prinzen, bekamen sie ein ungutes Gefühl.

„Alles in Ordnung mit Euch, Sir?"

„Hört ihr diese Stimme?"

„Welche Stimme?"

„Dieses Kind. Könnt ihr ihren Gesang nicht hören?"
„Nein, was singt sie denn?"

„Siehst du mich~
Siehst du mich~
Seh ich dich~
Seh ich dich~
Hörst du mich~
Hörst du mich~
Hör ich dich~
Hör ich dich~
Spürst du mich~
Spürst du mich~
Spür ich dich~
Spür ich dich~
Dann töt ich dich~
Dann töt ich dich~"

Erschrocken fuhr der Prinz zusammen. Ein unwohles Gefühl machte sich in ihm breit. Bei den Männern auch, aber sie wussten nicht, wo es herkam. Da war schließlich nix.

„Hinter dir~
Hinter dir~
Steht ein Tier~
Steht ein Tier~
Und spießt dich nun auf."

Ein Kichern ertönte. Der Prinz drehte sich schnell um und zog dabei sein Schwert. Aber da war nichts. Oder doch? Er versuchte etwas zu erkennen, lief einen Schritt näher.

„Noch ein Schritt~
Noch ein Schritt~
Du spürst es nicht~
Du siehst es nicht~
Doch tötet es~
Doch tötet es~"

Langsam erschien eine Art grüner Schleier, der sich zu einem Kind formte.

„Du spürst es nicht~
Du siehst es~
Du hörst es~
Dann tötet es~
Dann tötet es~
Mach noch ein Schritt~
Mach noch ein Schritt~
Dann hab' ich dich~
Dann hab' ich dich~"

Er ging noch näher an sie ran. Die Umrisse wurden stärker, je näher er ran ging.
Bald formte sich auch ein Gesicht.

„Jetzt spürst du mich~
Jetzt hörst du mich~
Jetzt siehst du mich~"

Dann kam statt der hellen Kinderstimme, eine tiefe dämonische.

„Jetzt hab' ich dich~
Jetzt hab' ich dich~
Jetzt töt' ich dich~
Jetzt töt' ich dich~"

Die Gestalt ging unnormal schnell auf ihn zu und weitete ihren Mund. Es war so, als würde sie ihn einsaugen. Als würde sie ihm die Seele aussaugen.

„Nein!", erklang ein lauter Schrei.

Im nächsten Moment erschien etwas Schwarzes. Die Gestalt, die bis dahin noch gesungen hatte, fing qualvoll zu schreien an. Dann kam ein Knall und alles flog umher. Die Schwärze löste sich auf, so wie die grüne, durchsichtige Gestalt.

Der Prinz sah hinter sich, während er ein gemischtes Gefühl von Angst, Schock und Erleichterung hatte. Schwer atmete er durch, sein Herz raste.

Da stand sie. Das Mädchen, das er so sehr wollte.

Aber was war das für ein Gefühl in ihm? War das, was man Sorge nannte?

So etwas hatte er noch nie empfunden, außer für Antonia - seine Schwester; sein ein und alles und die wichtigste Person in

seinem Leben -und auch einst für seine Mutter.
Er hatte dieses schreckliche Gefühl also für dieses Mädchen.
Denn ihr Zustand, in dem sie in diesem Moment war, machte
ihm schreckliche Sorgen.

40

Runa. Ihr Name ist Runa.

Ja. Schön, wie er sie genannt hat.

Sie sind eine schöne Gruppe. Jetzt zumindest. Wie lange wohl noch?

Wasser der dunklen Schatten zeige mir das Mädchen. Wer ist dieses Mädchen, das was neben Runa steht?

Ja, sie.

Nia? So, so. Das ist also ihr Name.

Wird sie es sein? Ja? Schade.

Die Schwester von ihm? Interessant.

Und der andere? Der Junge der Runa benannt hat? Er nicht? Linhart. Sein Name. Die Mutter von ihm. Ja, sie. Umgebracht. Ich verstehe. Sie war eine gute Frau.

Und der Junge, der der ihn bald lieben lernen wird? Ja, der Letzte von ihnen. Das wird er mal tun? Ja, schrecklich.

Ja, gerade sind sie eine schöne Truppe.

So jung.

So naiv.

So unerfahren.

Bald werden sie den ganzen Schmerz der Welt kennenlernen. Dann werden nicht mal ihre Götter ihnen helfen können. Dann werden sie zu glauben aufhören. Und einander Fürchten lehren.

41

Linhart nickte. „Natürlich! Ihr habt mich aufgenommen, als es sonst niemand tat. Selbst wenn ich den König eigenhändig töten muss. Ich werde bei euch bleiben."

Die Seherin lachte. „Um den König wirst du dir keine Sorgen mehr machen müssen. Nur sein Sohn wird dir etwas anhaben. Etwas Schreckliches", sagte die Seherin, beim letzten Teil, sah sie zu Nia. „Etwas ganz Schreckliches. Euch allen."

„Was meinst du damit?", fragte Nia verunsichert. Warum sah die Seherin sie so seltsam an, dass man direkt so ein beunruhigendes Gefühl bekam?

„Das werdet ihr noch früh genug erfahren. Keine Sorgen, das werdet ihr noch sehr früh erfahren. Oder nein, wartet. Ihr solltet euch Sorgen machen. Und damit meine ich verdammt große."

●●●

„Was sie wohl damit gemeint hat?", fragte Kilian.

Alle saßen auf der Wurzel des großen Baumes.

"Das würde ich auch gerne mal wissen. Und auch, warum sie mich dabei so komisch angeguckt hat", meinte Nia noch etwas verängstigt. Ihr fröstelte es. Dann fügte sie eher erklärend und ohne einen Hauch von Angst hinzu: „Also nicht wirklich angeschaut. Sie kann ja nichts sehen, aber es kam mir so vor.

Ihr Gesicht war an mich gewandt und sie sah so ernst aus, beinah gespenstig. Schrecklich. Brühühü." Nia schüttelte sich am ganzen Leib. Ein Schauer lief ihr erneut den Rücken runter, als sie wieder an diesen Moment dachte.

„Ist ja wirklich beängstigend. Aber warum sagt sie so was? Und woher weiß sie das mit dem König? Sie ist doch gar nicht da", fragte Linhart.

„Das liegt daran, dass das Seelentier von der Seherin mit den Göttern in Verbindung steht. Krähen und Raben sind Götterboten. Alle. Und da sie mit ihm in Verbindung steht, weiß sie alles, was die Götter an es weitergeben", erklärte ihm Kilian.

„Aber das ist doch gar keine Krähe, und ein Rabe ist es genauso wenig. Die sind ja schwarz. Der Falke hat ein schönes Braun", sagte Runa, nun ebenfalls verwirrt von dem, was der junge Rotschopf sagte.

„Ja, das liegt daran, dass es mal ein Rabe war. Die Götter mussten ihn aber schützen. Er geriet in eine Falle, von Christen erschaffen. Damit wollte man die anders Religiösen, wie sie uns vor hunderten von Jahren nannten, von ihrer Religion reißen. Weil sie uns so heilig sind, sind es für Christen Boten des Teufels und allem schlechten.

Vor zehn Jahren hat man es als Festlichen Akt erneut gemacht, dabei geriet er da hinein. Aus Spaß hat man die schwarzen Vögel, die Tieren von Dunkel und Schatten, wie sie auch genannt wurden, getötet. Die Götter schützten ihn, indem sie ihn in einen Falken verwandelten. Hätten sie das nicht gemacht, dann wäre er jetzt tot", nahm Kilian das Wort erneut an sich.

„Warum sagst du so was? Gott hat ... Das Christentum ist nicht so schrecklich, wie du immer behauptest. Es sind die Menschen, die schrecklich sind. Die wahren Christen tun so etwas nicht. Wir tun so etwas nicht", sagte Linhart mit leichter Gereiztheit in seiner Stimme, aber dennoch lag auch etwas

Zweifel und Unsicherheit in ihr.

„Bei euch geht es irgendwie immer um Religion. Warum seid ihr da denn immer so ernst bei der Sache? Woher wisst ihr denn, wie alles läuft oder ob es das wirklich gibt? Ihr seid doch nur davon so überzeugt, weil man es in eure Köpfe gesetzt hat. Habt ihr da eigentlich so was wie eine eigene Meinung?", mischte sich Runa in den beginnenden Streit ein.

Die beiden sahen zu ihr. Wollten etwas sagen, wussten aber nicht, was sie ihr auf diese Frage antworten sollten, also verstummten sie.

Dann begann Linhart: „Ich bin aus freien Stücken Christ. Es wundert mich eher, dass du keiner Religion folgst."

„Muss ich ja nicht. Mir ist nie ein Gottgleiches Wesen erschienen. Warum sollte ich etwas dergleichen überhaupt folgen? Bin ich ihre Sklavin oder Untertanin? Muss ich ihnen dienen? Und wenn ja, warum sollte ich? Haben sie je etwas für mich getan?"

Kilian wollte ihr antworten, aber Linhart war schneller. „Er hat dich erschaffen und deine Wege geleitet. Er hat dich zu uns geführt." Runa zog eine Augenbraue hoch und sah ihn ungläubig an.

„Das ist doch jetzt nicht dein Ernst", sagte sie. „Nichts hat er. Meine Eltern habe mich erschaffen. Und ich bin diese Wege von selbst gegangen. Da hat mich niemand geleitet." Sie drehte sich zu Kilian. „Und du, was willst du mir erzählen?"

Kilian sah sie erst unsicher an. Was wenn sie bei ihm auch so reagieren würde? Aber das was er hatte, das hatte sie auch. Eine Kraft, die sie von den Göttern bekommen haben. Denn woher sollten sie so etwas Mächtiges sonst haben? Also sagte er gelassen, fast gelangweilt: „Wir beide - Nia und Evan, sowie alle anderen Blutzauberer und -innen - haben etwas wertvolles von den Göttern bekommen. Sage mir, woher sollen wir diese Macht haben, wenn nicht von den Göttern?"

Runa stutzte erstmal. Darauf hatte sie keine Antwort. Aber der Christliche Gott konnte es scheinbar nicht. Und sie setzten sich durch die Raben und Krähen mit einem in Verbindung. Bei dem Christlichen Gott gab es so was nicht, oder? Doch, einen Mann brauchte man dafür. Einen Pfarrer. Nein das war nur bei einem Teil der Christen so, bei den anderen brauchte man nur sich selber, oder? Aber das ja auch noch nicht so lange. Die Christen führen deswegen gegeneinander Krieg. Wenn selbst in der eigenen Religion solche Unstimmigkeiten herrschten ... Aber soll es wirklich diese Götter geben?

Kilian hielt, der noch immer in Gedanken versunkenen Runa, seine Hand hin. Langsam und annähernd sagte er: „Komm, tritt unserem Glauben bei. Wir sind eins mit den Göttern. Sie sind für uns da. Haben Stärken und Schwächen, genau wie wir. Sie stellen sich nicht als etwas Besseres dar, nicht als etwas Höheres. Sie haben nur besondere Kräfte, jeder von ihnen individuell. Nur uns haben sie eine Kraft gegeben, die jeder hat: den Blutzauber. Aber obwohl jeder diese Kraft hat, hat sie nicht jeder gleich. Ich bin mit meinen Kräften mehr für einen Kampf ausgestattet. Nia ist mit ihren Kräften mehr zum heilen ausgestattet. Evan leitet besser, seine Gedankenströme, deine Gedankenströme. Das geht durch dein Blut. Alles geht durch dein Blut. Worin bist du besser? Haben dir die Götter das schon gezeigt. Mir haben sie es gezeigt. Einer erschien hier. Sie haben eine Menschengestalt. Er hat es mir gelehrt, bis er in seine Reiche zurück ging. Es wird immer einen Gott geben, der dich leitet, der zu dir gehört, zu dem du gehörst. Eine Gottheit, die immer für dich da ist. Wirst du an sie glauben, wenn du sie siehst?"

Runa wollte zögerlich nach seiner Hand greifen, aber Linhart sagte, aus Angst sie an einen anderen Glauben verloren zu haben: „Tu es nicht. Gott wird dir noch zu Hilfe kommen; er wird dir aus tiefer Not helfen. Schließ dich nicht diesem

Glauben an. Bitte."

Runa sah zu ihm, sah zu Kilian seiner Hand, zu ihrer eigenen, die sie in Kilian seine legen wollte. Sie zog sie schnell weg. Linhart sah erleichtert aus, wollte ihr gerade sagen, dass er sich über ihre Entscheidung freut, dass sie bereit ist dem Christentum zu folgen, aber sie sagte nur: „Ich werde mich keinem Eurer Glaubensrichtungen anschließen. Ich habe meine eigene Meinung. Ich lasse mich von euch nicht beschwatzen. Das könnt ihr vergessen! Ich brauche das alles im Gegensatz zu euch nicht. Ich glaube nur an mich selber und an das, was ich zu Stande bekomme, mehr nicht!"

Wütend ging sie weg. Nia sah beide nur Kopfschüttelnd an und lief ihr dann nach, aber vorher sagte sie noch: „Immer wieder dasselbe mit euch, sobald es um den wahren Glauben geht."

Evan stand nur schweigend da, sah den beiden nach und sah dann Schulterzuckend zu den Jungs.

„Ich hätte sie fasst soweit gehabt! Das ist deine Schuld!", schnauzte Kilian Linhart an.

„Na dann ist es ja zu gut, dass es nicht passiert ist."

Bevor sie weiter streiten konnten, sagte Evan streng zu den beiden: „Das ist genau der Grund, warum die beiden gegangen sind. Wollt ihr euch jetzt wirklich weiter deswegen streiten?"

Das war auch für Evan genug. Er ging. Die zwei blieben stumm zurück, nicht wissend, was sie sagen sollten.

● ● ●

Evan suchte nach den beiden, fand sie jedoch nicht. Er ging tiefer in den Wald. Er fragte sich, wo sie seien. Dann sah er etwas. Es bewegte sich. Er dachte erst, dass es eins der Mädchen sein könnte. Sagte fragend ihre Namen. Aber dann kam es mit unnormalen Bewegungen auf ihn zu.

Wie das Ding, das in Runa war.

Sein erster Gedanke, sein erster Impuls: er rannte.

Er rannte so schnell er konnte. Aber es verfolgte ihn unglaublich schnell.

Es hatte ihn zu schnell mitbekommen, das konnte nicht normal sein. Durch seine Fähigkeiten hat er es zum Glück früh mitbekommen. Hätte er nicht diese Macht, dann hätte es ihn jetzt schon längst.

Nun schrie er auch, denn es war nicht mehr weit von ihm entfernt. Er hoffte, dass jemand ihn hören und rechtzeitig zu ihm kommen würde.

Aber würde das wirklich passieren? Jeder hier hatte bessere Sinne, aber er war recht weit vom großen Baum entfernt. Würde ihn wirklich jemand hören können?

Da sah er noch mal kurz hinter sich und direkt hinter ihm war die schwarze Gestalt. Jetzt erst sah er, dass es gar nicht rannte, sondern flog.

Er schrie erneut, doch zu spät.

42

Runa kam an einen kleinen Fluss an, aus dem immer das Wasser für die Tiere geschöpft wurde. Das Wasser glitzerte und wirkte wie Sterne am klaren Nachthimmel. Runa beruhigte der Anblick.

„Runa", ertönte es hinter ihr. Es war Nia. "Runa, ist alles okay mit dir?", fragte sie sanft.

Runa sah kurz zurück zum tanzenden Wasser, sah dann aber wieder zu Nia. Sie konnte ihren Augen aber nicht lange Stand halten, also sah sie überall hin, nur nicht zu Nia.

„Du musst mich ja jetzt für was halten ...", sagte sie gequält.

„Nein. Warum sollte ich? Du bist mir immer noch wichtig. Und nicht nur dir gehen diese Streithähne auf die Nerven - das kannst du mir glauben - auch mich nerven die beiden damit bis zum geht nicht mehr und Evan scheint es genauso zu gehen."

Runa sah sie verwirrt an und fragte: „Aber habt ihr denn nicht dieselbe Kultur; Religion wie Kilian? Müsstet ihr da nicht wie Kilian denken?"

„Wie du selber sagtest, dass du deine eigene Meinung hast, haben wir auch unsere."

„Also glaubt ihr nicht an die Götter?"

„Was? Doch. So war das gar nicht gemeint. Wir glauben an sie. Sie haben uns gelehrt mit unseren Kräften umzugehen. Sie waren bei uns. Ich weiß, dass sie existieren, wir feiern die Feste, die für sie gewidmet sind. Wir folgen ihren Lehren. Aber Kilian nimmt alles viel zu ernst. Als wäre er einer von ihnen und ist sauer darüber, dass man schlecht über ihn spricht. Als wäre er ein bockiges, kleines Kind." Beide mussten bei dem Vergleich lachen.

„Aber auch Linhart. Da gibt es bei beiden wohl kein schlimmer, nur ein: Wenn du Streit beginnst, dann mach ich mit", fügte Runa hinzu, die sich Mittlerweile schon an einen Baum mit Nia gelehnt hatte.

Dann zuckte Runa zusammen. Sie fasste an die Rinde des Baumes und sah zu Nia, welche sie nur verwirrt betrachtete. „Was ist?", fragte Nia beunruhigt.

„Hörst du das nicht?", fragte Runa, doch Nia schüttelte nur mit ihrem Kopf und stellte als Gegenfrage: „Was denn?"

„Da schreit jemand. Ich glaube es ist ...", sie stoppte kurz, schloss ihre Augen und lauschte. Nia sah ihr gespannt zu. Von beiden schlug das Herz ganz wild. Sie hielten ihren Atem an, zu gespannt waren sie.

„Es ist Evan", sagte Runa und schlug schockiert ihre Augen auf. „Er wird von irgendwas verfolgt. Ich weiß nicht, was es ist. Es ist weder lebendig, noch wirklich tot, wie ein Dämon oder so was. Es scheint mir irgendwie erschaffen zu sein", erklärte sie Nia, während beide versuchten schnell zu ihm zu gelangen.

Als sie in Sichtweite der beiden Streithähne waren und vorbeirannten, dachten sich beide schon, dass etwas passiert sein musste. Beide rannten den Mädchen hinterher. Sie waren nur noch ein Stück hinter ihnen, als Kilian ihnen zu rief: „Hey! Was ist denn passiert?"

Beide Mädchen drehten ihre Köpfe nach hinten, aber niemand hörte zu rennen auf. Nia drehte ihren Kopf wieder nach vorne. Was sollte sie auch schon groß sagen? Es war ja schließlich Runa, die etwas Seltsames bemerkt hatte.

„Evan, er wurde von irgendetwas angegriffen. Ich weiß nicht genau, wer oder was es war, aber es war definitiv nichts Gutes." Sobald Runa das sagte und sich wieder umdrehte, blieben alle sofort stehen, bei dem Anblick, der sich ihnen bot.

Sie waren schockiert, was da vor ihren Augen passierte.

Eine schwarze Gestalt. Oder war das nur Einbildung? Etwas schien Evan jedenfalls umgestoßen zu haben. Aber da war nichts mehr.

Evan.

Sie mussten schnell zu ihm, sehen, ob es ihm gut ging. Sie regten sich alle wieder, riefen nach ihm, rannten zu ihm.

Kilian warf sich vor seinen besten Freund auf die Knie. Er fasste nach seiner Hand, wich aber erschrocken von ihm.

„Was ist?", fragte Nia.

„Er ist eiskalt. Und ich spüre keinen Puls mehr."

„Was bedeutet das?", fragte Linhart.

„Dass er tot ist."

43

Der Prinz rannte zu dem Mädchen, gerade noch rechtzeitig, um sie aufzufangen.

„Was war das?", fragte er sie.

„Dieses ... Dieses Kind -Ding ..." Sie sah ihn betäubt an. „Ein Waldgeist. Du kannst sie aber auch Lebenssauger und -haucher nennen."

„Was soll das sein?"

Bevor sie ihm auf seine letzte Frage Antworten konnte, sackte sie vollends in sich zusammen.

„Macht mein Bett zurecht!", rief er seinen Männern zu. Sie gehorchten ihm sofort, auch wenn es nicht unter ihre Aufgaben fiel, sich um das Bereitmachen des Bettes zu kümmern, aber es verweigerte lieber niemand etwas, was der Prinz befahl. Und das würden sie erst recht nicht, wenn sie erfahren würden, dass der König tot und somit sein Sohn - der Prinz - nun König war.

Sie hatten schnell das Bett fertig. Es war mit weichen und großen Fellen ausgelegt. Das Bett selber war aus dicken, dunklen Ästen gebunden.

Der Prinz trug das Mädchen zum Bett und legte es hinein. Und wartete darauf, dass sie wach wurde. Er saß auf einem Stuhl, der aus demselben Holz gemacht wurde, wie das Bett. Ebenfalls auf ihm lag ein Fell.

Er sah sie sich genau an. Wie bei ihm, wurde ihr Name nicht

genannt. Hatte sie überhaupt einen?

Mit ihrem kleinen, zierlichen Körper. Den roten Haaren. Ihrer blassen, ja fast Leichen weißen Haut. Den langen Wimpern. Der kleinen Stupsnase. Ihren kleinen Händen.

Er faste vorsichtig über ihr Gesicht, strichte förmlich drüber. Nahm ihre Hand kurz in seine. Strich ihre eine der unordentlichen Strähnen aus dem Gesicht. Er ließ seine Finger von oben nach unten Wandern. Bis er an ihr spitzes Kinn kam und dann mit dem Daumen über einen Punkt strich. Und dann waren da noch ...

Was dachte er da bloß? Warum sollte er sie küssen wollen? Weil ihre Lippen so rosa-rot waren und ihre Haare gut spiegelten? Weil sie so klein und schmal waren? Oder so sanft; weich wie Weidenkätzchen.

Es war ein schrecklicher Drang. Was machte sie bloß mit ihm? Alles war ihm egal, so lange er nur sie haben konnte. Aber er wollte sie sich nicht einfach nehmen. Was, wenn sie ihn dann einfach wegstoßen würde? Was, wenn sie dann einfach verschwinden und nicht mehr wiederkommen würde?

Warum interessierte ihn das so? Sonst hatte er sich doch auch immer alle einfach genommen. Am liebsten waren ihm die Dienstmädchen, die neu ins Schloss kamen und ihm sein Zimmer geputzt hatten. Wie er sie erniedrigt hatte, wie sie geweint und gefleht haben. Ob nun, weil er sie nackt putzen ließ und dabei zugesehen hatte, ob sie seine Lüste stillen mussten oder einfach, weil er sie vergewaltigt hatte. Nichts davon hatte ihn interessiert, aber bei ihr war es anders.

Immer wieder schwirrte ihm diese eine Frage in seinem Kopf rum: *Was machst du mit mir?*

44

Sie sahen geschockt zu Evan runter.

„Wie kann er tot sein, wenn sein Herz schlägt?", fragte Linhart Fassungslos.

„Was?", kam es schockiert von Kilian, der sofort Evans schlagende Halsschlagader sah. „Wie kann das ...?" Er verstummte. Alle durchfloss ein dunkler Schauer. Runa war die erste, die sich regte. Sie wollte sich gerade zu Evan beugen, um selber zu gucken, was los war, da zogen alle sie plötzlich schnell von ihm weg, zu schnell um etwas zu realisieren. „Wa-", war das Einzige, was aus ihrer Kehle kam, bevor sie den Grund für diesen Überfall bemerkte.

Evan war wie ein Biest nach oben gesprungen und wollte sie ergreifen. Ob nun mit den schwarz gewordenen, langen, spitzen Zähnen oder den lang gewordenen, scharfen, schwarzen Nägeln. Seine Augen hatten all ihre Farbe verloren. Es war nicht mehr dieses grün gemischt mit braun. Es war einfach nur schwarz. Nicht mal mehr ein Hauch weiß war zu sehen.

Alle gingen schnell zurück, um einen bestimmten Abstand zu waren. Er machte unmenschliche Geräusche. Fletschte mit seinen Zähnen, wollte gerade auf sie los, aber da schien er etwas zu hören. Er sah sich suchend um und schnüffelte. Dann zuckte sein Kopf nach oben, als habe er gefunden, was er suchte. Er krümmte sich nach vorne und da schossen ihm schwarze Federn aus seinem Rücken. Aber es waren keine Federn. Es war ein schwarzer, dicker Schleier. Schwarzer Sand oder eher ein schwarzer Nebel? Beim rausschießen waren Teile durch die Luft geschleudert worden und auf dem Laubboden gelandet. Ein raschelndes Geräusch entstand dabei und die scheinbaren Federn aus Schatten, wurden zu schwarzem, glitzerndem Sand.

Der Himmel war auf eine Art dunkel, die schien, als hätte sie etwas mit Evan zu tun zu haben. Er ging in die Knie und schoss nach oben. Die Flügelartigen Teile ließen ihn schnell nach oben gleiten, dass er in Bruchstücken von Sekunden nur noch als kleiner, schwarzer Punkt am Himmel zu erkennen war.

Die Herzen der anderen rasten. Was war das eben? War das wirklich Evan? Das konnte doch gar nicht sein!

„Was ist gerade passiert? Ich glaube, bei mir dreht sich alles", sagte Linhart, beugte sich zur Seite und kotzte das bisschen was er im Magen hatte wieder raus. Den anderen ging es nicht gerade anders, sie behielten jedoch ihren Mageninhalt bei sich. Linhart hatte nun die normale Farbe der anderen angenommen und die Rotschöpfe sahen nun alle wie Kalkwände aus.

●●●

„Ihr seid zurückgekommen. Wie schön. Wir waren schon ganz alleine. Ihr seht alle ganz blass aus. Alles gut mit eu-"

Die vier gingen zurück zur Seherin. Sie wusste fasst alles, sie hatte Antworten.

Sie waren voller Sorge, aber Kilian, er war auch voller Wut und Hass gegen diese Frau. Also unterbrach er sie unsanft. Er schlug auf einen Tisch aus Holz, der unter einem kleinen Vordach stand. „Was sollte das? Warum hast du uns nichts gesagt? Und was soll das mit dem blas heißen? Du kannst doch gar nicht sehen!", schrie Kilian die Seherin an.

„Nicht sehen?", fragte sie belustigt. Sie lief über die weite Wiese. Die anderen folgten ihr. „Warum ich euch nichts gesagt habe?" Sie lief weiter ohne zu stoppen, bis zu einem bestimmten Punkt. Als sie etwa in der Mitte der Wiese war blieb sie stehen und drehte sich um. „Ich kann über ihn sehen. Schon vergessen?", fragte – auch wenn sie es als Aussagen meinte - die Seherin, während sie auf ihren Falken zeigte, der über ihnen flog. „Und nichts gesagt. Ich weiß schon, was du meinst. Aber ..."

„Was aber?", fragte Kilian sie wütend.

„Aber das Schicksal kann man nicht ändern. Keiner kann das. Ihr könnt das nicht und sonst auch niemand. Lernt damit zu leben."

„Aber man hätte es wenigstens versuchen können!", sagte nun auch Runa. Die Seherin sah sie finster an. „Verstehst du es denn nicht? Man kann dem Schicksal nicht entkommen. Die Götter zeigen mir nur, was passieren wird, aber ich kann es nicht ändern."

„Aber man könnte es doch trotzdem ...", fing Runa an. Doch dann fing ein starker Wind zu wehen an. Das Haar der Seherin wurde umher geschleudert. Die Wolken wurden Dunkel und ein Gewitter zog auf. Dann sahen sie alle, wie die Seherin ihre Augen öffnete und ein leuchtendes Blutrot in ihnen lag. Raben und Krähen fingen zu schreien an. Sie flogen wild in einem Kreis über ihren Köpfen. Eine Grauenerregende Stimme kam von ihr:

„Schicksal wir gewoben. Ändern wird nichts bringen. Nur der Tod dir selbst genüge, um das Leid zu tilgen. Bringe eine große Tat, mache neues da, da wo es verschwunden. Bring die Götter nicht zum Schweigen. Versuch es und du wirst leiden. Geh hinaus und bringe kund, dass nun bald getötet wird, durch des eignen Bruders Hand."

Der tosende Wind stoppte. Die Vögel verschwanden. Alles wurde wieder hell und die Seherin fiel zu Boden.

Runa war die erste, die sich regte. Sie lief schnell zur Seherin. Diese hatte sich bereit hochgestemmt und saß nun im Gras. „Alles gut bei dir?", fragte sie die Seherin, welche nur mit ihrem Kopf nickte, dabei eine Hand auf diesem.

Der nächste, der sich regte, war Kilian.

„Was sollte das? Was hatte das zu bedeuten? Was wollen uns die Götter mit dieser Nachricht mitteilen?", fragte er ganz aufgeregt.

„Dass ihr das Schicksal nicht ändern könnt, es sei denn, ihr bringt euch um. Und da wo was fehlt, müsst ihr es ersetzten. Wenn jemand stirbt, dann müsst ihr diesen durch jemand anderes ersetzen, wie zum Beispiel durch ein Kind. Der andere Teil war sicher an Runa, die Ungläubige, gerichtet. Du sollst endlich an die Götter glauben. Du hast gerade selber gesehen, dass sie existieren. Und das letzte ..." Die Seherin drehte ihren Kopf zur Seite. Sie biss sich auf die Lippe, bis es blutete. Eine Träne lief ihre Wange hinunter.

„Ist es Evan?", fragte Kilian. Er versuchte es so neutral wie nur möglich zu sagen, aber er zitterte am ganzen Leib.

Sie nickte nur.

Linhart war noch gar nicht ganz bei sich. Es gab die Götter wirklich und das musste er erst verstehen. Denn seinen Gott hatte er bis dahin noch nicht gesehen, gehört, gespürt oder irgendein Zeichen von ihm erhalten, aber diese erschienen scheinbar öfter. Musste er seinen ganzen Glauben jetzt in Frage stellen? War das alles wirklich echt? Oder war es nur eine Einbildung, eine Illusion? Nein, das war gar nicht möglich. Was sollte er nun davon halten?

Langsam wurde er sich allem bewusst. Und genau dann, drang es zu ihm, das letzte Stück.

Dass durch Evan die Blutzauberer sterben würden.

45

Der Prinz sah ihre Lippen erneut an. Strich über sie. Wollte sie küssen, aber da wachte sie auf und stieß ihn weg. „Was soll das denn werden?", fragte sie verwirrt.

„Ich ... Ich wollte nur sehen ...", stotterte er und brachte nichts weiter raus.

Sie griff nach seiner Hand. Ihre Augen wurden größer und ihr Mund öffnete sich etwas. Er verstand es nicht, aber er wusste ja nicht, dass Blutzauberer mit ihrer Kraft in die Gedanken anderer sehen konnten.

Sie sah es. Sie sah es in seinen Gedanken. Sie konnte sehen, dass er sie küssen wollte. Dass er sie liebte, es aber nicht verstand. Dass er so gut wie nur noch daran denken musste: an sie.

Sie wollte gerade etwas sagen, aber da kam eine Gestalt angeflogen. Die Männer fingen schon an zu schreien und rufen, holten ihre Waffen und wollten es bekämpfen, aber da hatte das Mädchen sie schon davon abgehalten.

Sie sprang aus dem Bett voller Freude und stieß den Prinzen zur Seite. Sie lief zu der schwarz ummantelnden Gestalt. Der Prinz sah ihr stumm hinterher. Die Ummantelung verschwand und zum Vorschein kam ein rothaariger Junge.

Eifersucht und Wut machte sich im Prinzen breit. Er ballte seine Hände zu Fäusten und presste sie so dolle zusammen, dass sie zu zittern anfingen. Er sah böse zu ihm und eine dicke

Ader begann auf seiner Stirn zu pulsieren.

Voller Freude sagte sie: „Damit finden wir das Mädchen und ich kann endlich Rache nehmen."

Sie sah zum Prinzen, konnte seinen Ausdruck sehen. Sie wurde unsicher.

Da kam er schon auf sie zu. Diese Person war also nur ein Mittel zum Zweck. Der Prinz breitete seine Arme aus, sobald er vor ihr stand. Sein Gesichtsausdruck hatte sich nicht verändert. Sie wurde immer unsicherer, doch da schlang er seine Arme um sie und schwang sie drehend durch die Luft. Sie stützte sich schnell auf seinen Schultern ab. Eine leichte Überforderung kam nach ihrer Überraschtheit. Dann fing sie leicht zu lächeln an, ein ehrliches sanftes Lächeln. Er hatte auch gelächelt, aber als er ihr Lächeln sah, blieb er auf der Stelle stehen. Er hatte sie noch nie so ehrlich lächeln sehen.

Sie sah ihn verwirrt an, doch da sagte er nur: „Du bist wunderschön." Überrascht von seinen eigenen Worten, ließ er sie sofort runter und ging schnell weg.

Sie sah ihm erstarrt hinterher. Das hatte ihr noch nie jemand gesagt. Wie sollte sie da nur reagieren? Ihr Herz schlug wild und in ihrem Bauch kribbelte es. War sie etwa auch verliebt? Oder doch nur mit der Situation überfordert? Ganz egal was es war. Es machte sie verrückt. Will er sie nur dazu bringen, ihm zu vertrauen? Soll sie nur ein Mittel zum Zweck sein?

Nein. Sie konnte seine Gedanken hören. Ein Rauschen in ihrem Kopf, so warm und wahr. Er liebt sie.

Aber sie hat sich geschworen nie (wieder) jemanden ihr Herz zu öffnen. Niemals. Das damals ... es hat sie einfach geprägt. So verletzend. So schrecklich und grausam. Einfach so, wurde ihr alles genommen.

Sobald sie an das dachte, bekam sie statt diesem Glücksgefühl wieder einen tiefen Hass in sich.

Sie würde nicht lieben.

Sie würde töten.

Sie würde ihre Rache bekommen. Dafür würde sie schon sorgen.

46

„Lieber Gott, bitte beschütze meine Familie. Bitte beschütze alle Leute hier. Sie waren sehr lieb zu mir und meinen Bruder. Danke, dass du uns zu ihnen geführt hast. Bitte lass es Mama bei dir gut gehen. Sie hat sich immer so viele Sorgen um uns gemacht. Sie hat immer als letztes gegessen, wenn es denn mal was gab. Da hat sie dann aber auch alles versucht, um uns zu versorgen. Und bitte bestrafe die Männer, die meiner Mama so schreckliche Dinge angetan haben. Und hilf Runa und Nia bitte. Sie haben es mit mir und meinem Bruder sicher nicht so einfach. Armen."

Mara saß in einem Zimmer, des großen Baumes. Die Priesterin passte auf die beiden Kinder auf, solange Nia und Runa anderweitig beschäftigt waren. Mara saß vor ihrem Bett, mit zusammen gefalteten Händen. Sie hatte gerade ihr nächtliches Gebet beendet, da kam die Priesterin rein.

Mara drehte sich um. Sobald sie die Priesterin sah stand sie schnell auf und lief zu ihr.

„Hast du deinen Gott wieder um etwas gebittet?", fragte die Priesterin und strich ihr über den Kopf. Die blonden Haare wurden erst gekämmt.

Mara hatte ein weißes Kleid an. Es war aber nicht so strahlend, wie das der Priesterin, dennoch war es Mara ihr Lieblingskleid, denn Nia und Runa haben es für sie gemacht, in einer Nacht, in der sie noch unterwegs waren. Als sie bei ihrem

Ziel ankamen, hatten sie es gerade fertigbekommen. Es war eine gute Handwerkskunst. Passend dazu haben sie ihr eine Fellweste gemacht.

„Ja. Ich hoffe er hat mich gehört", antwortete das kleine Mädchen.

Die Priesterin lächelte das besorgt guckende Mädchen an. „Keine Sorge, er hat dich sicher gehört. Aber ich verstehe das trotzdem nicht so. Warum sagt ihr ihm ganze Zeit, was er doch bitte für euch tun soll? Und warum redet ihr nur?"

Das Mädchen sah die Priesterin bei diesen Fragen verwirrt an. Wovon sprach sie da nur? Machte sie das etwa nicht so? „Priesterin, was genau meinst du?"

„Ihr sprecht mit eurem Gott, aber nur, wenn ihr etwas von ihm wollt. Ihr redet nur, aber hört nicht zu. Was, wenn er euch etwas mitzuteilen hat, aber weil ihr nur redet und nicht zuhört, es nicht mitbekommt?

Wir hören unseren Göttern zu. Wir bitten sie zwar auch um Gefallen, aber nicht nur. Wir hören zu, was sie uns mitzuteilen haben, was wir auch für sie tun könnten."

Das Mädchen bekam große Augen. „Ja, das will ich auch. Wie hör ich ihm denn zu?"

„Du musst einfach nur still sein. Vielleicht hat er dir was zu sagen. Vielleicht aber auch nicht. Ich störe dich am besten nicht weiter", mit diesen Worten ging die Priesterin.

Mara setzte sich auf den Boden und sah nach draußen. Jetzt sollte sie etwas hören können.

Es kam eine ganze Weile nichts. Da schloss sie ihre Augen und da konnte sie etwas wahrnehmen. Eine leise Stimme. Ganz still. Sie sagte: „Rette Nia."

47

„Was zur Hölle war das?", fragte Kilian so laut er konnte. Seine Stimme war fest, aber seine Hände zitterten so stark, dass er sie zu Fäusten ballen musste. Er biss seine Zähne aufeinander und presste seine Lippen zusammen, damit nicht auch noch diese zitterten.

„Ich dachte du glaubst nicht an den Christentum", sagte Linhart der nur mit leeren Augen in die Luft starrte.

Kilian drehte sich wütend zu ihm um und wollte ihn anschreien; sagen, dass nicht die Zeit war, Witze zu machen. Jedoch wurde sein Gesichtsausdruck schnell besorgt, als er Linhart sah. Diese Glanzlosen Augen, als wäre er eine Puppe oder Leiche. Es war, als hätte ihm jemand die Seele aus dem Leib gezogen.

Runa hatte sich neben Nia gesetzt, welche ihren Kopf in den dünnen Knien begrub. Ihre Arme an sich gezogen. Sie weinte. Runa strich ihr sanft über den dürren Rücken. Der Pelz um ihre Schultern ließ dies jedoch kaum erahnen.

Runa sah besorgt zu Kilian. Was sollten sie jetzt nur machen?

Kilian sah Ahnungslos zurück. Sein bester Freund hatte sich gerade, vor seinen Augen, in eine ... Ja, was war es denn nur? Ein schwarzer Engel? Eine seltsame Kreatur auf jeden Fall. Sein bester Freund hatte sich also gerade, vor seinen Augen, in eine seltsame Kreatur verwandelt.

Niemand wusste, was zu tun war. Alle standen - und saßen -

reglos da.

●●●

„Wir müssen rausfinden, wer oder was das war. Er kann ja nicht einfach so sich in … In dieses Ding verwandelt haben!", brüllte Kilian durch das Zimmer.

Mittlerweile waren sie schon wieder in den Raum mit dem großen Bett gegangen. Linhart saß breitbeinig auf einem Stuhl, Kilian lief in der Mitte des Raumes im Kreis und die Mädchen saßen auf dem Rand vom Bettende. Runa hielt Nia an den Schultern und strich sanft drüber. Nia ihr Kopf lag angelehnt auf der Schulter von Runa. Mittlerweile hatte sie aufgehört zu weinen, schniefte jedoch noch etwas. Linhart und Runa beobachteten Kilian, Nia starrte den Boden an. Sie war erschöpft. Sie alle waren erschöpft.

„Vielleicht sollten wir zur Seherin und sie fragen", meinte Linhart, aber Kilian blieb nur stehen und schüttelte mit seinem Kopf. „Nein, das würde nichts bringen. Du hast es doch selber mitbekommen, dass sie uns keine klaren Antworten gibt. Nein. Wir müssen zu jemand anderes."

Die Tür ging auf. Zuerst war ein hell weiß strahlendes Kleid zu sehen, mit einem Seidenen Schleier um die dünnen Schultern, dann sah man glatte Haare. Ein helles rot, aber nicht so feurig. Es war die Priesterin.

„Ich habe zufällig gehört, dass ihr seltsame Sachen sagt. Worum geht es denn?", fragte sie mit lieblicher Stimme. Sie sah alle an, aber ihr fiel recht schnell auf, dass jemand fehlte.

„Wo ist denn Evan?", fragte sie verwundert und sah sich weiter im Raum um, im Glauben ihn vielleicht einfach nur übersehen zu haben, aber so war es leider nicht.

Alle sahen bedrückt zu Boden. Nias Lippen und Schultern fingen wieder zu beben an. Linhart sah zur Seite und biss sich dabei auf die Lippe. Runa versuchte Nia gerade zu beruhigen. Sie hatten nicht einmal wegen des Trubels gefragt, von dem sie mitbekommen hatten. Eigentlich hatten sie es sogar bereits vergessen, so sehr nahm Evans Veränderung sie ein.

Die Priesterin sah nun ernst in die Runde. „Was ist hier los?", forderte sie zu wissen. Also fing Kilian zu sprechen an.

Er sagte ihr, was passiert war, wie Runa etwas gehört hatte, wie sie hinrannten, wie Evan da war, er sich verwandelte und dann verschwand.

Die Priesterin schien zu überlegen. Das war nicht normal. Vielleicht erklärte es auch, weswegen alle dieses unwohle Gefühl auf einmal bekamen, weswegen alle so aufgebracht waren.

Dann sah sie aus, als wäre ihr etwas eingefallen. „Wir müssen dringend zur weißen Frau", sagte die Priesterin bestimmend und lief mit schnellen Schritten raus, die Treppe hoch.

Kilian rannte hinterher, der Rest sprang auf und folgte. „Warte mal! Was soll sie uns denn helfen? Ja, sie hat auch mal Visionen. Aber nur weil sie uns sagte, dass wir Runa aus irgendeinem Grund holen müssen, heißt das doch noch nichts", sagte Kilian.

„Darum geht es nicht. Sie weiß viel und hat viel gesehen. Sie hat die anderen Zauber miterlebt, die Aufspaltung und Zerstreuung von ihnen."

„Was für andere Zauber? Es gibt doch nur uns hier. Wobei die Seherin auch mal so etwas erzählt hatte ..."

„Nein. Das wird euch nur erzählt. Es gibt mehr, da hat die Seherin recht.

Es gibt insgesamt vier. Den Blutzauber, Hexenzauber, Schattenzauber und Lichtzauber.

Wir sind rot. Wir sind die mit dem Blutzauber. Den Hexenzauber gibt es bei den blonden. Den Schattenzauber bei den schwarzen und den Lichtzauber bei den weißen. Die braunen sind Machtlos."

„Bedeuten die Farben, die Farben der Haare?"

„Das ist richtig. Die Christen haben das damals nicht ganz verstanden. Es waren erst die Blutzauberer die sie jagten und umbrachten, aber sie wussten von den anderen nichts, es verwirrte sie, weshalb sie auch andere ermordeten. Wir haben uns dadurch alle gespalten und in Sicherheit gebracht. Nur wenige, die Ältesten, kennen die Verstecke der anderen Völker. Wir sind im Wald. Die andern im Gebirge, Sumpf und Weideland. Zumindest ist es das, was in unserem Stamm so übermittelt wurde. Die ganze Wahrheit, die weiß ich selber nicht wirklich."

„Ich wusste gar nicht, dass es noch mehr gibt. Und warum liegt das an den Haarfarben?", fragte Nia.

„Es liegt nicht wirklich an den Haarfarben. Die Magie macht die Haarfarbe aus, so ist das eher. Und diese wird vererbt. Manchmal, je nachdem wie stark die Kraft ist, sorgt die Magie auch für bestimmte Augenfarben. So haben besonders stark von der Kraft oder halt Gabe geprägte Blutzauberer blaue Augen, je nach dem ein dunkles oder helles Blau. Und es gibt welche, was bis jetzt nur zwei Mal zu sehen war, da hatten welche rote Augen. Das waren die aller stärksten. Sie hatten Kräfte, die sich normale Blutzauberer gar nicht vorstellen konnten. Sie waren stärker und mächtiger als hundert Blutzauberer zusammen."

„Das kommt mir irgendwoher bekannt vor", meinte Nia, eher zu sich selber, als jemand anderes.

„Warum blaue Augen?", fragte Linhart aus dem Nichts heraus.

„Blau wie das Wasser, das in unseren Adern fließt. Das Wasser, das in uns rot ist. Wasser, die Macht des Lebens."

Linhart nickte, sah sich dabei aber leicht überlegend um.

„Braune Augen haben ebenfalls eine starke Macht

aufzuweisen, sie kommen der Farbe des vertrockneten Bluts gleich. Das ist der Grund warum die meisten Braunäugigen entweder für Heilzwecke oder dem Kampf ihre Mächte in Anspruch nehmen. Grün ist die Farbe der Wälder oder des Giftes. Vor ihnen sollte man sich in Acht nehmen. Sie können ihre Kraft nicht richtig kontrollieren. In einem Moment wunderschön und ihm nächsten ein schreckliches Unglück. Aber die, die es kontrollieren können, sind besonders gute Heiler -sogar die Besten. Graue Augen sind schmutzig. Sie eignen sich besser für die anderen Zauber. Hier ist es nur leicht möglich die Kräfte zu benutzen. Dann gibt es noch ein paar Sachen zu nennen: Es gibt lila Augen."

„Lila Augen?", fragte Runa erstaunt. Hätte sie sich selber mal genaustens im Spiegel betrachtet, hätte sie einen leichten Fliedernden Schimmer in ihren Augen erkennen können. „Das habe ich ja noch nie gesehen." Die anderen nickten zustimmend.

Die Priesterin lachte. „Das hat noch niemand von euch. Denn ihr müsst noch etwas dazu wissen: Nur ein bestimmtes Volk hat solche Augen."

„Und welches wäre das?", fragte Kilian für die anderen und sich neugierig und etwas aufgeregt.

„Dazu komme ich ja gerade.

Also, nur ein bestimmtes Volk hat diese Augen. Sie leben auf Wiesenlandschaften, also dem Weideland, um besser am Licht zu sein. Die Sonne gibt ihnen Kraft. Im Dunkeln sind sie fast machtlos, denn sie ziehen ja die Kraft des Lichtes bei sich ein. Die Dunkelheit hat kein Licht. Sie können in ihr nur leicht das Licht erzeugen, das sie brauchen oder erzeugen wollen."

„Ja, aber welches Volk ist es denn nun?", fragte Kilian erneut, dieses Mal ungeduldiger.

Daraufhin sagte Runa: „Ist es nicht schon offensichtlich genug?"

„Dann sage uns, um welches Volk es sich handelt, Runa", sagte die Priesterin ruhig.

Runa nickte und sagte kurz: „Es geht um die Lichtzauberer, oder?"

Die Priesterin nickte. „Da hast du recht. Sie sind für vieles Gute da. Sie sorgen für ein Gleichgewicht, aber auch sie werden von etwas anderem bedroht. Aber dazu später mehr. Wir sind schon in der Baumkrone angekommen. Geht zur weisen Frau und fragt sie aus. Sie wird sicher eine Antwort für euch haben."

Alle liefen zu der alten Frau, nur Runa zögerte.

„Was hast du denn, Runa?", fragte die Priesterin.

Runa sah unsicher zu ihr. „Kann ich wirklich dort hin?"

„Wieso denn nicht?"

„Ich muss einfach an letztes Mal denken. Da ist sie so ... erschrocken gewesen ... Wegen mir."

„Dann geh hin und frag sie, warum es so war."

„Und was, wenn sie wieder so durchdreht?"

„Das kannst du nur herausfinden, wenn du zu ihr gehst." Die Priesterin warf ihr nochmal ein aufmunterndes Lächeln zu. Daraufhin nickte Runa und lief zur weisen Frau.

48

Sie lief überall rum. Verzweiflung stand in ihrem Gesicht geschrieben. Sie fragte rum, ob irgendjemand Nia gesehen hatte, aber niemand konnte ihr eine Antwort geben, die ihr auch nur im Entferntesten half oder sie befriedigte. Sie sah im ganzen Dorf.

Als nächstes ging sie zur Seherin. Mit ihr hatte sie noch nicht wirklich was zu tun gehabt. Sie stand da auf der großen Wiese, die von Bäumen umhüllt war, sagte nichts, stand einfach nur da und starrte in den Wolken verhangenen Himmel. Mara glaubte das zumindest. Die Seherin war ihr mit dem Rücken zugewandt, aber ihr Kopf war nach oben geneigt.

Als sich Mara neben sie stellte und in ihr Gesicht sah, waren ihre Augen geschlossen. Dann öffneten sie sich langsam.

Mara dachte nichts in diesen Moment, aber da drehte sich der Kopf der Seherin ganz schnell zu ihr. Sie hatte einen entsetzlichen Ausdruck im Gesicht, der Mara dazu brachte nach hinten zu springen und laut zu quicken.

War es Hass und Zorn oder einfach nur der komplette Wahnsinn in ihrem Gesicht? Ihre leeren Augen verliehen dem ganzen noch einen stärkeren Schauer.

„Du ...", fing die Seherin an. „Du bist eine Außenstehende. Du gehörst hier nicht her. Wie kann es sein, dass du hier und nicht im Sumpf bist?"

Mara sah sie verängstigt an. Leichte Furcht und Verwirrung

221

dabei.

„Wovon sprichst du?", fragte sie vorsichtig.

„Von dir."

„Was meinst du damit?"

„Was du hier machst?"

„Ich wollte wissen, ob du Nia gesehen hast?"

„Das meinte ich nicht. Aber ich weiß, was du willst. Sie war hier, vor kurzem. Sie ist mit den anderen weg. Irgendwo in den Wald."

Mara nickte und lief schnell weg. Das Geschehene ging ihr dabei aber nicht aus dem Kopf. Was meinte sie nur damit? Und warum der Sumpf?

49

Ihr werdet versuchen zu fliehen, aber macht euch nicht zu viel Hoffnungen. Das Schicksal kann keiner ändern. Nicht mal du, Mara. Egal wie sehr du suchst, du wirst sie erst finden, wenn es schon zu spät ist.

Schreien wirst du, so wie die anderen.

Verzweiflung und Hass wird sich über dir vergehen.

Versuche erst gar nicht dagegen an zu kommen, es wird dir nichts nützen.

Renn ruhig weiter so, aber du wirst schon sehen, irgendwann trifft es einen Schlag auf Schlag und dann kann niemand mehr etwas dagegen ausrichten.

50

„Ist alles bereit?", fragte der Prinz.

„Ja", kam eine kurze Antwort von einem der Männer.

„Gut, dann lasst uns aufbrechen." Er nahm sich seinen Umhang, welcher noch über einem Baumstamm lag und legte ihn sich um. Bald würde es endlich so weit sein. Bald würde er seine Verlobte wieder sehen.

Aber gerade sah er nur, wie dieses Mädchen ihre Hand auf die Stirn dieses Kerles legte, wie sie mit ihr immer weiter nach unten fuhr: über seine Nase, seinen Mund, Hals, Schulter, Herz.

Beim Herz blieb sie kurz stehen. Dann ging sie weiter runter.

Der Prinz ging etwas gereizt und aufgebracht zu ihr und diesem Kerl. Ein rothaariger, wieder diese atemberaubende Farbe.

„Was tust du da?", fragte er laut, gerade Wegs schon fast schreiend und recht wütend.

„Warum regst du dich denn so künstlich auf?", fragte sie gelassen.

„Ich? Mich künstlich? Ich soll mich künstlich aufregen? Ich rege mich niemals künstlich auf! Ich rege mich immer auf, wie ich das will!"

Sie lächelte kurz abwertend, ein kurzes aufgestoßenes Lachen entwich ihrer Kehle. „Da wurde wohl jemand zu sehr verwöhnt", sagte sie und drehte sich wieder zu dem Jungen um.

„Ich habe dir eine Frage gestellt", sagte der Prinz, dabei wurde seine Stimme fester und gereizter. Ein leichtes Zähneknirschen war zu vernehmen. Seine Hände ballten sich zu Fäusten. Sie zuckte aber nur mit den Schultern.

„Du würdest das eh nicht verstehen. Du verstehst eigentlich gar nichts. Du weißt nicht, was ich kann und was nicht. Du verstehst es nicht und versuchst es deswegen mit Gewalt, aber das bringt dir auch nichts, denn du verstehst es trotzdem nicht und das wirst du auch nie. So ist das immer, dass du es nicht verstehst und du wirst es auch nie verstehen, weil du es nicht durch Zuhören versuchst. Du machst einfach nur. Aber dir bringt es nichts. Dir wurde das nicht beigebracht. Du hast keine Ahnung von Verständnis und Mitgefühl, weder von Reue, Liebe oder wahrer Angst, denn vor dir haben sich immer alle gefürchtet, weil du sie nicht als Mensch, sondern Eigentum betrachtet hast."

Er hörte was sie sagte, er konnte sich jedoch nicht unter Kontrolle halten. Er packte sie an den zerbrechlichen Schultern und drehte sie zu sich um, mit so Roher Gewalt, dass sie kurz Schmerzvoll quietschte. „Du hast recht, ich sehe alle nur als Eigentum an, denn ich hole mir immer, genau das, was ich will. Hast du mich verstanden? Genauso hole ich mir dich. Und du kannst nichts dagegen tun."

Er ergriff sie nun mit beiden Armen, doch sie sagte nur: „Ich sagte es ja: Du weißt nicht, was ich kann oder was ich nicht kann." Sie fasste an seinen Bauch und strich leicht drüber, ähnlich, wie sie es vorher mit dem Jungen getan hatte. Der Prinz sah schockiert und verwirrt nach unten, zu ihrer Hand, aber als er einen stechenden Schmerz im Bauch spürte, ließ er sie Blitz schnell los und krampfte sich auf dem Boden zusammen.

„Was hast du getan?", fragte er keuchend, aber sie sah ihn nur finster herab an, als wäre er ein widerliches Vieh, das sie am liebsten zertreten wollen würde (was in diesem Fall wohl auch so war).

„Versuche nie wieder, mich zu bedrohen. Denn dann wird es das letzte Mal gewesen sein." Sie drehte sich wieder um und machte bei dem Jungen weiter, wo sie aufgehört hatte.

Der Prinz beruhigte sich wieder, seine Schmerzen hatten nachgelassen und waren schon fast weg.

Eins wusste er schon mal auf jeden Fall: Sie konnte er nicht so leicht bekommen.

51

Es war klein und braun. Ein schönes braun. Braun wie das Holz, die schöne Rinde, kräftige Farbe, wie Erde, aber es war nicht so dunkel, schon dunkel, aber eben nicht so.

Er hatte noch vier Geschwister.

Aber warte mal, klein? Es war ein kräftiges Tier. Stark gebaut, aber schlank, wäre es zumindest, wenn nicht so viel Fell an ihm wäre. Scharfe Zähne hatte er, aber die zeigte er nicht.

Er war auf der Suche.

Vor kurzem hatte er etwas gespürt. Es war seltsam. Seine Geschwister spürten es auch, nur anders.

Sie waren alle in verschiedene Richtungen gegangen. Er hoffte, dass er sie eines Tages wiedersehen könnte.

Er musste aber weg, sie alle mussten es.

Sie sahen farblich alle ganz anders aus: schwarz wie die Nacht ohne Mond und Sterne, weiß wie frisch gefallener Schnee, grau wie die Asche, die ein Feuer verursachte und ein rot, das wie von gefärbten Blättern aussah. Er würde sie erkennen.

Er liebte sie und sie liebten ihn. Sie haben zusammen gejagt, gekämpft, gespielt, gegessen, geschlafen, gelebt.

Nun mussten sie alle gehen.

Es kam eine Erscheinung, etwas hatte begonnen. Etwas, das niemand aufhalten konnte.

Sie musste gefunden werden, bevor es begann.

52

Runa blieb kurz stehen. Sie wollte zur weisen Frau, aber stattdessen musste sie sich kurz an ihren Kopf fassen. Ein leichter Stich durchfuhr ihn und sie hatte ein verschwommenes Bild vor Augen.

Es musste der Wald sein und da war noch ein schnelles Atmen.

So schnell wie es da war, ging es auch wieder. Also lief sie einfach weiter.

„Geht es dir gut?", fragte Linhart besorgt.

Kilian sah mit überkreuzten Armen zu ihr. Er hatte es auch gesehen, wie sie ihren Kopf angestrengt und Schmerzverzogen hielt. Er beobachtete sie. Er sah ernst aus, machte sich aber eigentlich auch große Sorgen um sie.

Nia, die der weisen Frau die Hände hielt und zu ihr die ganze Zeit aufsah, weil sie sich vor sie auf den Boden kniete. Sie sah kurz bei der Frage von Linhart zu ihm und dann in die Richtung, in die er sah.

„Ja, alles bestens, da war nur was." Keiner sagte mehr dazu. Keiner wusste, was er dazu noch sagen sollte.

Runa sah die weise Frau verunsichert an. Nia sah zu ihr, die weise Frau konnte über Nia ihre Augen sehen.

„Du ...", fing die weise Frau mit zitternder Stimme an zu sprechen. „Du bist es ..."

„Wovon redet sie?", fragte Linhart verwirrt. Kilian zuckte mit seinen Schultern. „Keine Ahnung."

Nia, die die Gedanken der weisen Frau selber in ihrem Kopf hatte, konnte sie ihnen mitteilen, was die weise Frau versuchte zu sagen: „Sie ist das Mädchen."

„Welches Mädchen?", fragte Linhart.

„Sei nicht so ungeduldig. Ich sage nur, was sie denkt. Also sei still, hör zu und lass mich weitersprechen." Linhart nickte. Nia sagte es so ernst, dass er schon fasst Angst bekam.

„Ich hatte eine Schwester. Sie war die, die gestorben ist. Der rote Stern, der am Himmel war. Er zeigte mir ihren Tod. Und sie hatte ein Mädchen bei sich. Sie musste fliehen, vor den Schatten. Sie ist das Mädchen."

Nun fragte Runa: „Warum hast du mich weggestoßen? Warum warst du so ... Verängstigt? Was hatte das zu bedeuten?"

Die Frau fiel in sich zusammen. Sie fing an zu zittern. „Du weißt es nicht? Nein, das tust du nicht", fing die Frau nun selber mit zitternder Stimme an zu sagen. Nia löste sich von ihr und hörte wie die anderen, gespannt zu. „Du bist mächtiger, als es zu erwarten ist. Deine Seele ist eine Waage. Sie steht gerade. Aber wenn das Böse kommt, um dich zu holen, deine Macht zu missbrauchen, dann wird die ganze Welt in Angst und Schrecken versetzt werden.

Sie würde untergehen."

Runa lief ein kalter Schauer den Rücken runter, aber nicht nur ihr, auch ihre Gefährten mussten schwer schlucken.

„Du musst vorsichtig sein. Deine Großmeisterin wollte dir noch vieles zeigen. Sie wollte dich schützen. Sie hatte die gleiche Reaktion einst, nicht wahr?" Runa nickte. Ja, sie konnte sich an diesen Tag erinnern.

•••

Es wurde gerade Sommer und die Sonne schien, aber sie war wieder im Wald, durch die Baumkronen vom Licht geschützt. Sie musste wieder viel und hart arbeiten.

Ihr Rücken schmerzte an diesem Tag ganz schrecklich, da hat die Großmeisterin ihre Kraft nutzen wollen, aber als sie ihren Rücken berührte und Kreise zog, stieß sie sie plötzlich zu Boden.

Als Runa ihr erstarrtes Gesicht sah, wagte sie es nicht mehr zu fragen, warum sie das gemacht hatte. Sie selber bekam dadurch einen verängstigten Ausdruck.

Die Großmeisterin sagte nur hart: „Geh!"

Runa rannte schnell weg, bis zum Abend, wo es schon dunkel wurde und die Großmeisterin sie wieder zu sich holte.

●●●

Runa hatte nie erfahren was es damit auf sich hatte. „Sei vorsichtig", das waren auch die Worte, die die Großmeisterin zu ihr sagte, als sie Runa aus dem Gestrüpp holte.

„Hör gut zu", fing die weise Frau von neuem an. Runa setzte sich vor sie. Die Frau deutete Runa ihre Hände in die der weisen Frau zu geben. Sie folgte der Aufforderung auf der Stelle. Ihre Hände waren sehr rau und so kalt, als wäre sie eine Leiche. Ein Strom rauschte in ihr. Es war ein ganz komisches Gefühl. Sie konnte sie sprechen hören, aber nicht mit ihren Ohren, sondern mit ihren Gedanken.

Erst hatte sie nicht einmal mitbekommen, dass die Stimme, die weise Frau war. Die Stimme klang nicht gebrochen oder zittrig noch rau oder alt. Die Stimme klang ganz normal, wenn nicht sogar fast lieblich.

Es dauerte nur einen Bruchteil von Sekunden, da hatte die weise Frau ihre Gedanken schon übertragen. Es ging viel schneller als sprechen. Der Strom in ihr hörte auf. Runa wusste nicht, was sie dazu sagen sollte, weder zu dem Gefühl, das sie dabei hatte, noch zu den Gedanken, die ihr übertragen wurden. Sie stand einfach nur auf und ging nach draußen.

Schnell lief sie die Treppen runter, übersprang dabei sogar ein paar, bis ihr der kalte Wind entgegenschlug. Sie ging schnell zu dem kleinen Bach, der etwas abseits lag. Sie formte ihre Hände zu einer Schale und schöpfte sich somit das Wasser heraus. Sie spritzte es sich ins Gesicht, mit der Hoffnung, dass sie sich dann etwas beruhigen würde.

Alles ging so schnell. Warum kam jetzt alles so schnell?

Sie hatte Angst. Angst vor dem, was auf sie zu kommen und sie erwarten würde. Angst vor sich selber und diesen Kräften, die sie besaß.

Sie wünschte, dass sie sie einfach ablegen könnte, wie ein Kleid, das zu klein wurde oder eine Axt, die es mehr zum Feuerholz brachte, als das Feuerholz selbst.

Sie hörte Schritte, eine Hand legte sich auf ihre Schulter. Die Hand war nicht sonderlich groß, sogar eher recht klein. Runa sah zur Seite. Es war Nia.

„Alles okay bei dir?", fragte sie besorgt. Runa nickte nur. „Alles bestens. Ich bin nur etwas mit allem; mit der ganzen Situation überfordert. Es macht mir Angst. Ich will das alles nicht mehr."

Runas Schultern begannen zu zittern, was Nia natürlich sofort mitbekam. Sie nahm Runa in die Arme, wie Runa es einst bei ihr tat. „Shhh. Es wird alles gut. Mach dir keine Sorgen. Ich bin ja bei dir und ich werde auch immer bei dir sein. Ich werde dich nicht damit alleine lassen und so geht es den anderen sicher auch. Wir werden immer für dich da sein. Und besonders ich. Ich verspreche es dir, dass ich dich niemals alleine lassen werde", versuchte Nia sie zu beruhigen. Sie sah Runa in die Augen, sofort erwiderte Runa ihren Blick mit leichtem Zögern. „Ja?"

Runa nickte und ließ dann ihren Kopf wieder etwas betrübt sinken. Es half ein wenig, besonders Nia ihre beruhigende Stimme, wie die einer Mutter oder eines Engels. Runa wusste es, dass Nia für sie mehr als nur eine Freundin oder Verbündete war und sie konnte spüren, dass es Nia genauso erging.

Die andern beiden kamen auch gerade dazu, als ein entsetzlicher Schrei ertönte und alle erschrocken aufsprangen. Das konnte nichts Gutes bedeuten.

53

Erschrocken blieb sie stehen. Sie hatte einen Schrei gehört. Es war entsetzlich.

Sie versuchte zu Atem zu kommen. Ganze Zeit schon rannte sie hin und her, auf der Suche nach Nia.

„Beeil dich", sagte eine liebliche Stimme erschrocken zu ihr. Sie rannte sofort wieder los.

Was wenn sie nicht rechtzeitig kommen würde? Nein, daran durfte sie nicht denken. Sie würde es schaffen. Ganz sicher. Sie würde es ganz sicher schaffen.

Sie sah die Priesterin.

„Halt", sagte die Priesterin. „Warum rennst du denn hier so rum?", wollte sie von Mara wissen.

„Ich muss ganz, ganz dringend zu Nia", antwortete sie während sie zu schlucken versuchte.

„Ja, aber da musst du doch nicht wie ein gejagtes Tier rumrennen. Reicht doch, wenn du normal läufst."

Mara schüttelte mit ihrem blonden Lockenschopf. „Nein, das geht nicht; dafür ist das zu wichtig." Sie sah sich besorgt um. Ihre Augenbrauen waren bis obenhin angeschlagen. Der Priesterin entging das offensichtlich nicht.

„Jetzt erklär mir doch mal, was los ist."

Mara nickte, meinte aber auch: „Gut, aber während wir suchen. Ich darf wirklich keine Zeit verlieren."

„Na gut, wenn es wirklich so wichtig ist."

Sie liefen beide weiter. Sobald Mara der Priesterin von der Stimme erzählte, fing die Priesterin ernst zu gucken an. Sie wollte eigentlich lachen, aber da musste doch irgendwas dran sein. Besonders, wo nun auch etwas mit Evan nicht stimmte.

„Und weil dir die Stimme das gesagt hat, glaubst du ihr sofort? Kann ja auch nichts bedeuten."

„Nein, das bedeutet definitiv etwas. Ihr wird irgendetwas schreckliches passieren, da bin ich mir ganz sicher. Ich muss das verhindern."

Die Priesterin wollte etwas darauf erwidern, aber da hörten sie beide einen entsetzlichen Schrei.

Sie rannten los, Mara etwas schneller als die Priesterin. Mara rannte voraus, in Angst, dass es Nia sein könnte.

Die Priesterin dachte nur: *Woher weiß sie davon?*

54

Der Prinz hatte das Mädchen die ganze Zeit beobachtet. Sie hatte ihre Gestalt; diesen Jungen zum Führvogel gemacht. Er sollte sie zum gewünschten Ziel bringen, denn das Buch hatte Flecken bekommen, durch die man den richtigen Weg nicht mehr finden konnte -was die Schuld des Prinzen war, da er es in den Schlamm fallen ließ. Sie stand ganz vorne mit ihm. Der Prinz wollte an seiner Stelle stehen. Ja, er stand auch ganz vorne, aber nicht so.

Der Ritt dauerte lange. Zwei ganze Tage sollte es noch so gehen. Eine lange Zeit, in der der Prinz das Mädchen beobachtete. Sie schien es nicht mitzubekommen, aber sie war auch zu sehr mit diesem ... Ding beschäftigt. Zum Schlafen schickte sie ihn an einen Baum, wenn er sich erleichtern musste schickte sie ihn hinter einen Baum, wenn er trinken oder essen musste, warf sie ihm was vor die Füße. Aber es war nie viel. Immer gab sie ihm eine Hand voll und sie hatte nicht besonders große Hände, eher die Größe eines Kindes.

Nun fragte er sich, wie alt sie wohl sein mochte. Sie war recht klein, dünn, zerbrechlich. Vielleicht zwölf? Nein, eher nicht sie hatte schon eine weibliche Statur, soweit er das beurteilen konnte.

Zwanzig? Dazu wäre sie wohl doch zu klein. Er selber war zweiundzwanzig. Er hätte schon längst heiraten sollen, aber sein Vater hatte sich die hübschen Prinzessinnen vorher schon ins Bett geholt, womit er nicht gerade ein erfreuliches Bild hinterließ. Die Könige und deren Töchter hatte er beschämt und verhöhnt. Nun wollte niemand mehr ein Bündnis mit dem König eingehen. Sein Sohn blieb damit Fraulos. Das störte ihn zwar nicht besonders, aber wenn er bald König werden sollte, dann würde er wegen seinem Vater Probleme bekommen. Er wusste das ganz genau. Das gehörte auch zu einem der vielen Gründe, warum er seinen Vater so sehr hasste. Äußerlich tat er zwar so, als würde er seinen Vater respektieren und zu ihm aufsehen, aber innerlich verachtete er ihn so sehr, als wäre er nur ein kleines Insekt auf das er tritt.

Noch wusste er nicht, was mit seinem Vater war, aber es würde ihn sehr erfreuen. Aber in diesem Moment dachte er an etwas ganz anderes.

Sie waren in einem Abschnitt im Wald angekommen, den er noch nie zuvor gesehen hatte. Dabei war er oft im Wald jagen, war mehr im Wald als im Schloss, könnte man sagen.

„Wir sind da", sagte das Mädchen.

Der Prinz sah in ihre Augen. Er glaubte ein Leuchten in ihnen sehen zu können. Er konnte nichts denken, außer, dass sie wunderschön war. Dann zeigte sie auf etwas. Er sah in die Richtung, in die sie ihren dünnen Arm hielt.

Es war ein Reh.

Es sah außergewöhnlich aus. So ein Reh hatte er noch nie zuvor gesehen.

Dann fiel ihm ein, weswegen sie eigentlich da waren. „Ja, aber wo ist jetzt das Mädchen? Du wolltest mich zu ihr führen."

„Sie ist da."

„Wo?"

„Hinter dem Reh. Das Reh hat die Macht etwas zu verstecken. Es wird der Weg nach drinnen sein. Nur haben wir keine guten Absichten. Es würde uns töten."

„Wie das?"

„Es kann sich in eine Bestie verwandeln. Es würde so groß wie ein Baum werden, ein Geweih wie ein Baum seine Äste trägt würde erscheinen und so spitz, dass es dich kaum berühren müsste, um dich zu zerschneiden, seine Zähne würden so eine Kraft besitzen, dass es dich mit einem Biss zermalmen würde, seine Hufe spitz wie die schärfsten Schwerter und es würde dich mit seinem Anblick lähmen."

Dann hatte es also doch keine zwei weiteren Tage gebraucht, um anzukommen. Aber woher hätte der Prinz es auch wissen wollen? Er kannte den Weg immerhin nicht. Aber das war nun auch egal, denn er war vor einem Wesen, das ihn innerhalb von Sekunden umbringen konnte. Bei diesem Gedanken erstarrte der Prinz.

Wie konnte so etwas möglich sein oder gar existieren?

„Wie sollen wir dann durchkommen?", fragte er heiser.

„Durch ihn." Das Mädchen zeigte auf die Gestalt, die sie ganze Zeit bei sich hatte.

„Wie bist du an ihn gekommen?"

„Durch meinen Schatten."

„Dieses Ding, das du erschaffen hast?"

Sie nickte. Dann fiel ihm etwas auf.

„Sagtest du nicht, dass es niemanden rein lassen würde, der schlechte Gedanken hat?"

„Das ist richtig."

„Wie ist er dann reingekommen?"

„Er ist ein Schatten. Er hat weder Gefühle, noch Gedanken. Dadurch konnte er unbemerkt eindringen. Er hatte nur einen Auftrag von mir bekommen. Und jetzt bekommt er noch einen. Mach deine Männer kampfbereit. Jetzt kommt etwas, das man als Hölle auf Erden bezeichnen würde."

55

„Spürst du deine Kräfte?"

„Ich denke schon."

„Emma, bitte konzentrier dich jetzt."

Emma nickte. Sie lag auf dem Bett der Hexe. Die Hexe saß neben ihr auf einem Hocker.

„Schließe deine Augen und konzentrier dich. Denk an ihn. Denke an die Person, die du so sehr hasst. Denke nur an ihn, sonst an nichts. Und sag mir was du siehst." Emma machte, was ihr gesagt wurde. Ihre Hände lagen auf ihrem Bauch, sie selber lag gerade. Sie versuchte sich auf den Prinzen zu konzentrieren. Die Person, die sie so sehr hasste. Dann sah sie verschwommene Bilder.

Der Prinz, er hatte seine Männer bei sich. Alle zogen ihre Schwerter. Emma fing davon an zu erzählen. Sie sprach weiter: „Und ... Da ist ein Mädchen. Sie hat eine wunderschöne Haarfarbe. So rot. Solch ein Mädchen hat mein Verlobter einst mitgebracht, aber das ist nicht sie. Das Mädchen kenne ich nicht. Aber ihre Augen, sie hat so dunkle Augen. Wie schwarzer Sand oder Nebel, vielleicht könnte man sie auch mit einem wütenden Sturm vergleichen. Und da ist ein Reh. Es ist wunderschön. So eins habe ich noch nie gesehen. Und ein Junge ... Nein, kein Junge, eher ein Schatten in Form eines Jungen. Aber vielleicht ist es doch einer ... Ich weiß es nicht. Es erinnert mich an einen Dämon, ganz Furchterregend. Und die

Soldaten, sie haben ihre Schwerter bereit, versteckt zwischen den Bäumen. Das Mädchen sagt irgendwas. Ich weiß aber nicht was; ich kann sie nicht hören."

„Konzentrier dich noch etwas mehr. Versuche ihre Worte aufzunehmen. Versuche es zu verstehen."

Emma zog ihre Augenbrauen noch etwas mehr zusammen. Sie zuckte leicht.

„Sie sagt etwas zu dem Schattenjungen. Sie sagt was und er tut es. Er ... Oh Gott."

Emma sprang auf und rannte nach draußen. Die Hexe humpelte ihr hinterher. Emma erbrach gerade das bisschen Brot, welches sie in der Frühe gegessen hatte.

„Was hast du gesehen? Was hat sie gesagt? Was ist denn passiert?", fragte die Hexe außer Atem. Sie verstand diese Reaktion nicht; konnte sie nicht richtig nachvollziehen.

Emma drehte sich zu ihr um. Tränen liefen ihr Gesicht hinunter. Sie schluchzte, als sie sprach: „Es hat so schrecklich geschrien. Ganz laut und unnatürlich. So etwas entsetzliches habe ich noch nie gehört. Und dieses Bild, der Anblick des Tieres ... Es war so schrecklich." Sie weinte ganz schlimm. Die Hexe nahm sie behutsam in ihre zitternden, alten Arme. „Ganz ruhig, ganz ruhig, Emma. Es wird alles wieder gut. Shhh, beruhige dich wieder."

Emma schüttelte ihren Kopf. „Ich kann mich nicht beruhigen, denn jetzt wird es erst richtig schlimm."

56

Das Reh schrie entsetzlich. Er zerfleischte es lebendig. Sogar ein paar der Männer mussten kotzen.

„Wieso verteidigt es sich nicht?", fragte der Prinz. Er starrte das Geschehen an, ohne es zu wagen auch nur einen Muskel zu bewegen.

„Er gehört zu seinen Schützlingen. Es würde ihnen niemals etwas antun."

Das Geschrei des Tieres war so schrecklich, dass sich alle die Ohren zu hielten. Ein paar sahen sogar weg, weil sie den Anblick nicht ertragen konnten.

Das Reh drehte und wälzte sich, versuchte aus der Situation zu fliehen, aber er riss es weiter. Er war schon Blutüberströmt, so wie der ganze Waldboden. Die Erde saugte es schon in sich auf und wurde matschig. Der Glanz in den Augen des Rehes verblasste immer mehr und sie färbten sich grau. Blut strömte aus dem Maul, die Zunge hing raus. Es zuckte kaum noch, aber er zerriss es trotzdem weiter, bis alle Innereien raushingen. Man konnte das Herz pumpen sehen. Dann nahm er es sich und biss rein. Blut spritzte.

Das Mädchen sah mit finsteren Augen zu. Der Prinz erbrach und der Rest der Männer, der noch zusah, fielen schockiert zu Boden. Alle hatten ihre Schwerter schon lange fallen gelassen. Es war ein grausamer Anblick.

Es war tot.

Eine seltsame Substanz stieg nach oben, so wie das Blut. Eine Art zweites Reh entstand. Ein dämonischer Schrei stieg aus dem Gebilde. Es sah aus, als würde es sich umschauen. Als es das Mädchen erblickte, schoss es auf sie los, mit einem Ohrenbetäubenden Schrei. Sie jedoch hob nur ihre Hand.

„Du hast dich von mir abgewendet. Ihr habt mir die Macht gegeben und gezeigt. Du kannst nicht gegen mich ankommen. Ich werde dich vernichten."

Ein schwarzer Schatten umhüllte den Geist. Er wurde immer kleiner und kleiner, das Geschrei des Geistes war entsetzlich. Bald war es nur noch eine kleine Kugel. Ein grüner Strahl erschien und blendete alle. Der Junge schien kurz er selbst zu sein, sobald der Strahl weg war, wurden seine Augen jedoch wieder so leblos, wie am Anfang. Das Mädchen hielt sich kurz einen Arm schützend vor ihre Augen, sobald sie ihn wieder runternahm, sah sie sehr verärgert aus.

„So eine Kuhscheiße", sagte sie und sah sich um, doch der Geist war schon verschwunden.

Ein riesiger Baum erschien und Stimmen und andere Geräusche kamen zum Vorschein.

„Was ist das?", fragte der Prinz und starrte den riesigen Baum an. So etwas hatte er ebenfalls noch nie gesehen.

„Das ist der Weltenbaum, manche nennen ihn aber auch den Lebensbaum", sagte das Mädchen, ihren finsteren Ausdruck hatte sie dabei aber nicht verloren. „Mach deine Männer startklar, sie sehen nicht gerade standfest aus."

Der Prinz sah zu seinen Männern, die meisten hatten kaum Farbe im Gesicht. „Na los, steht auf. Ihr habt genug rumgesessen", sagte der Prinz zu seinen Männern, wobei ihm selber der Magen noch übel zu richtete.

„Euer ...", fing einer der Männer an, stoppte aber schon am Anfang des Satzes. Ihm war zu übel zum Reden und sobald er versuchte aufzustehen, zitterten ihm die Beine so sehr, dass er auf der Stelle wieder zusammenbrach. Das Mädchen bekam alles mit und war nicht sehr erfreut darüber.

Sie ging zu einen der Männer und packte ihn an der Kehle. Er sah sie schockiert an, wollte nach ihrer zarten Hand greifen und sie von sich los reisen, aber sie hatte solch eine immense Kraft, dass nicht mal er was gegen sie ausrichten konnte. Sie drückte ihn gegen einen Baum, der hinter dem Mann stand, und drückte ihn immer weiter hoch, bis nicht mal mehr seine Fußspitzen den Boden berührten. Wie das möglich sein konnte, wo sie doch viel kleiner als er war, konnte er sich nicht erklären -außer einer ihrer Schatten half nach. Sie drückte seine Kehle stärker zu, die Umstehenden konnten nur zuschauen. Viel zu großen Angst hatten sie, was das Mädchen mit ihnen selber machen könnte.

Sie sah sich um. „Seht gut zu", sagte sie „Mit euch könnte dasselbe geschehen, wenn ihr nicht das tut, was ich euch sage. Und ihr werdet tun, was ich euch sage. Denn eins müsst ihr wissen oder wohl besser gesagt: Ihr wisst etwas und zwar, dass man nicht mit mir Witze macht. Seht gut zu, was ich mit ihm mache."

Sie drückte weiter zu. Sein Gesicht wurde ganz rot und er versuchte nach Luft zu schnappen. Sie sah ihn an, mit einem eindringlichen Blick, und sagte: „Steh auf und kämpfe. Oder ich sorge dafür, dass dir dein kleines Gehirn, deinen dicken Schädel aufplatzen lässt. Und dann wird es an allen Stämmen der umstehenden Bäume kleben und dein Blut ihre Wurzeln tränken. Den Rest von dir werden sich die Tiere holen und dich bis zum letzten Stück zerreißen. Hast du das verstanden?" Der Mann versuchte zu nicken und brachte angestrengt ein paar brüchige Worte zu Stande: „Ja ... ja, ... habe ickch ..." Sie drückte ihn noch etwas höher und seinen Hals ein Stück weiter zusammen, um dem ganzen nochmal Nachdruck zu verleihen und ließ ihn dann los, so dass er wie ein Sack Kartoffeln zu

Boden fiel.

Er fasste an seine Brust und holte schnappend nach Luft, dann immer mit kräftigeren Luftzügen, bis er sich etwas beruhigt hatte. Er griff nach dem Stamm, gegen den er bis eben noch gedrückt wurde und stand mit zitternden Beinen auf.

Die anderen waren auch schnell auf den Beinen, versuchten aber auch nach Halt zu suchen. Alle tranken schnell einen Schluck, in der Hoffnung, dass es ihnen dann besser gehen würde, aber so war es nicht.

Das Mädchen sah alle an. Sie zitterten, ob nun wegen dem Schock oder wegen der Angst dem Mädchen gegenüber.

„Geht doch", sagte sie grinsend, aber nicht auf die freundliche Art. Sie lief los und alle folgten ihr. Der Prinz an ihrer Seite.

Er dachte, dass er schrecklich war, aber als er sie so sah, dachte er, dass er noch nie jemand so grausames gesehen hatte.

Sie grinste finster und sagte im selben Ton: „Nehmt eure Schwerter in die Hand, jetzt wird es für euch gefährlich."

57

Die Priesterin rannte schneller, denn sie merkte, dass irgendwas nicht stimmte. Mara sah schockiert aus. Das Geschrei verängstigte sie.

Dann kam ein letzter schrecklicher Schrei. Die Priesterin blieb plötzlich stehen. Ein stechender Schmerz durchfuhr ihren Körper. Sie gab schmerzende Geräusche von sich und fiel zu Boden. Sie griff an ihre Brust, da, wo ihr Herz lag.

„Alles okay?", fragte Mara und warf sich neben sie auf den Boden.

Die Priesterin versuchte aufzusehen, schaffte es aber nicht ganz.

„Mein Seelentier ...", fing sie mit schwerem Atmen an zu sagen. Das Sprechen strengte sie an.

„Ganz ruhig", versuchte Mara sie zu beruhigen. „Es wird doch alles wieder gut."

„Nein! Nichts wird gut. Ich verstehe jetzt, was diese Stimme dir sagen wollte. Wir sind alle in Gefahr. Mein Seelentier, es hat mir etwas übermittelt, bevor es starb. Da sind Männer und ein Mädchen. Ich kenne die Männer zwar nicht, aber das Mädchen. Ich kenne sie sogar sehr gut. Und sie wird Unheil über uns bringen." Die Priesterin sprach sehr angestrengt. Sie versuchte aufzustehen, aber das gelang ihr nicht so gut.

„Was ist denn mit dir?", fragte Mara nun wirklich ganz besorgt. Sie verstand nicht, was die Priesterin ihr da gerade mitteilte. Mara machte sich einfach nur Sorgen um sie.

„Das ist normal. Die Bindung zwischen mir und meinem Seelentier wurde durchtrennt, als seine Seele den Körper verlassen hatte; als es starb, war es nicht mehr mein Seelentier. Es ist jetzt nur noch ein Geist, auf der Suche, nach etwas Neuem. Ich habe kein Seelentier mehr. Ich leide seine Schmerzen. Ich leide meinen Verlust. Verstehst du das? Verstehst du die Qualen, die ich gerade durchlebe?"

Mara nickte, schüttelte dann aber doch den Kopf. „Ich kann es mir nur vorstellen. Ist es wie, als ich meine Mutter verlor?"

Die Priesterin schüttelte angestrengt ihren Kopf. „Nein ... Du musstest ihre Schmerzen nicht durchleben. Du musstest nur durch deinen eigenen Schmerz; deinen Verlust. Ich muss durch meinen und seinen Schmerz. Es ist kaum zu ertragen. Ich fühle mich, als würde ich sterben. Vielleicht tue ich das gerade sogar. Vielleicht musste es zu sehr leiden. Dann würde ich die Qualen auch nicht überleben. Aber achte jetzt besser nicht auf mich. Lauf und such die anderen! Los! Warne sie! Alle! Wir sind in großer Gefahr."

Mara zögerte kurz, ließ dann jedoch die Priesterin los und rannte so schnell sie konnte. Wenn jetzt sogar die Priesterin so was sagte, dann konnte es wirklich nicht gut um sie stehen.

Mara liefen die Tränen über die rosigen Wangen. Sie rannte so schnell sie konnte. Ihr Herz raste und ihre Angst wuchs.

Hoffentlich würde sie es noch rechtzeitig schaffen.

Die Priesterin sah ihr mit zusammen gezogenen Augenbrauen hinterher. Sorge machte sich in ihr breit. In diesem Zustand, konnte sie niemanden beschützen. Sie war die Stärkste von allen, aber trotzdem würde sie niemanden beschützen können. Sie hoffte, dass es Mara schaffen würde, aber ihre Zweifel wuchsen mit jeder Sekunde, die sie Mara noch sah, und die Hoffnung starb mehr und mehr. Sie war sich sicher, dass sie selber sterben würde. Nur wollte sie, dass es wenigstens die anderen schaffen würden, zu überleben.

„Bitte", flüsterte sie. „Bitte, beschützt Mara und alle anderen."

58

Runa sah sich um. Raben und Krähen flogen und schrien laut herum.

„Was ein entsetzliches Geräusch war das?", fragte Nia. Keiner hatte so etwas je vorher gehört. „Und dann auch noch so lange."

Runa lief los, immer schneller bis sie rannte. Die anderen folgten ihr eilig.

Wie schrecklich das doch war. Es traf eins aufs andere. Und niemand konnte etwas dagegen tun, denn irgendwer war immer dafür verantwortlich.

Runa kamen Bilden ins Gedächtnis.

● ● ●

Sie war noch klein, sogar sehr klein. Sie war noch nicht bei der Großmeisterin gewesen, sie kannte sie da noch nicht. Sie war in einem Dorf. Sie musste fünf oder so gewesen sein, wohl noch etwas jünger. Ein Junge hatte sie wegen ihrer Haare geärgert. Keins der Kinder durfte mit ihr spielen. Sie sah anders aus. Sie wurde anders behandelt. Ein verhasstes Mädchen. Verhasst, wegen ihrer Feuerroten Haare.

„Hexe."

„Dämon."

„Unglücksbringerin."

Sie hatte Angst.

Ihre Mutter sah alt aus. Wie ein altes Weib. Sie sah aus, als wäre sie nicht ihre Mutter, sondern ihre Ururoma. Und dann starb sie eines Tages.

„Feuerlöckchen, komm doch bitte her, ganz nah zu mir", sagte ihre Mutter. Die Stimme von ihr war ganz klar in ihren Gedanken, das Bild von ihr war aber verschwommen. Sie hatte eine so liebe und sanfte Stimme. Sie hörte sich auch gar nicht alt an.

„Feuerlöckchen, du musst dich jetzt um dich selber kümmern. Ich werde sterben. Bitte pass auf dich auf, es gibt Menschen, die deine Kraft kennen. Sie werden dich jagen."

„Meine Kraft?"

„Ja. Es tut mir leid, dass ich dich nicht lehren konnte. Ich habe kaum noch welche. Du wirst deine in ein paar Jahren auch bemerken. Du bist nämlich eine Blutzauberin. Eins noch: Ich liebe dich."

„Ich dich auch."

„Ich weiß." Ihre Mutter strich über ihren Kopf, die kleinen Wangen entlang, bis sie keine Kraft mehr hatte und den Arm fallen ließ, ihren letzten Atemzug damit beendete.

In Runa hatte etwas gekribbelt. Ein seltsames Gefühl. Ihre Mutter hatte ihre letzten farbigen Stellen im Haar verloren, während sie ihre Hand auf Runa legte, während Runa dieses komische Gefühl bekam. Wie kalt die Hand ihrer Mutter auf einmal wurde, wie sie sich nicht mehr regte.

●●●

Welch eine Erinnerung, welch ein Gefühl. Ihr wurde schlecht. Wie sie sich damals hatte durchs Leben kämpfen müssen. Wie viel sie gelitten hat. Und dann war da noch etwas. Eine weitere Erinnerung.

● ● ●

„Runa. Runa!" Runa blieb stehen und sah nach hinten. Nia stand da, ihr Gesicht war voller Sorge. „Was war das?", fragte sie leise.

Runa schüttelte ihren Kopf. „Ich weiß es nicht. Wir sollten aber nachsehen", sagte sie mit fester Stimme.

Kilian, der bis eben noch schockiert geguckt hatte, sah nun ernst aus, schloss seine Hände zu Fäusten, lief an den anderen vorbei und sagte: „Na dann mal los, wir sollten keine Zeit verlieren."

Ein Schatten flog durch die Bande. Oder war es vielleicht doch nur Rauch? Aber es war weiß, schon beinahe durchsichtig. Ein Schrei ertönte wieder. „Das war Mara", sagte Nia schockiert. Sie rannten schnell weiter.

Stimmen drangen langsam zu ihnen durch, aber es waren keine freundlichen. Sie brüllten etwas und plötzlich rannten überall Männer umher. Sie liefen zu den Menschen und zerrten Frauen und Kinder aus den zusammengeschusterten Häusern. Überall riefen Leuten. Kinder weinten, Männer und Frauen versuchten gegen die eindringenden Männer zu kämpfen. Auch die Jugendlichen kämpften und halfen den Verletzten, Kindern und Schwächeren. Viele von ihnen flohen in den Wald, versuchten sich zu verstecken und unterzutauchen.

In den Pfützen mischte sich der Dreck mit dem Wasser. Menschen fielen tot zu Boden und ihr Blut floss ebenfalls in das dreckige, schlammige Wasser. Die Toten stapelten sich.

Trotz der Kräfte, die die Rothaarigen hatten, schaffte es kaum einer die Männer zu treffen. Die große Schwachstelle von ihnen war nämlich, dass sie die Menschen anfassen mussten, um Macht über ihren Körper zu besitzen.

Es herrschte pures Chaos. Runa rief nach Mara, denn sie hatte Angst, dass dem kleinen Mädchen etwas passiert sein könnte. Nia sah sich hektisch um, in der Hoffnung, den kleinen blond Schopf zu entdecken, aber vergebens. Stattdessen hatten nun ein paar Männer ihre Aufmerksamkeit erhascht.

Einer fing auf eine widerliche Art an zu grinsen. Er hatte einen Bart, leicht gelockte dunkle Haare und gelbe Zähne. Er war bestimmt schon etwas älter.

„Hey, Jonas!", rief er einem anderen zu. „Hast du mal ne rothaarige Hure gehabt?" Der andere sah erst ihn und dann Nia und Runa an.

„Nee, noch nicht. Hatte vorher noch nie eine gesehen. Aber scheint was ganz Besonderes zu sein. Mal gucken, wie die sich so anfühlt", fing der Blonde an zu lachen. Er hatte einen kratzig aussehenden Bart.

In Nia zog sich alles zusammen. Der bloße Gedanke, dass so einer sie anfassen würde, ekelte sie zu tiefst. Sie legte schützend ihre Arme vor ihre Brüste und wandte sich von den beiden Männern ab, ließ sie aber nicht aus den Augen.

Runa entging das nicht, weswegen die schützend einen Arm vor Nia hielt. Runa sah die Männer finster an. An sie würde keiner rankommen, dafür würde Runa schon sorgen.

Linhart stellte sich schnell mit Kilian zu den beiden - da sie recht schnell mitbekommen hatten, was los war und Kilian unglaublich sauer wurde, als was seine Schwester angesehen wurde - ließen nur leider dadurch ihre Rückseite unbedeckt.

Sie waren alle zu konzentriert auf die beiden Männer vor ihnen, dass sie die hinter ihnen nicht bemerkten. Als sie es bemerkten, war es schon zu spät.

59

Sie waren da. Ihr Schutztier; das Seelentier der Priesterin, es war tot. Jetzt gab es kein Zurück mehr. Alle schwebten in Gefahr und ein großer Kampf hatte begonnen. Wie viele von ihnen würden es wohl überleben? Es gab kaum noch welche von ihnen. Ob sie nun ganz ausgerottet werden würden? Nein, wohl kaum. Es würden genug fliehen können. Aber jetzt würde Runa, Nias Schicksal verstehen, so wie die anderen.

Sie alle würden verstehen, was sie gemeint hatte.

Die Seherin, sie war noch immer auf der Wiese. Keiner wusste was mit ihr war. Sie sah über ihr Seelentier, was in dem Wald für ein Massaker herrschte. Die Schreie, das Blut, die Leichen. Leichen ihrer Leute, aber sie fühlte kaum etwas. Schmerz, Mitleid, Trauer, nichts dergleichen konnte sie spüren. Bedauern, das lag in ihr. Sie empfand ein solches Bedauern, denn sie wusste schon so lange, was da auf sie zukam, aber konnte es nicht sagen. Sie konnte es niemandem sagen, nur in Rätseln, denn die Götter wollten es so. Niemand sollte sein eigenes Schicksal erfahren, bevor es so weit war. Die Götter wollten jedem dieselbe Chance geben, weswegen es niemand anders wissen sollte.

Sie sah einen Mann mit einem Bogen. Er deutete gerade einem

anderen mit seinem Finger auf ihr Seelentier.

Was hatte er vor? Die Götter hielten sich an ihre eigenen Regeln, weswegen ihr eigenes Schicksal nie preisgegeben wurde.

Er lachte, wie der andere nun auch.

Er spannte den Bogen und ...

Sie fiel zu Boden. Ein stechender Schmerz machte sich in ihrer Brust breit. Sie konnte nichts mehr sehen, alles um sie wurde schwarz. Sie fühlte sich, als würde sie sterben. Sie bekam kaum noch Luft.

Er hat ihn erschossen. Sie hatte jetzt keine Verbindung mehr zu ihm. Er war tot. Sein Schmerz war ihr Schmerz.

Sie schrie entsetzlich. Tränen liefen ihre Wangen runter.

Ein entsetzliches Gefühl machte sich in ihr breit. Ohne ihn fühlte sie sich hilflos. Ihre Augen wurden ihr genommen. Sie war nun endgültig erblindet.

Sie zog am wehenden Gras und versuchte hochzukommen. Sie tastete nach einem Baum, an dem sie sich abstützte.

Ihr Gehör war unglaublich verstärkt. Schweißtropfen liefen ihr Gesicht hinunter. Die Geräusche der Schlacht drangen an ihre Ohren. Die Geräusche würden sie leiten.

Es waren ein paar hundert Meter, aber sie würde es auch so blind, wie sie war, irgendwie schaffen. Sie würde Rache nehmen, für das, was ihrem Seelentier - und somit auch ihr - angetan wurde.

60

Linhart wurde an beiden Armen gepackt. Zwei Männer hielten ihn fest. Die beiden von vorne waren nun auch vor ihnen. Kilian wollte sich auf die beiden vor ihnen stürzen, wurde aber zu Boden geworfen. Einer drückte sein Gesicht zu Boden in dem er sich mit seinem Fuß auf es stellte. Er lachte. Zwei andere hielten seine Arme fixiert. Er versuchte los zu kommen, schnaubte und brüllte, aber nichts half.

„Vorsicht bei den Roten, die sind gefährlich", lachte einer der Männer.

Nia sah schockiert zu ihrem Bruder. Die Wut in seinem Gesicht konnte man regelrecht an der eigenen Haut spüren. Runa wollte zu ihm und ihm helfen, ließ dabei aber von Nia ab. Ein kurzer Schrei von ihr und Runa drehte sich sofort wieder in ihre Richtung.

Es war der Prinz. „Hallo, Liebling", sagte er grinsend zu Runa. Sie sah ihn finster an.

„Was willst du?", fragte sie ihn.

„Warum denn so böse? Ich bin doch nur hier, um dich abzuholen. Da hat man dich einfach entführt, bevor wir heiraten konnten. Bevor wir uns ein Bett teilen konnten."

„Du ekelhafter Schweinehund!", brüllte Kilian. Seine Wut wurde immer größer. Linhart ging es nicht anders, denn sein Gesicht wurde nun ebenfalls finster, so sehr, dass man sich fragte, ob nun Tag oder Nacht war.

Runa allerdings hatte es am schlimmsten getroffen.

Sie hatte Jahre lang alleine mit der Großmeisterin im Wald gelebt. Keiner hatte solche Sachen je zu ihr gesagt oder versucht zu machen. Er war für sie ein Monster. Die Großmeisterin hatte sie vor solchen Kerlen gewarnt. Sie würde die Warnungen nicht einfach vergessen.

Er zückte ein Messer und hielt es unter Nias Kehle. Ihre Augen wurden größer. Er zog ihre Haare nach hinten und sie ließ ein Schmerzhaftes Geräusch aus ihrer Kehle entweichen. Er setzte die Klinge noch etwas fester an ihren Hals, dass sie leicht zu winseln anfing. Es war ein schrecklicher Anblick. Die Angst in Nia ihren Augen. Sie konnte nichts gegen ihn ausrichten.

„Lass-Sie-Los!", kam es ernst von Runa, aber der Prinz lachte nur. Runa ging einen Schritt auf sie zu, aber alle Männer und der Prinz reagierten ebenfalls.

Linhart und Kilian schrien kurz auf, denn beide hatten einen Schlag abbekommen, Nia machte erneut ein verängstigtes Geräusch, da der Prinz ihr die Klinge noch mehr an ihren dünnen Hals drückte.

„Je näher du kommst, umso näher kommt die Klinge ihrem Hals."

Runa sah ihn finster an.

Dieser Arsch.

„Lass sie los. Bitte."

„Du klingst ja auf einmal so Wehklagend. Na gut. Ich lasse sie gehen und du kommst dafür mit mir mit. Wir werden heiraten und du wirst mir einen Erben gebären. Du wirst dich nie wieder widersetzen. Du wirst die gehorsame Frau, die du sein sollst. Du wirst nie mehr etwas mit diesen Leuten hier zu tun haben. Sollte es doch dazu kommen, dann werde ich dich zusehen lassen, wie allen nach einer langen Folter der Kopf abgeschlagen wird. Hast du das alles verstanden?"

Runa schluckte, wegen dem, was der Prinz da von sich gab.

Aber wenn das der einzige Weg war.

„Na gut, ich mache es. Ich werde dir ohne Widerworte folgen", sagte sie und senkte ihren Kopf. Sie biss sich auf ihre Lippe und ballte ihre Hände zu Fäusten. Das konnte doch einfach nicht wahr sein. Sie hatten so hart gekämpft. Sollte das alles jetzt umsonst gewesen sein?

„Runa, was soll das?", fragte Kilian.

„Halt deine Klappe, Bursche!", sagte einer der Männer und trat ihm in sein Gesicht. Blut lief aus seiner Nase und seine Sicht war eine kurze Zeit etwas benebelt. Der Schwindel überkam ihm einfach, dass er erstmal nichts mehr sagen konnte, doch schnell fing er sich wieder und sah böse zu dem Mann hinauf. Er schnaubte und wenn er nicht so fest in der Mangel dieser Männer gewesen wäre, dann hätte er diesen Kerl sofort getötet, auf eine langsame und qualvolle Art und Weise.

Nia rief kurz nach ihrem Bruder, wurde aber sofort davon abgehalten es weiter zu tun. Runa sah ebenfalls schockiert zu ihm, drehte sich aber sofort wieder zu Nia um.

„Runa?", fing Nia zitternd an zu sprechen.

„Ja?"

„Du warst für mich immer eine gute Freundin, in der kurzen Zeit, in der wir uns kannten. Ich fand es toll mit dir, danke. Ich habe dich wirklich liebgewonnen. Pass bitte gut auf unsere Kinder auf."

Runa sah misstrauisch zu ihr. „Nia, was willst du damit sagen?", fragte Runa vorsichtig.

„Ich lasse nicht zu, dass du dich für mich opferst." Nia lächelte, der Prinz sah verwirrt zu ihr runter. Kilian, Linhart und Runa sahen zu Nia, fragend und unsicher.

„Es tut mir leid", waren Nias letzte Worte, bevor sie ihre Hände fest um den Arm vom Prinzen schloss. Sie trat auf seinen Fuß, dass er kurz aufschreckte und den Griff um das Messer lockerließ. Sie biss in seinen Arm und befreite sich.

Erst hatten alle einen freudigen Blick in ihren Augen, aber sofort wandelten sich ihre Blicke in einen Schock.

Der Prinz rammte ihr beim wegrennen das Messer in den Rücken.

Von ihrer Freude war nichts mehr zu sehen. Es lag ein schockierter Ausdruck auf Nia ihrem Gesicht, in den Augen spiegelte sich ihr Wissen, dass sie bald sterben würde. Für sie war alles zu spät.

„Diese verdammte Hure!", schrie der Prinz und sah sich die Stelle an, an der er gebissen wurde.

„Nein!", schrie Runa, während ihr Tränen in die Augen schossen.

Nia fiel krachend zu Boden. Ein erdrückendes Gefühl machte sich bei ihren Kameraden breit. Kilian schrie nach seiner Schwester. Linhart war zu geschockt um etwas zu sagen.

Um Runa drehte sich alles. Für sie fühlte es sich an, als hätte man ihre eigene Kehle durchgeschnitten. Sie lief langsam vor und zurück, sah um sich rum, nahm aber nichts wahr. Ihr Herz raste, Bilder drangen in ihren Kopf, wie sie und Nia zusammen lachten, sprachen, schliefen, aßen, sich um die Kinder kümmerten. Ihr Kopf fühlte sich an wie Feuer, ihr ganzer Körper pulsiert, eine riesige Wut machte sich in ihr breit. Und da geschah es.

Sie ließ einen lauten Schrei von sich und breitete dabei ihre Arme nach hinten aus. Es war ein entsetzlicher Schrei, der voller Emotionen war. Es kamen platzende Geräusche und als sie ihre Augen öffnete, war eine rote Wolke um sie herum verbreitet. Sie sah nichts, nur die Wolke. Ihr Körper fühlte sich klebrig an und als sie an sich herabsah, bemerkte sie, dass sich der Wolkenschleier auf ihr absetzte.

Es war nass und klebrig.

Blut.

Wo kam das Blut her?

„Kilian? Linhart!"
Keine Antwort.
Sie war dabei zu verzweifeln.
Was war hier gerade los?

61

Sie rannte zu einem Baum, konnte ihre Stimmen schon hören. Es war Nia ihre Stimme, aber was sagte sie? Sie verstand nicht genau, was sie sagte.

Nur noch ein Stück und Mara würde sie sehen können. Mara rannte schnell zu einem kleinen Baum, der an einem kleinen Abhang stand. Sie lehnte sich an ihn, lächelnd, dass sie sie gefunden hatte. Sie sah Nia und die anderen, Männer, die sie festhielten und umzingelten.

Nia rannte gerade von einem brüllenden Jungen los. Lächelte kurz, so wie die anderen, die glücklich darüber waren.

Dann zuckte Mara zusammen. Ein Schock breitete sich in ihr aus.

Nia fiel mit einem Messer im Rücken zu Boden, der sich sofort rot färbte.

Den Schock bei den anderen bemerkte sie kaum, zu sehr war sie mit ihrem eigenen beschäftigt.

Dann hörte sie aber einen entsetzlichen Schrei und fiel aus ihrer Starre. Sie nahm das Geschehen wieder wahr.

Mara sah Runa, sie hatte geschrien und dann ...

Ein schwarzer Schatten, der den Jungen umhüllte, der Nia getötet hatte. Er verschwand, während die anderen Männer zerplatzen und ihr Blut in die Luft wie ein Nebel stieg. Alles wurde rot und nach einer kurzen Zeit, fing Runa an zu rufen.

Mara rannte runter.

Der Blutnebel lichtete sich langsam. Runa kam suchend und verzweifelt raus. Sie war voller Blut.

„Runa!", rief Mara nach ihr. Runa sah reflexartig zu ihr. Sie rannten aufeinander los.

„Wo sind Linhart und Kilian?", fragte sie mit Sorge in ihrer Stimme.

Runa antwortete leise und verzweifelt: „Ich weiß es nicht."

62

Sobald sie eingedrungen waren, flog das Mädchen, mit einem ihrer erschaffenen Schatten, davon. Sie sah sich suchend um und erhaschte dann die Spitze des großen Baums.

„Der Lebensbaum", flüsterte sie zu sich selbst. Sie ließ ihren Schatten über die Spitze fliegen und sprang dann auf den Baum runter.

Da war sie. Da war die Frau, nach der das Mädchen so lange gesucht hatte. Die Frau, bei der sie Rache geschworen hatte.

„Hast du auf mich gewartet?", fragte sie die weise Frau mit finsterer Miene.

„Hallo, Nathaira", kam es schwach von der weisen Frau.

„Hör auf mich so zu nennen! Ich bin keine Schlange!", schrie das Schattenmädchen.

„Doch. Du hast Unheil über uns gebracht. Du bist eine hinterlistige Schlange."

„Ich habe nie Unheil über euch gebracht! Ihr habt Unheil über mich gebracht! Ich musste wegen euch leiden! Ihr alle habt doch gar keine Ahnung, wie schrecklich das alles für mich war. Die ganzen Erniedrigungen, Misshandlungen und auch Vergewaltigung! Es war schrecklich. Ihr habt mich zu Deirdre gemacht, aber so will ich nicht sein. Ich bin jetzt Ciara. Ihr könnt nichts mehr gegen mich ausrichten! Ich bin die kleine Schwarze! Ich bin Dunkelheit und Schatten. Ihr werdet alle von mir vernichtet werden. Ihr alle, die ihr mir Leid zugefügt habt und behauptet, dass ich Unheil über euch gebracht hätte. Wegen euch wurde ich von meiner eigenen Mutter verstoßen! Ich werde euch das niemals verzeihen!"

Um sie wurde alles dunkel. Ein tiefes Schwarz legte sich über sie. Ciara zitterte. Sie hatte Tränen in den Augen.

„Ich werde euch das niemals verzeihen!"

Die Schwärze schoss auf die weise Frau zu. Sie versuchte noch sich zu schützen, aber es half ihr nicht. Sie wurde sofort von Schatten durchbohrt. Reglos lehnte sie an ihren Stuhl. Blut strömte den Stuhl runter und hinterließ eine große Blutlache.

Ciara lächelte zufrieden. Der schockierte Blick, der noch immer auf dem Gesicht der toten Frau lag, machte sie glücklich. Es war, als würde eine große Last von ihr fallen.

Doch dann nahm sie etwas wahr. Eine immense Kraft. Und dann war da noch ... Der Prinz war in Gefahr!

Sofort erschuf sie sich Flügel aus Schatten und schoss in die Luft. Sie sah was geschah. Das Mädchen, sie war unglaublich mächtig. So etwas hatte Ciara nur einmal erlebt. Aber diese Person musste doch eigentlich tot sein.

Nein, sie war es. Sie war das Mädchen, das *sie* suchte.

Aber zuerst musste sie sich um den Prinzen kümmern.

Schnell schloss sie ihn in ihre Flügel ein und flog mit ihm davon. An einen sicheren Ort, an dem niemand sie finden würde.

63

Er rannte schneller. Etwas war geschehen. Er spürte es. Ein schreckliches Gefühl.

Das Mädchen gehörte zu ihm. Er spürte den Schmerz in ihr. Diese Trauer, diese Panik. Etwas ließ ihn die Gedanken daran aber verlieren.

Er sah etwas in seiner Nähe vorbeirennen. Es war seine Schwester. Schwarz. Tief schwarz, wie eine Nacht ohne Mond und Sterne. Ein solch dunkles Schwarz konnte man nirgendwo finden, außer bei ihr und der Nacht.

Was machte sie an diesem Ort? Sie rannten in dieselbe Richtung, aber da bog sie auch schon in eine andere Richtung. Ob sie auch zu ihrem Seelenmensch wollte? Es war für alle an der Zeit, also musste es so sein. Was sollte es denn sonst sein? Nur aus diesem Grund hatten sie sich doch getrennt.

Er konnte sich nicht weiter Gedanken um sie machen. Er musste zu seinem Mädchen. Er musste sie unterstützen.

Bald würde er sie erreichen.

64

Sie schrie etwas lauter.

Keine Antwort.

Hatte sie die beiden etwa auch umgebracht? Aber da lichtete sich der Nebel und die beiden liefen benommen umher. Runa rannte mit Mara auf die beiden los.

„Alles in Ordnung?", fragte Runa die beiden. Sie sahen zu ihr, unsicher ob sie lächeln, weinen oder schreien sollten.

„Runa-", fing Kilian an, aber brach im Satz ab. Er wusste nicht, was er sagen sollte.

„Was hast du getan?", fragte nun Linhart.

„Was meinst du?", fragte sie unsicher.

„Die ganzen Männer ... Du hast ..." Er wusste nicht genau, wie er es beschreiben sollte. „Du hast sie umgebracht." Kilian überlegte. Es konnte doch gar nicht möglich sein. Jeder Blutzauberer musste sein Opfer berühren, um einen Schaden oder eine Heilung auszurichten. Wie hatte sie es ohne eine Berührung geschafft und dann noch bei so vielen?

„Wie hast du das gemacht?", fragte Kilian. Sie schüttelte nur ihren Kopf und sah betrübt zur Seit.

„Ich weiß es nicht", flüsterte sie eher, als normal zu antworten.

„Können wir uns zuerst um Nia kümmern?", kam es nun auch von Mara. Sie hatte schon die ganze Zeit verstört auf den leblosen Körper gestarrt. Die anderen sahen nun auch zu ihr. Ihre Haare waren in ihrem eigenen Blut getränkt. Als sie zu ihr liefen war ein leises Husten zu hören. Runa rannte sofort auf sie los. Sie drehte sie um. Sie flüsterte etwas.

„Bitte, vergiss mich nicht. Kümmere dich um die Kleinen. Ich liebe euch." Dann kam nichts mehr.

Runa versuchte sie noch schnell zu heilen, aber zu spät. Sie brach in Tränen aus. Kilian lief zu einem Baum und schlug dagegen.

Was würde Evan sagen? Würde er überhaupt je wieder zu ihnen zurückkehren?

Linhart starrte nur auf Runa runter, die Nia feste an sich drückte. Mara hatte sich kurz darauf neben sie gesetzt.

„Lass sie uns begraben", sagte sie sanft. Mara weinte nicht. Sie war ganz still und strich nur vorsichtig über Nia ihr Gesicht.

● ● ●

„Aber warum hat sie ihn nicht umgebracht? Sie hatte ihn doch berührt!", kam es aufgebracht von Linhart.

Runa saß mit Mara vor dem Grab. Sie hatten ein paar Blumen auf es gelegt.

„Sie war keine Kämpferin. Sie war zum heilen da. Ihre Kräfte sind aufs Heilen spezialisiert. Sie kann niemanden mit der Kraft umbringen. Leichte Verletzungen sind möglich, aber die hätten nicht viel bewirkt." Kilian sah ernst auf das Grab seiner Schwester. Er hatte schon seine Mutter verloren und nun auch noch seine Schwester. Es war ein schrecklicher Gedanke.

Es kamen raschelnde Geräusche. Alle drehten sich in dir Richtung, wo sie herkamen. Aus einem Gestrüpp kam die Seherin. Sie sah schrecklich aus.

„Wo kommst du denn her? Was ist mit dir geschehen? Weißt du wo die anderen sind?", platzte es aus Kilian raus.

Die kleine Gruppe hatten schon nach anderen gesucht, aber nur Leichen gefunden. Sie waren mit Nia die letzten gewesen, die noch beim Baum waren, daher waren sie wohl zum letzten Ziel dieser Gruppe an Soldaten geworden.

Die Seherin hatte nicht nach jemanden gesucht, dennoch fand sie ebenfalls Leichen. Leblose, kalte Körper. Das Gefühl unter ihren Händen war schrecklich. Wenn sie noch sehen könnte, dann hätte sie die Körper nicht berühren müssen. Dann wäre sie nicht hilflos umhergeirrt und ihr Kleid hätte sich nicht mit dem Blut der toten Blutzauberer getränkt.

Die Seherin sah wütend aus und schüttelte ihren Kopf. „Ich habe absolut keine Ahnung. Aber sie haben mein Seelentier ermordet. Jetzt bin ich blind." Linhart gab darauf lieber keine Antwort, denn diese hätte ihr sicher nicht gefallen, dessen war er sich bewusst. „Ich nehme Rache an ihnen. Ich werde sie alle töten!"

„Seherin, bitte beruhige dich. Runa hat sie schon getötet. Einen großen Teil von ihnen zu mindestens –falls noch mehr da sein sollten. Auch den Prinzen", sagte Linhart.

„Nenn mich nicht so! Ich bin längst nicht mehr die Seherin. Ich bin jetzt Cilia."

„Der Prinz ist nicht tot", kam es leise von Mara. Sie drehten sich alle zu ihr.

„Was meinst du damit?", fragte Runa. Sie und Mara standen nun auf.

„Er und alle anderen wurden von ihr pulverisiert", sagte Linhart aufgebracht. "Wir haben ihr Blut an uns kleben."

„Aber so ist es nun mal. Ich habe es gesehen", kam es nun noch leiser von ihr.

„Was hast du gesehen?", wollten sie von ihr wissen.

„Wie der Schatten ihn mitgenommen hat. Der Prinz ist nicht

265

tot. Er lebt noch."

65

Runa lief aufgebracht umher. Keiner war von dem, was Mara sagte, so schockiert gewesen. Sie schrie laut, weinte. Sie versuchte alles, um Frust abzulassen, aber sie schaffte es nicht.

Die Seherin lief weg. Sie hatte ihnen gesagt, dass sie die anderen suchen würde. Sie sagte außerdem, dass sie allen Männern, die das verursacht hatten, ihr Blut aus allen Öffnungen entweichen lassen würde.

„Ich werde ihn damit nicht davonkommen lassen! Niemals!", schrie Runa rum.

Mara sah sie besorgt an. Sie krallte sich am Hemd von Kilian fest. Er legte eine Hand auf ihren Kopf. Was sollten sie mit ihr machen? Mara bekam schon Angst.

„Beruhig dich doch bitte mal! Mara hat schon Angst wegen dir!", sagte Kilian beschwichtigend.

Runa sah zu ihm. „Mich beruhigen? Warum bist du denn nicht so aufgebracht!? Sie ist deine Schwester!", schrie Runa ihn an. Dann stoppte sie aber, wurde traurig und berichtigte sich: „Sie war deine Schwester." Sie sah auf den Boden, biss sich auf ihre Lippe und versuchte ihre Tränen zu unterdrücken. „Ich halte das einfach nicht aus."

Runa rannte weg. Linhart wollte sie stoppen, aber Kilian sagte nur: „Lass sie. Sie muss sich beruhigen. Wir sind ihr gerade nur im Weg. Lass sie einfach mal alleine."

Mara sah traurig hinterher. Die Stimmen hatten recht. Sie

hatten sie gewarnt, aber Mara war nicht schnell genug. In ihrem Kopf flog immer ein Satz umher: *Es tut mir leid.*

●●●

Runa lief immer tiefer in das dicke Gestrüpp. Sie rannte, schrie und dann fiel sie. Tränen liefen in ihre Augen. Sie war so weit weg von den anderen. Keiner war da. Sie war jetzt völlig auf sich selbst gestellt. Keiner, der ihr half, keiner, der sie beruhigte, keiner, der sie tröstete oder in den Arm nahm.

Runa weinte bitterlich. Sie spürte den kalten Wind, der ihr zeigte, dass es bald Nacht werden würde. Da versuchte sie ihr weinen zu unterdrücken, aber umso mehr sie es versuchte, umso schlimmer wurde es. Sie schrie laut auf und schlug um sich auf den Boden, wobei sie sich dabei ihre Hände, auf den Stöcken und einzelnen Steinen, aufschürfte. Blut lief an ihnen runter, aber es interessierte sie nicht. Kein Schmerz interessierte sie. Man hätte ihr Herz rausschneiden können und es würde sie nicht interessieren. Wer weiß, vielleicht wäre es sogar besser, wenn es jemand täte. Sie wollte so nämlich nicht weiterleben.

●●●

Es wurde schon langsam Dunkel, als sie etwas rascheln hörte. Ganze Zeit hatte sie nun einfach nur da gelegen, aber bei diesem Geräusch hob sie ihren Kopf. Was sie da sah erschütterte sie kurz, aber dann sprang sie nach hinten auf, benutzte ihre Hände, um sich nach hinten auf den Boden zu stützen. Das Blut war inzwischen schon getrocknet, die Wunden rissen bei dieser ruckartigen Bewegung dennoch wieder auf.

Ein Wolf stand vor ihr. Er hatte ein wunderschönes Fell. Und seine Augen. Sie hatte noch nie einen mit solchen Augen gesehen. Bis jetzt hatte sie aber auch nicht gerade viele Wölfe gesehen.

Als sie ganz klein war, haben die Schäfer und Jäger immer mal welche ins Dorf gebracht. Diese hatten allerdings nicht mehr gelebt und hatten leere Augen. Die seltenen, die sie während der Zeit, die sie bei der Großmeisterin verbracht hatte, sah, kämpften meistens um Fleisch. Sie gingen aber auch sehr liebevoll miteinander um. Diese Liebe, die sie sich gegenseitig gaben, solch eine Liebe hatte ihr gefehlt, besonders die, die die Wolfsmutter ihren Kindern gab. Sie selber hatte keine Familie mehr. Manchmal sah sie ihnen dann weinend zu. Was sollte schon dagegensprechen? Die Großmeisterin war doch selber ganz mit ihren eigenen Sachen beschäftigt gewesen. Sie achtete doch gar nicht auf sie.

So stand nun auch dieses wunderschöne Exemplar da. Ob er sie fressen wollte? Nein, das Gefühl hatte sie nicht. Er wollte etwas anderes.

Es fühlte sich an, als ob sie verbunden waren.

Der Wolf kam auf sie zu, aber sie regte sich nicht. Nur ein paar Schritte brauchte er, um direkt vor ihr zu stehen. Sie hätte sich nur etwas vorbeugen müssen und sie hätte seine Schnauze berühren können.

Runa hob eine Hand und streifte über seinen Kopf, zum Kinn und der Schulter nach unten. Er hatte ganz weiches Fell.

„Wer bist du?", flüsterte sie.

Er leckte ihr sanft über ihr verweintes Gesicht. Dann sah er sie wieder an und es war, als könnte sie seine Gedanken hören. Das war der Moment, in dem sie wusste, dass sie beide zusammengehörten.

Ja, dieser Wolf war ihr Seelentier. Und er würde ihr helfen, Rache an dem Prinzen zu nehmen.

66

Sie haben sich gefunden. Keiner kann sie nun mehr stoppen. Ihre wahren Kräfte sind entfacht und sie wird die Toten kontrollieren. Jeder, der sich ihr in den Weg stellt, wird sterben. Es ist vorhergesehen und sie wird es alles nur aus Liebe tun. Aber diese Liebe, sie wird der Untergang aller seien.

Doch sollte sie es früh genug bemerken, wird es dennoch immer ein Opfer geben müssen.

Sie müssen zum eingemauerten Kind. Doch müssen sie bedenken: nur alle sieben Jahre können sie es hören. Es wird ein langer Weg sein. Viel wird auf sie zukommen. Eine schreckliche Geschichte mit einem schrecklichen Ende. Irgendwer muss immer sterben.

67

„Emma! Emma!"

„Ja? Was ist denn?"

„Du bist ohnmächtig geworden. Geht es dir gut?"

„Ja, ich fühle mich bestens."

„Sei nächstes Mal bitte vorsichtiger. Diese Mächte sind kein Spiel. Sie können einen wahnsinnig machen oder sogar in den Tod reisen."

„Ja, das hattest du mir schon gesagt, bevor ich zu sehen versucht habe."

„Na gut, dann halte dich bitte auch daran", seufzte die alte Hexe.

„Keine Sorge. Ich werde mich schon daranhalten. Ich weiß ja nun, worauf ich mich einlasse."

„Das ist das Problem! Du weißt es eben nicht. Du hast nur einmal gesehen und mehr nicht. Du hast nur einen kleinen Einblick in die Macht bekommen."

„Mach dir deswegen bitte keine Sorgen. Ich habe es doch geschafft. Alles gut gelaufen."

„Gut gelaufen? Es war extrem anstrengend für dich! Du bist ohnmächtig geworden und sagst nun so was? Mädchen, mach dir doch nichts selber vor. Du bist nicht in der Verfassung mit so einer Kraft umzugehen. Es wird nicht ohne Grund den Kindern gezeigt, wie sie den Zauber anzuwenden haben. Wer mal so kurz nebenbei das lernt, ohne wirklich etwas damit zu tun zu haben, den wird es schnell zerstören. Bitte denke daran."

„Na schön. Ich werde besser darauf achten. Ich kann dich ja nicht einfach ignorieren. Du hast mehr Erfahrung. Aber dennoch verstehe ich nicht, was so schrecklich daran sein soll."

„Na gut. Komm, setz dich neben mich." Sie klopfte auf einen Stuhl neben sich.

Emma lief zu ihr und setzte sich. Sie sahen sich tief in die Augen.

„Hör mir gut zu. Ich erzähle dir eine Geschichte, über eine Hexe und ihre Schwester." Emma nickte mit ihrem Kopf. Die Hexe nahm Emmas Hände in ihre.

„Die eine Hexe, hatte ihre Kräfte gerade bemerkt. Ihre Mutter war eine Hexe, so wie ihre Schwester. Diese junge Hexe hatte nun also auch diese Mächte. Sie hatte allerdings noch keine Erfahrung damit. Ihre Mutter und Schwester hatten schon viele Erfahrungen gesammelt, so hatte ihre Mutter eine große Brandwunde an ihrem Rücken, durch einen falsch praktizierten Zauber. Sie wollte aber zeigen, dass sie genauso gut war, wie die Erfahrenen Hexen. Sie sagte ihnen also erstmal nichts von den entdeckten Kräften. Sie testete für sich selbst ein paar Praktiken. Es waren leichte, nicht besonders schwere Praktiken. Sie dachte, sie könnte alle beherrschen. Und dann kam sie ... Sie hatte alles nur für ein Spiel gehalten, nichts Ernstes, nichts Gefährliches. Etwas Leichtes. Wie ein lieber Hund, nur können auch die freundlichsten Hunde, eine große Wunde verursachen. Sie hat mit ihrer Macht geprahlt, dass sie nicht so schwer zu kontrollieren war, dass sie nur mit ihrem Finger schnippen musste. Und da hat sie einen großen Fehler begangen. Sie hat sich selbst überschätzt. Sie hat einen Zauber gesprochen, der sie tötete. Ihre Mutter hatte versucht sie zu beschützen, aber dabei ist sie selber auch gestorben. Es war ein schrecklicher Anblick, also bitte achte auf dich."

Emma sah sie schockiert an. Die Hexe aber sah Gedanken

verloren aus. Ein betrübter Anblick.

„War sie deine Schwester?", fragte Emma und beugte sich nach unten, um in das Gesicht der alten Hexe zu schauen. Sie nickte zögernd mit ihrem Kopf. „Könnte man so sagen. Ich nenne sie nur immer meine Schwester, weil sie mich aufgenommen haben, als ich niemanden hatte."

„Wie alt warst du damals?"

„Dreizehn, vielleicht auch jünger. So genau weiß ich es nicht mehr. Sie war elf. Vielleicht war auch einfach ich die Jüngere. Danach musste ich jedenfalls eine neue Bleibe finden."

„So jung?"

„Jung, ja, aber was soll man sagen? Viele sterben, wenn sie jünger sind. Frauen sterben früh. Es gibt viele Probleme, wenn man Kinder bekommt. Während der Schwangerschaft, der Geburt, nach der Geburt. Viele sterben mit zwanzig oder jünger. Wer wird heute denn älter als fünfundzwanzig?"

Emma nickte. Die Sterberate war wirklich hoch. Frauen starben oft im Kindsbett.

„Ich sollte jetzt gehen. Es wird schon spät", sagte Emma und stand auf.

„Emma", sagte die alte Hexe und sprang von ihrem Stuhl auf. Emma drehte sich nochmal zu ihr um. „Ja?"

„Sei vorsichtig. Jetzt wo du diese Mächte hast, bist du in Gefahr."

Emma lächelte. „Keine Sorge, ich werde schon aufpassen. Ich werde nicht allzu große Zauber benutzen."

„Es geht nicht darum deine Kräfte zu beherrschen. Es geht um die Menschen. Wenn sie davon erfahren, dann wirst du eine gejagte, eine tote Frau sein. Und mit dir dein Kind."

68

„Ich habe den Schmied gesehen und seine Frau", fing Mara traurig zu erzählen an, „bevor ich euch gefunden habe. Er hat versucht sie zu beschützen, da wurde er umgebracht und kurz darauf auch sie." Tränen liefen ihr Gesicht hinab. „Sie haben sich so gut um mich und meinen Bruder gekümmert."

Kilian stand da mit verschränkten Armen und Linhart ließ seine einfach hängen. Die beiden Jungs sahen sich an, als wäre ihnen plötzlich etwas ganz Wichtiges eingefallen.

„Wo ist dein Bruder?", fragte Kilian.

„Mara sah ihn schockiert an. "Er ist alleine."

„Alleine? Das ist nicht gut."

Mara sah verzweifelt in sein überlegendes Gesicht.

„Wo?"

„Beim großen Baum."

Kilian rannte los. Mara versuchte hinterher zu kommen, aber sie war zu langsam, also nahm Linhart den kleinen Blondschopf auf seinen Rücken und rannte hinterher.

Es dauerte nicht lange und sie waren angekommen. Das Zimmer, indem sie untergebracht wurden, war recht klein, aber schön ausgestattet, mit Spielsachen und Bilderbüchern. Mara hatte ein eigenes Bett, direkt neben der Wiege ihres Bruders stehen. Linhart ließ sie runter.

Mara lief schnell zur Wiege, aber es war niemand mehr drinnen. Es lagen nur die Pelze und Felle drinnen, die sich mit frischem Blut vollgesogen hatten. Mara schrie bei dem Anblick laut auf. Die beiden Jungs sahen es ebenfalls. Sie warfen sich Blicke zu.

War das wirklich wahr? Konnte das wirklich wahr sein? Sie war so klein und musste schon so viele Verluste ertragen. Mara hatte ihren Bruder als einen Grund zum Leben gesehen und nun war er weg. Es war wirklich schrecklich.

„Mein Bruder. Mein Bruder er ist ... Mein Bruder ist ...“ Tränen drangen in ihre Augen. Sie wischte sie weg, aber es half nichts. Immer wieder kamen sie nach. „Ich will meinen Bruder.“

„Ich weiß“, kam es sanft von Linhart, der ihr behutsam über den Kopf strich. „Wir werden ihn sicher wiederfinden.“

Kilian fasste an die Wiege. Er rieb das noch feuchte Blut an seine Finger.

Er stoppte.

Dann sagte er aufgeregt: „Wir müssen dringend zu Runa. Jetzt!“

69

Ciara sah den Prinzen an. Er war bleich und atmete schwer, zwischendurch hustete er manchmal. „Ein bisschen hast du wohl doch abbekommen." Der Prinz sah sie verwundert an. „Was war das?", fragte er schwer.

„Sie hat einen Blutzauber angewendet, den nur einer unter zehntausend, wenn nicht sogar hunderttausend, beherrscht. Wobei sie es anscheinend aus Emotionen und nicht ihrem Willen geschafft hat. Das macht sie noch etwas gefährlicher."

„Was meinst du damit? Können das etwa nicht alle von denen?"

„Nein. Man muss die Person berühren, um Kontrolle über dessen Körper zu bekommen. Aber sie scheint einen verborgenen, zusätzlichen Sinn dafür entwickelt zu haben."

„Die waren doch alle rothaarig."

„Ja. Sie sind alle Blutzauberer. Ein Volk, dass ich ausrotten will."

Der Prinz überlegte, ihm schien etwas Seltsames eingefallen zu sein. „Ich glaube mich gerade an meine Kinderbücher erinnern zu können. Da waren Blutzauberer, aber auch andere. Zumindest auf einem Bild. Das was du machst, das ist Schattenzauber, oder?", fragte er.

„Ja, das ist wahr."

„Aber ich habe gelesen und Bilder gesehen, dass sie schwarze Haare haben. Deine Haare sind rot. So rot, wie die einer

Blutzauberin."

„Das ist auch wahr. Das liegt daran, dass ich auch eine Blutzauberin bin." Sie lächelte kurz. Der Prinz sah sie schockiert an. „Wie ist das denn möglich?", fragte er aufgeregt. Dazu war nichts in seinen Märchenbüchern. Es waren immer nur die, die eine einzige Zauberform beherrschten.

„Aber es gibt doch nur eine Zauberform für euch! Kannst du das wirklich beides?"

„Nicht so misstrauisch. Sei lieber vorsichtig, denn du hast nicht mal eine Zauberform. Aber ja, ich kann wirklich beide. Es wundert mich ein wenig. Ich dachte in euren Märchenbüchern würde nur von den Blutzauberern berichtet werden. Auch egal. Komm her." Sie winkte ihn zu sich ran. Er starrte sie an, sagte aber nichts dagegen und schob sich nach hinten. Sie faste auf seinen Rücken. Ihre Berührung fühlte sich unglaublich an. So etwas hatte er wirklich noch nie gespürt. Es war wirklich toll, als ob ihm jede Last von seinen Schultern genommen wurde.

Aber das mit dem Märchenbuch, das stimmte. Aber warum dachte er dann, dass er es aus ihnen wusste? Wo sollte er es sonst her wissen?

„Das fühlt sich echt unglaublich an. Was machst du?"

„Ich bringe dich wieder in Gang. Sie scheint dich nicht allzu stark erwischt zu haben. Da war ich dann doch noch rechtzeitig da."

„Wie hast du das überhaupt mitbekommen?"

Sie schüttelte mit ihrem Kopf, was der Prinz kaum sah, auch wenn er seinen Kopf versuchte nach hinten zu drehen.

„Ich habe es halt einfach gespürt. Wir waren alle mit diesem Baum verbunden und seine Wurzeln reichen weit."

„Wie das? Du kommst doch gar nicht von hier."

Sie lachte. „Wer bist du, dass du das sagst?"

„Der Prinz. Aber noch eine Frage: Warum willst du die Blutzauberer auslöschen, wenn du selber eine von ihnen bist?"

„Wegen dem, was sie getan haben."

„Und was haben sie getan?" Er drehte sich zu ihr um. Bei dieser Frage hatte sie aufgehört ihn zu berühren. Stattdessen sah sie nach unten und starrte mitgenommen den Boden an. Ihre Hände waren in ihren Schoss gefaltet.

„Alles in Ordnung?", fragte er besorgt und versuchte ihr ins Gesicht zu sehen. Sie bemerkte es und sah hoch. Er richtete sich auch wieder gerade aus, aber nicht ohne einen leichten Schock, denn sie weinte. Immer sah sie so finster und grausam aus, aber nun weinte sie. Es ließ sie so schwach aussehen, dass er sie in seine breiten Arme nehmen wollte.

Sie wischte sich schnell ihre Tränen aus dem rot gewordenen Gesicht. Sie sah ihm tief in die Schlangenartigen Augen. Seine Augen sahen so faszinierend aus.

Sie wollte gerade zu sprechen anfangen, als sie sich Schmerz erfüllt ihren Kopf hielt und zu Boden fiel. Sie krümmte sich und schrie leicht.

„Was ist los?", fragte der Prinz ganz aufgeregt. Er sprang auf und sah sie von oben bis unten an, aber er konnte nichts sehen. Er hockte sich zu ihr und hielt sie fest, dabei bekam er selber diese Kopfschmerzen. Sofort ließ er von ihr ab, womit auch die Schmerzen gingen.

„Was ist los?", fragte er erneut und noch ernster. Er war noch immer überfordert und sah hin und her.

„Mein Kopf! Sie ist in meinem Kopf!"

„Wer? Wer ist in deinem Kopf!?"

„Ahhh!"

70

Emma lief zurück. Es war schon leicht dämmrig, als sie auf dem Heimweg war. Sie hatte noch ein Stück zu laufen. Von der Hexe bis zu ihr musste sie ein paar Umwege laufen. Es wurde schon kalt.

Emma sah zum Himmel, wie das letzte Blau des Himmels verschwand. Die Blätter der Bäume waren dabei sich zu färben. Der Sommer wird bald vorbei sein und der Herbst, die Zeit der Hexen, wird einkehren.

Etwas raschelte im Gestrüpp. Emma sah sich erschrocken um. Weil sie nichts sah, drehte sie sich wieder um, drückte ihre Arme aber noch fester an sich. Sie lief etwas schneller und ihr Herz raste etwas, als sie noch mal ein Rascheln hörte.

Sie versuchte an die Stadt zu denken. Im Königreich würde gerade sicher ein gewaltiges Chaos herrschen. Der König tot, der Prinz nicht da. Keiner wusste, wann oder ob er zurückkehren würde. Er war länger weg, als er sollte. Er hatte immer darauf gehört, dass er innerhalb fünf Tage wieder da sein würde, wenn es länger dauern würde, aber es waren bereits acht Tage.

Sie dachte nicht weiter daran, denn ein weiteres Rascheln bekam nun ihre Aufmerksamkeit. Es war schneller, als das erste. Sie lief noch schneller, wodurch auch das Rascheln schneller wurde.

Und dann sprang plötzlich etwas Großes aus dem Gestrüpp,

direkt auf sie zu und es sah nicht danach aus, als würde es gute Absichten haben.

Epilog

Sie wissen es noch nicht, aber es wird noch etwas Großes auf sie zukommen. Etwas schreckliches. Etwas Gutes.

Nun, das hängt wohl auch von ihren Entscheidungen ab.

Aber sie sind in etwas großes verstrickt.

Sie werden alle vier zusammenfinden.

Sie werden etwas austragen, was vor hunderten von Jahren begonnen hatte.

Sie werden schreien. Sie werden weinen. Sie werden lachen und sich freuen.

Aber sie werden auch töten.

Sie werden sich selbst die Hölle auf Erden erschaffen.

Nachwort

Ich kann es noch gar nicht so richtig fassen.

Diese Geschichte hat damit angefangen, dass ich aus einem Traum erwacht war. Ich konnte mich zwar nicht mehr an diesen Traum erinnern, aber ich konnte mich noch gut an das letzte Wort erinnern, das ich beim Erwachen im Kopf hatte: *Blutzauber(er)*.

Und nun bin ich bei vier vollen Bänden (und einer vielleicht Spin-off Reihe) angekommen. Ein Wort hat für das alles gereicht.

Nach den ganzen Jahren, die ich an diesen Büchern gesessen habe. Alle überarbeitet habe. Einfach ein wunderbares und erleichterndes Gefühl.

Nun ist der erste Band endlich komplett überarbeitet. Und ich bin dankbar für alle, die sich endschlossen haben, dieses Buch in ihre Hände zu nehmen und auch noch zu lesen.

Schon öfters lagen meine Nerven blank, umso mehr freue ich mich über das Ergebnis.

Weiterhin hoffe ich natürlich, dass alle weiter an dieser Reihe bleiben und sich vielleicht sogar auf die nächsten Teile freuen.